# Expressão e Significado

# John R. Searle

# Expressão e Significado

**Estudos da teoria dos atos da fala**

Tradução
ANA CECÍLIA G. A. DE CAMARGO
ANA LUIZA MARCONDES GARCIA

*Martins Fontes*
*São Paulo 2002*

*Esta obra foi publicada originalmente em inglês com o título*
*EXPRESSION AND MEANING*
*por Press Syndicate of the University of Cambridge, em 1979.*
*Copyright © Cambridge University Press, 1979.*
*Copyright © 1995, Livraria Martins Fontes Editora Ltda.,*
*São Paulo, para a presente edição.*

**1ª edição**
*junho de 1995*
**2ª edição**
*agosto de 2002*

**Tradução**
*ANA CECÍLIA G. A. DE CAMARGO*
*ANA LUIZA MARCONDES GARCIA*

**Preparação do original**
*Vadim Valentinovitch Nikitin*
**Revisão gráfica**
*Ana Maria de Oliveira Mendes Barbosa*
**Produção gráfica**
*Geraldo Alves*
**Paginação**
*Renato C. Carbone*

**Dados Internacionais de Catalogação na Publicação (CIP)**
**(Câmara Brasileira do Livro, SP, Brasil)**

Searle, John R.
  Expressão e significado : estudos da teoria dos atos da fala / John R. Searle : tradução Ana Cecília G. A. de Camargo, Ana Luiza Marcondes Garcia. – 2ª ed. – São Paulo : Martins Fontes, 2002. – (Coleção tópicos)

  Título original: Expression and meaning.
  Bibliografia.
  ISBN 85-336-1603-1

  1. Comunicação oral 2. Fala 3. Significado (Filosofia) I. Título. II. Série.

02-3783                                                      CDD-302.2242

**Índices para catálogo sistemático:**
1. Fala : Comunicação   302.2242

*Todos os direitos desta edição para a língua portuguesa reservados à*
***Livraria Martins Fontes Editora Ltda.***
*Rua Conselheiro Ramalho, 330/340  01325-000  São Paulo SP  Brasil*
*Tel. (11) 3241.3677  Fax (11) 3105.6867*
*e-mail: info@martinsfontes.com.br  http://www.martinsfontes.com.br*

# ÍNDICE

*Nota sobre a tradução* ............................. V
*Agradecimentos* ...................................... VII
*Introdução* ............................................. IX
*Origem dos ensaios* ................................ XIX

1. Uma taxinomia dos atos ilocucionários ............ 1
2. Os atos de fala indiretos ................................ 47
3. O estatuto lógico do discurso ficcional ............ 95
4. Metáfora ........................................................ 121
5. Significado literal .......................................... 183
6. Referencial e atributivo ................................. 213
7. Os atos de fala e a lingüística recente ............ 251

*Notas* ................................................... 279
*Bibliografia* ......................................... 285
*Glossário* ............................................ 289

# AGRADECIMENTOS

Agradeço à John Simon Guggenheim Memoriad Foundation e ao Humanities Institute da Universidade da Califórnia, Berkeley, pelas bolsas que me permitiram trabalhar nesses ensaios e em outros tópicos conexos. Beneficiei-me enormemente das discussões que tive, sobre essas questões, com alunos, colegas e amigos, e sou especialmente grato a Hubert Dreyfus. Devo ainda agradecer a Susan Eason, pela elaboração do índice remissivo, e a Savannah Ross, pela coordenação da digitação. Acima de tudo, quero agradecer à minha esposa, Dagmar Searle, por sua ajuda e seus conselhos constantes.

# INTRODUÇÃO

Estes ensaios dão continuidade a uma linha de pesquisa iniciada em *Speech Acts* (Searle, 1969). A maioria deles foi inicialmente projetada como capítulos de um trabalho mais amplo, no qual as discussões de alguns dos problemas mais relevantes da teoria dos atos de fala – por exemplo: metáfora, ficção, atos de fala indiretos e a classificação dos tipos de atos de fala – fariam parte de uma teoria geral do significado; nela, eu pretendia mostrar de que maneira a filosofia da linguagem se funda na filosofia da mente, e, em particular, como algumas características dos atos de fala se fundam na Intencionalidade da mente. O capítulo original sobre a Intencionalidade, entretanto, acabou tornando-se um manuscrito do tamanho de um livro; quando a cauda Intencionalista cresceu mais que o cachorro lingüístico, pareceu-me que a melhor idéia seria publicar esses estudos como um volume separado. Este livro não pretende, pois, ser uma coleção de ensaios desvinculados; meu objetivo principal nesta introdução é dizer algo sobre como eles se vinculam.

Uma das questões mais óbvias em qualquer filosofia da linguagem é: de quantas maneiras a linguagem pode ser usada? Wittgenstein julgava que nenhuma lista finita de categorias poderia ser uma resposta. "Mas quantos tipos de sentenças existem? ... Há inúmeros (*unzählige*) tipos." (1953, § 23.) Mas essa conclusão um tanto cética deve levantar suspeitas. Suponho que ninguém diria que há inúmeros tipos de sistemas econômicos, sistemas matrimoniais ou partidos políticos; por que a linguagem haveria de ser taxinomicamente mais recalcitrante do que qualquer outro aspecto da vida social do homem? No primeiro ensaio, mostro que, se tomarmos o ato ilocucionário (isto é, o ato ilocucionário como um todo, com a sua força ilocucionária e seu conteúdo proposicional) como a unidade de análise, o que acredito que devamos fazer por razões de outra ordem (ver Searle, 1969, cap. 1), veremos que há cinco maneiras gerais de usar a linguagem, cinco categorias gerais de atos ilocucionários. Dizemos às pessoas como as coisas são (Assertivos)[1], tentamos levá-las a fazer coisas (Diretivos), comprometemo-nos a fazer coisas (Compromissivos), expressamos nossos sentimentos e atitudes (Expressivos) e provocamos mudanças no mundo através de nossas emissões lingüísticas (Declarações).

O método que uso neste ensaio é, em certo sentido, empírico. Simplesmente observo os usos da linguagem e encontro esses cinco tipos de propósitos ilocucionários; ao examinar o discurso tal como ele existe, descubro – ou, pelo menos, sustento – que as emissões lingüísticas podem ser classificadas sob esses títulos. Mas todo filósofo é levado a pressentir que onde há categorias deve haver uma dedução transcendental das categorias, isto é, deve haver alguma explicação teórica para o fato de que a linguagem nos provê tais e apenas tais categorias[2]. A justificação dessas categorias em termos da natureza da mente deve ficar para o próximo livro. No entanto, um problema com o qual este livro imediatamente se defronta é o de que uma mesma emissão freqüentemente se inclui em mais de uma categoria. Suponha que eu lhe diga, por exemplo: "O senhor está pisando no meu pé". Na maioria dos contextos, quando faço um enunciado dessa espécie, não faço apenas uma Assertiva, mas indiretamente também peço, e talvez até ordene, que saia de cima do meu pé. Assim, a emissão Assertiva é também uma Diretiva indireta. Como funciona uma tal emissão, isto é, como ambos – falante e ouvinte – passam tão facilmente do significado Assertivo literal da sentença ao significado Diretivo indireto e implicado da emissão? O segundo ensaio, "Os atos de fala indiretos", descortina o que talvez seja o tema principal desta coleção: as relações entre o significado literal da sentença e o significado da emissão do falante, nos casos em que o significado da emissão é diferente do significado literal da expressão emitida. No caso particular dos atos de fala indiretos, o falante quer significar o que diz, mas também quer significar algo mais, e o objetivo do capítulo 2 é articular os princípios que tornam possível esse tipo de comunicação implicada. A principal conclusão metodológica a ser derivada desse ensaio, no que toca à lingüística contemporânea, talvez seja que não precisamos postular estruturas alternativas profundas, nem um conjunto adicional de postulados conversacionais, para dar conta desses casos; a discussão dessa moral metodológica é retomada mais explicitamente no último ensaio. Outra lição metodológica, mais geral, a ser extraída desses dois primeiros ensaios é que não devemos confundir uma análise de verbos ilocucionários com uma análise de atos ilocucionários. Há muitos verbos ilocucionários que não se restringem a um propósito ilocucionário; isto é, podem remeter a uma ampla gama de propósitos ilocucionários e, assim, não designam genuinamente uma força ilocucionária. *Announce* (anunciar), *hint* (sugerir, insinuar) e *insinuate* (insinuar), por exemplo, não designam tipos de atos ilocucionários, mas sim o estilo, o modo como se pode realizar um bom número de tipos. Acredito que o erro elementar mais comum na teoria dos atos de fala seja a confusão entre características de verbos ilocucionários e características de atos ilocucionários. Várias taxinomias que tenho visto, inclusive a de Austin (1962), confundem uma taxinomia de atos ilocucionários com uma taxinomia de verbos ilocucionários; mais recentemente, alguns filósofos (p. ex., Holdcroft, 1978) erroneamente concluíram, a partir do fato de que alguns verbos, como *hint*, designam um modo deliberadamente não explícito de realizar um ato de fala, que alguns tipos de significado são, portanto, inerentemente inexprimíveis; e assim concluíram erroneamente terem refutado o princípio da exprimibilidade, o princípio segundo o qual o que quer que se possa querer significar pode ser dito. Entretanto, sugerir, por exemplo, não é parte do significar, no sentido em que não é parte nem do ato ilocucionário nem do conteúdo proposicional. Os atos ilocucionários são, por assim dizer, espécies conceituais naturais; não devemos supor que os verbos de nossa linguagem comum trinchem o campo conceitual das emissões nas suas juntas semânticas, tanto quanto não supomos que as expressões de nossa linguagem comum que designam e descrevem plantas e animais correspondam exatamente às espécies biológicas naturais.

O capítulo 2, "Os atos de fala indiretos", abre as discussões sobre a relação entre o significado literal da sentença e o significado pretendido da emissão do falante; essas relações são posteriormente exploradas nos capítulos 3 e 4, sobre ficção e metáfora. No sentido em que o primeiro ensaio arrola tipos de atos de fala, nem a ficção nem a metáfora são um tipo distinto de ato de fala; essas categorias cortam a torta lingüística numa direção totalmente diferente. Do ponto de vista da filosofia da linguagem, o problema da ficção é: como o falante pode emitir uma sentença com um determinado significado (literal ou não) e ainda assim não se comprometer com as condições de verdade que vêm com esse significado? Como, por exemplo, o discurso ficcional difere da mentira? Do mesmo ponto de vista, o problema da metáfora é o de saber como o falante pode sistematicamente querer significar e comunicar algo bem diferente do que significam as expressões que ele emite. Como passamos do significado literal da expressão ao significado metafórico da emissão? Nos dois capítulos, tento sistematicamente dar conta dos princípios segundo os quais esses tipos de uso da linguagem realmente funcionam, mas os resultados são bem diferentes nos dois casos. A ficção, penso eu, constitui um problema bem mais fácil (ao menos segundo os padrões usuais de intratabilidade filosófica), mas a metáfora constitui um problema difícil e, embora eu me sinta seguro de que são justificadas as dúvidas que tenho a respeito das teorias "comparacionistas" da metáfora, tanto quanto a respeito de suas rivais "interacionistas", estou igualmente seguro de que minha própria explicação é, na melhor das hipóteses, incompleta, pois é muito provável que eu não tenha formulado todos os princípios envolvidos na produção e compreensão da metáfora; e talvez o mais interessante dos meus princípios, o de número 4, não seja bem um "princípio", mas simplesmente uma afirmação de que há conjuntos de associações, muitas delas psicologicamente fundadas, que permitem que certos tipos de metáforas funcionem, mesmo sem o apoio de qualquer semelhança literal ou quaisquer outros princípios de associação.

Os primeiros quatro capítulos supõem dada a noção de significado literal de expressões, sejam palavras ou sentenças; mas os pressupostos do emprego filosófico e lingüístico corrente dessa noção são minuciosamente examinados no capítulo 5, "Significado literal". Eu argumento contra a teoria de que o significado literal de uma sentença pode ser tomado como sendo o significado que ela tem fora de qualquer contexto, o significado que tem no chamado "contexto nulo". Contra essa concepção, sustento que a noção de significado literal só se aplica a uma base de pressupostos e práticas que não são, elas próprias, representadas como partes do significado literal. Além disso, defendo que essa conclusão de maneira alguma enfraquece o sistema de distinções tributárias da distinção entre significado do falante e significado literal da sentença – a distinção entre emissões literais e metafóricas, entre ficção e não-ficção, entre atos de fala diretos e indiretos. Dada a base das práticas e pressupostos que possibilitam a comunicação enquanto tal, cada uma dessas distinções é necessária para uma explicação precisa do funcionamento da linguagem. Embora cada uma delas comporte, é claro, muitos casos fronteiriços, os princípios da distinção, princípios cuja articulação é um dos objetivos fundamentais deste livro, podem ser razoavelmente esclarecidos.

Desde Frege, a referência vem sendo considerada o problema central da filosofia da linguagem; e por referência não entendo a predicação, a verdade ou a extensão, mas a *referência*, a relação, por um lado, entre expressões como descrições definidas e nomes próprios e, por outro lado, entre as coisas às quais se faz referência com o uso dessas expressões. Hoje penso ter sido um erro considerar que este é o problema central da filosofia da linguagem, pois não teremos uma teoria adequada da referência lingüística até podermos mostrar como uma tal teoria faz parte de uma teoria geral da Intencionalidade, de uma teoria acerca do modo como a mente se relaciona com objetos do mundo em geral. Contudo, na esperança de que alguns problemas razoavelmente bem definidos no âmbito da teoria da referência possam ser abordados com as ferramentas disponíveis no momento, volto-me, no capítulo 6, "Referencial e atributivo", para alguns dos problemas que rondam as descrições definidas. De acordo com uma concepção atualmente muito difundida, há uma distinção lingüística fundamental entre o uso referencial e o uso atributivo das descrições definidas, uma diferença fundamental a ponto de conferir diferentes condições de verdade a emissões, dependendo de qual dos usos esteja em questão. Defendo a idéia de que essa distinção é mal concebida; de fato, os dados lingüísticos são exemplos particulares da distinção geral, usada em todo este livro, entre o significado das expressões que um falante emite e o que ele pretende significar, sendo que, como acontece no caso em questão, o que ele quer significar pode incluir o significado literal das expressões que emite, mas não é esgotado por esse significado literal.

No ensaio final, "Os atos de fala e a lingüística recente", procuro tornar completamente explícitas algumas das implicações metodológicas dos ensaios anteriores para a lingüística contemporânea. Defendo a idéia de que tanto a prática de postular estruturas profundas sintáticas adicionais para dar conta de fenômenos concernentes aos atos de fala, mais patentemente exemplificada por Ross (1970), com sua análise por apagamento do performativo de todas as sentenças de uma língua natural, como o inglês, quanto a prática de postular regras ou postulados conversacionais adicionais, exemplificada por Gordon e Lakoff (1971), com sua análise por postulados conversacionais dos atos de fala indiretos, estão erradas; e ambas, a despeito de seus mecanismos formais aparentemente bastante diferentes, cometem o mesmo erro de hipostasiar um aparato adicional e desnecessário, quando já dispomos de princípios analíticos, independentemente motivados, que são adequados e suficientes para dar conta dos dados.

Na última década, desde a publicação de *Speech Acts*, tenho me defrontado com três conjuntos de problemas da filosofia da linguagem. Primeiramente, há os problemas específicos que surgem no interior do paradigma vigente. Em segundo lugar, há o problema de fundar toda a teoria na filosofia da mente, e, em terceiro lugar, há o desafio de tentar obter uma formalização adequada da teoria através da utilização dos recursos da lógica moderna, particularmente os da teoria dos conjuntos. Este livro é totalmente dedicado aos problemas do primeiro tipo. Pretendo publicar uma solução para os do segundo tipo em *Intentionality* (Cambridge University Press, no prelo) e estou trabalhando com Daniel Vanderveken nos do terceiro, numa exploração dos fundamentos da lógica ilocucionária.

# ORIGEM DOS ENSAIOS

Quase todo o material deste livro foi primeiramente apresentado em palestras e seminários em Berkeley, e também em outras universidades, em palestras e colóquios para os quais fui convidado. "Uma taxinomia dos atos de fala" foi originalmente apresentado em 1971 como Forum Lecture no Instituto de Verão sobre Lingüística de Buffalo em Nova York, e foi posteriormente o tema de várias conferências na Europa e nos Estados Unidos. Foi publicado pela primeira vez em *Language, Mind, and Knowledge, Minnesota Studies in the Philosophy of Science*, vol. vii, ed. Keith Gunderson, University of Minnesota Press, 1975, pp. 344-69. Apareceu também, no mesmo ano, na revista *Language and Society*, sob o título "A Classification of Illocutionary Acts".

"Os atos de fala indiretos" foi publicado em *Syntax and Semantics*, vol. 3, *Speech Acts*, Peter Cole and Jerry Morgan (eds.), Academic Press, 1975.

Foi também o assunto de uma Forum Lecture de um Instituto de Verão sobre Lingüística, em Amherst, em 1974.

"Sentido literal" foi apresentado pela primeira vez, em parte, no Grupo de Trabalho sobre os Atos de Fala do Congresso Internacional de Lingüística de Viena, no verão de 1977, e também na Conferência sobre os Atos de Fala de Dobogoko, Hungria, imediatamente após o Congresso de Viena. Foi publicado pela primeira vez em *Erkenntnis*, vol. 13, nº 1, julho de 1978, pp. 207-24.

"O estatuto lógico do discurso ficcional" foi publicado primeiramente em *New Literaty History* 1974-5, vol. VI, pp. 319-32, e foi tema de conferências em várias universidades, como as de Minnesota, Virginia e Louvain.

"Metáfora" foi originalmente apresentado num colóquio sobre o assunto na Universidade de Illinois, em 1977. Está para ser publicado nas atas do colóquio *Metaphor and thought*, Andrew Ortony (ed.), Cambridge Univ. Press, 1979.

"Referencial e atributivo" foi originalmente escrito para um número especial de *The Monist* sobre o tema Referência e Verdade. No prelo, 1979.

"Os atos de fala e a lingüística recente" foi a conferência de abertura do Colóquio de Lingüística do Desenvolvimento e Distúrbios da Comunicação da Academia de Ciências de Nova York. Foi publicado nos *Annals* da Academia, 1975, vol. 263, Doris Aaronson e Robert W. Rieber (eds.), pp. 27-38.

# NOTA SOBRE A TRADUÇÃO

Neste livro, o autor defende teses relativas aos atos de fala veiculados por expressões da língua inglesa e também teses relativas ao comportamento sintático e semântico dessas expressões, que freqüentemente não correspondem ao comportamento das expressões portuguesas que as traduzem. O autor pretende que a validade das teses do primeiro tipo independa das peculiaridades sintáticas e semânticas do inglês; nessa medida, os exemplos oferecidos no contexto de sua defesa foram simplesmente traduzidos para o português. Por outro lado, o mesmo procedimento obviamente não se justificaria no contexto da defesa das teses do segundo tipo, já que o autor evidentemente não defende, no livro, tese alguma sobre o comportamento sintático e semântico de expressões da língua portuguesa. Assim, nesse contexto (especialmente no capítulo 1), os exemplos originais foram mantidos, acompanhados pelas respectivas traduções entre parênteses.

*Os tradutores*

CAPÍTULO 1

# UMA TAXINOMIA DOS ATOS ILOCUCIONÁRIOS

*I. Introdução*

O principal objetivo deste artigo é desenvolver uma classificação arrazoada dos atos ilocucionários em certas categorias ou tipos básicos. Destina-se a responder à pergunta: quantas são as categorias de atos ilocucionários?

Já que toda tentativa de desenvolver uma taxinomia deve levar em conta o modo como Austin classifica os atos ilocucionários em suas cinco categorias básicas – vereditivos, expositivos, exercitivos, comportativos e compromissivos –, um segundo propósito deste artigo é avaliar a classificação de Austin, para que se revelem os aspectos em que é adequada e os aspectos em que é inadequada. Além disso, como é de se esperar que as diferenças semânticas básicas tenham conseqüências sintáticas, um terceiro objetivo do artigo é mostrar como esses diferentes tipos ilocucionários básicos se realizam na sintaxe de uma língua natural, como o inglês.

Na seqüência, pressuponho a familiaridade com o padrão geral de análise dos atos ilocucionários presente em trabalhos como *How to Do Things with Words* (Austin, 1962), *Speech Acts* (Searle, 1969) e "Austin on Locutionary and Illocutionary Acts" (Searle, 1968). Em especial, pressuponho uma distinção entre a força ilocucionária de uma emissão e seu conteúdo proposicional, assim simbolizada:

$$F(p)$$

O objetivo desse trabalho é, portanto, classificar os diferentes tipos de $F$.

*II. Diferentes tipos de diferenças entre diferentes tipos de atos ilocucionários*

Todo esforço taxinômico dessa natureza pressupõe critérios para distinguir um (tipo de) ato ilocucionário de outro. Quais são os critérios que nos permitem dizer que, dadas três emissões, uma é um relato, outra é uma predição e outra é uma promessa? Para alcançar gêneros de ordem superior, devemos antes saber como as espécies *promessa, predição, relato*, etc. diferem umas das outras. Quando se tenta responder a essa pergunta, descobre-se que há vários princípios de distinção, bastante diferentes; isto é, há diferentes espécies de diferenças que nos permitem dizer que a força desta emissão é diferente da força daquela emissão. Por isso, a metáfora da força na expressão "força ilocucionária" é enganosa, pois sugere que forças ilocucionárias diferentes ocupam diferentes posições num único contínuo de força. O que realmente ocorre é que há vários contínuos distintos que se cruzam. Uma fonte de confusão relacionada com essa é nossa inclinação para confundir verbos ilocucionários com tipos de atos ilocucionários. Tendemos, por exemplo, a pensar que, se temos dois verbos ilocucionários não sinônimos, eles devem necessariamente marcar duas espécies diferentes de atos ilocucionários. No que segue, tentarei manter clara a distinção entre verbos ilocucionários e atos ilocucionários. As elocuções são parte da linguagem, em oposição às línguas particulares. Os verbos ilocucionários fazem sempre parte de uma língua específica: francês, alemão, inglês, ou outra qualquer. As diferenças entre os verbos ilocucionários são um bom guia, mas de maneira alguma um guia absolutamente seguro, no que concerne às diferenças entre os atos ilocucionários.

Parece-me que há (no mínimo) doze dimensões significativas de variação nas quais os atos ilocucionários diferem uns dos outros; enumero-as bem rapidamente:

1. *Diferenças quanto ao propósito do (tipo de) ato.* O propósito de uma ordem pode ser especificado dizendo-se que ela é uma tentativa de levar o ouvinte a fazer algo. O propósito de uma descrição é ser uma representação (verdadeira ou falsa, precisa ou imprecisa) de como alguma coisa é. O propósito de uma promessa é assumir o falante a obriga-

ção de fazer algo. Essas diferenças correspondem às condições essenciais na minha análise dos atos ilocucionários, no capítulo 3 de *Speech Acts* (Searle, 1969). Em última instância, creio que as condições essenciais constituem a melhor base para uma taxinomia, como tentarei mostrar. É importante notar que o termo "propósito" não pretende implicar, nem requer como fundamento, a concepção de que todo ato ilocucionário tenha um intento perlocucionário, a ele associado por definição. Muitos dos atos ilocucionários mais importantes, talvez a maioria, não são tais que um intento perlocucionário essencial esteja associado por definição ao verbo correspondente; por exemplo, enunciados e promessas não são tentativas, por definição, de produzir efeitos perlocucionários nos ouvintes.

Chamarei o propósito de um tipo de elocução de seu *propósito ilocucionário*. O propósito ilocucionário é parte da força ilocucionária, mas não é o mesmo que ela. Assim, por exemplo, o propósito ilocucionário dos pedidos é o mesmo que o dos comandos: são tentativas de levar o ouvinte a fazer algo. Mas as forças ilocucionárias são claramente diferentes. De modo geral, pode-se dizer que a noção de força ilocucionária é a resultante de vários elementos, dos quais o propósito ilocucionário é apenas um – embora, creio eu, o mais importante.

2. *Diferenças quanto à direção do ajuste entre as palavras e o mundo*. Algumas elocuções têm, como parte de seu propósito ilocucionário, fazer as palavras (mais precisamente, seu conteúdo proposicional) corresponder ao mundo; outras, fazer o mun-

do corresponder às palavras. As asserções estão na primeira categoria, as promessas e os pedidos, na segunda. A melhor ilustração que conheço dessa distinção é a de Elizabeth Anscombe (1957). Suponhamos que um homem vá ao supermercado com uma lista de compras feita por sua esposa, onde estão escritas as palavras "feijão, manteiga, toucinho e pão". Suponhamos que, enquanto anda pelo supermercado com seu carrinho, selecionando esses itens, seja seguido por um detetive, que anota tudo que ele pega. Ao saírem da loja, comprador e detetive terão listas idênticas. No entanto, a função das duas listas será bem diferente. No caso do comprador, o propósito da lista é, por assim dizer, levar o mundo a corresponder às palavras; ele deve fazer com que suas ações se ajustem à lista. No caso do detetive, o propósito da lista é fazer com que as palavras se ajustem ao mundo; ele deve fazer com que a lista se ajuste às ações do comprador. Isso também pode ser demonstrado através da observação do papel do "erro" nos dois casos. Se o detetive chegar em casa e de repente se der conta de que o homem comprou costeletas de porco em vez de toucinho, poderá simplesmente apagar a palavra "toucinho" e escrever "costeletas de porco". Entretanto, se o comprador chegar em casa e a esposa chamar-lhe a atenção para o fato de ter comprado costeletas de porco em vez de toucinho, ele não poderá corrigir o erro apagando "toucinho" da lista e nela escrevendo "costeletas de porco".

Nesses exemplos, a lista provê o conteúdo proposicional da elocução e a força ilocucionária determina como esse conteúdo há de se relacionar com o mundo. Essa diferença, proponho chamá-la uma diferença *quanto à direção do ajuste*. A lista do detetive tem a direção do ajuste *palavra-mundo* (como os enunciados, descrições, asserções e explicações); a lista do comprador tem a direção do ajuste *mundo-palavra* (como os pedidos, comandos, juramentos, promessas). Represento a direção do ajuste palavra-mundo por uma flecha voltada para baixo ↓ e a direção do ajuste mundo-palavra por uma flecha voltada para cima ↑. A direção do ajuste é sempre uma conseqüência do propósito ilocucionário. Seria muito elegante se pudéssemos construir nossa taxinomia inteiramente em torno dessa distinção quanto à direção do ajuste, mas, ainda que conte muito em nossa taxinomia, sou incapaz de fazer dela a base de todas as distinções.

3. *Diferenças quanto aos estados psicológicos expressos.* Quem enuncia, explica, assere ou alega que *p* expressa *a crença de que p*; quem promete, jura, ameaça ou se empenha em fazer *A* expressa *uma intenção de fazer A*; quem ordena, manda, pede a *O* que faça *A, expressa um desejo (uma vontade) de que O faça A*; quem se desculpa por ter feito *A expressa arrependimento por ter feito A*; etc. Em geral, ao realizar qualquer ato ilocucionário com um conteúdo proposicional, o falante expressa uma atitude, um estado, etc. com respeito a esse conteúdo proposicional. Note-se que isso vale mesmo quando o falante é insincero, mesmo quando não tem a crença, o desejo, a intenção, o arrependimento ou o prazer que expressa; ele ainda assim expressa, ao rea-

lizar o ato de fala, uma crença, uma vontade, uma intenção, um arrependimento, um prazer. Esse fato é marcado lingüisticamente pelo fato de ser lingüisticamente inaceitável (ainda que não seja autocontraditório) a conjunção do verbo performativo explícito com a negação do estado psicológico expresso. Assim, não se pode dizer "Enuncio que *p* mas não acredito que *p*", "Prometo que *p* mas não tenho a intenção de que *p*", etc. Note-se que isso só vale para o uso performativo em primeira pessoa. Pode-se dizer "Ele enunciou que *p* mas ele realmente não acreditava que *p*", "Prometi que *p* mas não tenho de fato a intenção de fazê-lo", etc. O estado psicológico expresso na realização do ato ilocucionário é a *condição de sinceridade do ato*, como analisada em *Speech Acts*, capítulo 3.

Se tentarmos fazer uma classificação dos atos ilocucionários baseada inteiramente nos estados psicológicos diferentemente expressos (diferenças quanto à condição de sinceridade), poderemos ter um caminho bem longo pela frente. Assim, *a crença* agrupa não só enunciados, asserções, observações e explicações, mas também postulações, declarações, deduções e argumentos. *A intenção* agrupará promessas, votos, ameaças e empenhos. *O desejo* (ou *vontade*) agrupará pedidos, ordens, comandos, convites, preces, pleitos, súplicas e rogos. O *prazer* não reúne tantos atos – congratulações, felicitações, boas-vindas e outros poucos.

Na seqüência, simbolizarei o estado psicológico expresso por meio das iniciais maiúsculas do verbo correspondente: B para *believe* (acreditar), W para *want* (querer), I para *intend* (ter a intenção, intentar).

Essas três dimensões – propósito ilocucionário, direção do ajuste e condição de sinceridade – parecem-me as mais importantes; construirei a maior parte de minha taxinomia em torno delas, ainda que várias outras sejam dignas de nota.

4. *Diferenças quanto à força ou vigor com que o propósito ilocucionário é apresentado.* Tanto "Sugiro irmos ao cinema" como "Insisto em irmos ao cinema" têm o mesmo propósito ilocucionário, apresentado, porém, com forças diferentes. Dá-se algo análogo com "Juro solenemente que Bill roubou o dinheiro" e "Acho que Bill roubou o dinheiro". Na mesma dimensão do propósito ilocucionário, pode haver graus variáveis de força ou compromisso.

5. *Diferenças quanto ao estatuto ou posição do falante e do ouvinte, no que isso concerne à força ilocucionária da emissão.* Se o general convida o soldado raso a limpar o quarto, trata-se, muito provavelmente, de um comando ou ordem. Se o soldado raso convida o general a limpar o quarto, é provável que se trate de uma sugestão, proposta ou pedido, mas não de uma ordem ou comando. Essa característica corresponde a uma das condições preparatórias na minha análise em *Speech Acts*, capítulo 3.

6. *Diferenças quanto ao modo como a emissão se relaciona com os interesses do falante e do ouvinte.* Considerem-se, por exemplo, as diferenças entre gabolices e lamentações, entre congratulações e condolências. Nesses dois pares, percebe-se que a diferença é a que existe entre o que é e o que não

é do interesse do falante e do ouvinte, respectivamente. Essa característica é um outro tipo de condição preparatória, segundo a análise em *Speech Acts*.

7. *Diferenças quanto às relações com o resto do discurso.* Algumas expressões performativas servem para relacionar a emissão com o resto do discurso (e também com o contexto circundante). Considere-se, por exemplo, "replico", "deduzo", "concluo" e "objeto". Essas expressões servem para relacionar emissões com outras emissões e com o contexto circundante. As características por elas marcadas parecem dizer respeito principalmente a emissões da classe dos enunciados. Mais do que simplesmente enunciar uma proposição, pode-se enunciá-la à guisa de objeção ao que outra pessoa tenha dito, réplica a uma tese anterior, dedução a partir de certas premissas indiciais, etc. "Entretanto", "além do mais" e "portanto" também cumprem essas funções discursivas relacionais.

8. *Diferenças quanto ao conteúdo proposicional determinadas pelos dispositivos indicadores da força ilocucionária.* As diferenças, por exemplo, entre um relato e uma predição envolvem o fato de que a predição tem de tratar do futuro, enquanto um relato pode tratar do passado ou do presente. Essas diferenças correspondem a diferenças quanto às condições do conteúdo proposicional, como se explicou em *Speech Acts*.

9. *Diferenças entre os atos que devem sempre ser atos de fala e os que podem, mas não precisam, ser realizados como atos de fala.* Por exemplo, é possível classificar coisas dizendo-se "Classifico isso

como um *A* e isso como um *B*". Para classificar, porém, não é preciso dizer coisa alguma; pode-se simplesmente jogar todos os *As* na caixa *A* e todos os *Bs* na caixa *B*. Estimar, diagnosticar e concluir são casos análogos. Posso fazer estimativas, fazer diagnósticos e tirar conclusões dizendo "estimo", "diagnostico", e "concluo"; mas, para estimar, diagnosticar ou concluir não é necessário dizer absolutamente nada. Posso simplesmente postar-me diante de um prédio e estimar a sua altura, silenciosamente diagnosticá-lo como um esquizofrênico marginal ou concluir que o homem sentado a meu lado está bastante bêbado. Nesses casos, nenhum ato de fala, nem mesmo um ato de fala interno, é necessário.

10. *Diferenças entre os atos que requerem e os que não requerem instituições extralingüísticas para sua realização.* Há um grande número de atos ilocucionários que requerem uma instituição extralingüística, e, de modo geral, requerem que o falante e o ouvinte ocupem posições particulares naquela instituição, para que o ato seja realizado. Assim, para abençoar, excomungar, batizar, declarar culpado, marcar um fora-de-jogo numa partida de beisebol, apostar num três sem trunfo ou declarar guerra, não é suficiente que um falante qualquer diga a um ouvinte qualquer: "Eu abençôo", " Eu excomungo", etc. É preciso ocupar uma posição numa instituição extralingüística. Austin fala algumas vezes como se julgasse que todos os atos ilocucionários fossem dessa espécie, mas claramente não são. Para que eu enuncie que está chovendo ou prometa vir vê-lo, só preciso obedecer às regras da linguagem. Nenhuma

instituição extralingüística é necessária. Essa característica de certos atos de fala, a de requerer instituições extralingüísticas, deve ser distinguida da característica 5, a de que certos atos ilocucionários exigem que o falante, e possivelmente também o ouvinte, tenha um certo estatuto. As instituições extralingüísticas freqüentemente conferem estatuto de uma maneira relevante para a força ilocucionária, mas nem todas as diferenças de estatuto derivam de instituições. Assim, um assaltante armado, por possuir um revólver, pode *ordenar* a suas vítimas – em oposição, por exemplo, a pedir, rogar ou implorar – que levantem as mãos. Seu estatuto, porém, não deriva de uma posição numa instituição, mas da posse de uma arma.

11. *Diferenças entre os atos em que o verbo ilocucionário correspondente tem um uso performativo e aqueles em que isso não acontece.* A maior parte dos verbos ilocucionários têm usos performativos – por exemplo, *state* (enunciar), *promise* (prometer), *order* (ordenar), *conclude* (concluir). Não se pode, porém, realizar um ato de gabar-se ou ameaçar, dizendo, por exemplo, *I hereby boast* (Eu gabo-me) ou *I hereby threaten* (Eu ameaço). Nem todos os verbos ilocucionários são verbos performativos.

12. *Diferenças quanto ao estilo de realização do ato ilocucionário.* Alguns verbos ilocucionários servem para marcar o que poderíamos chamar de *estilo* particular de realização de um ato ilocucionário. Assim, a diferença entre, por exemplo, anunciar e confidenciar não precisa implicar nenhuma diferença de propósito ilocucionário ou de conteúdo proposicional, mas apenas de *estilo* de realização do ato ilocucionário.

## III. Pontos fracos da taxinomia de Austin

Austin propõe suas cinco categorias de maneira apenas experimental, mais como uma base para discussão do que como um conjunto de resultados estabelecidos. "Não estou", diz ele, "apresentando nada disso de maneira sequer minimamente definitiva" (Austin, 1962, p. 151). Penso que elas constituem uma excelente base para discussão, mas também acho que a taxinomia precisa ser profundamente revista, pois contém vários pontos fracos. Eis as cinco categorias de Austin:

*Vereditivos*. Estes "consistem na pronúncia de um veredito, oficial ou não-oficial, sobre a evidência ou as razões relativas a valor ou fato, tanto quanto estes se possam distinguir". São exemplos dessa classe de verbos: *acquit* (inocentar), *hold* (estatuir), *calculate* (calcular), *describe* (descrever), *analyze* (analisar), *estimate* (estimar), *date* (datar), *rank* (hierarquizar), *assess* (avaliar) e *characterize* (caracterizar).

*Exercitivos*. Cada um deles consiste em "proferir uma decisão favorável ou desfavorável a uma certa linha de ação ou advogá-la...", "uma decisão de que algo deva ser assim, enquanto distinta de um juízo de que é assim". São alguns exemplos: *order* (ordenar), *command* (mandar), *direct* (instruir), *plead* (pleitear), *beg* (suplicar), *recommend* (recomendar), *entreat* (rogar) e *advise* (aconselhar). *Request* (pedir) é também um exemplo óbvio, mas Austin não o inclui na lista. Assim como os citados acima, Austin inclui ainda: *appoint* (designar), *dis-*

*miss* (exonerar), *nominate* (nomear), *veto* (vetar), *declare closed* (declarar fechado), *declare open* (declarar aberto), e também *announce* (anunciar), *warn* (advertir), *proclaim* (proclamar) e *give* (dar).

*Compromissivos*. "Todo o propósito de um compromissivo", diz Austin, "é comprometer o falante com uma certa linha de ação." Alguns exemplos óbvios são: *promise* (prometer), *vow* (jurar solenemente, fazer voto), *pledge* (empenhar), *covenant* (convencionar), *contract* (contratar), *guarantee* (garantir), *embrace* (aderir) e *swear* (jurar).

*Expositivos* "são usados em atos de exposição que envolvem a explanação de concepções, a condução de argumentos e o esclarecimento de usos e referências". Austin dá muitos exemplos, entre os quais: *affirm* (afirmar), *deny* (negar), *emphasize* (enfatizar), *illustrate* (ilustrar), *answer* (responder), *report* (relatar), *accept* (aceitar), *object to* (objetar), *concede* (conceder), *describe* (descrever), *class* (classificar), *identify* (identificar) e *call* (chamar).

*Comportativos*. Essa classe, com a qual Austin estava bastante insatisfeito ("uma novela", ele dizia), "inclui a noção de reação ao comportamento e à sorte de outras pessoas, e a noção de atitude e expressão de atitude diante da conduta passada ou iminente de alguém".

Entre os exemplos citados por Austin estão: *apologize* (desculpar-se), *thank* (agradecer), *deplore* (deplorar), *commiserate* (compadecer-se), *congratulate* (congratular), *felicitate* (felicitar), *welcome* (dar as boas-vindas), *applaud* (aplaudir), *criticize* (criticar), *bless* (abençoar), *curse* (amaldiçoar), *toast* (brindar) e *drink* (beber à saúde). Mas também, curiosamente: *dare* (afrontar), *defy* (desafiar), *protest* (protestar) e *challenge* (contestar).

A primeira coisa a ser notada sobre essas listas é que não são classificações de atos ilocucionários, mas de verbos ilocucionários ingleses. Austin parece assumir que uma classificação de diferentes verbos é *eo ipso* uma classificação de espécies de atos ilocucionários, que dois verbos quaisquer não sinônimos devem marcar diferentes atos ilocucionários. Não há, porém, razão para supor que seja esse o caso. Como veremos, alguns verbos marcam, por exemplo, o modo como um ato ilocucionário é realizado; por exemplo, "anunciar". É possível anunciar ordens, promessas e relatos, mas anunciar não equivale a ordenar, prometer e relatar. Anunciar, para antecipar um pouco, não é o nome de um tipo de ato ilocucionário, mas do modo como um ato ilocucionário é realizado. Um anúncio nunca é somente um anúncio. Deve ser também um enunciado, uma ordem, etc.

Mesmo admitindo-se que se trata de listas de verbos ilocucionários, e não necessariamente de atos ilocucionários diferentes, parece-me que se pode levantar contra elas as seguintes críticas.

1. Primeiramente, uma crítica menor, mas digna de nota. Nem todos os verbos catalogados são sequer verbos ilocucionários. Por exemplo, *sympathize* (solidarizar-se), *regard as* (considerar como), *mean to* (pretender), *intend* (ter a intenção), e *shall* (haver de). Consideremos *intend* (ter a intenção); claramente não é performativo. Dizer "Tenho a in-

tenção" não é ter a intenção; tampouco na terceira pessoa nomeia um ato ilocucionário: "Ele teve a intenção..." não relata um ato de fala. Obviamente, há o ato ilocucionário de *expressar uma intenção*, mas o sintagma verbal ilocucionário é "expressar uma intenção", não "ter a intenção". Ter uma intenção nunca é um ato de fala; expressar uma intenção normalmente, mas nem sempre, o é.

2. O ponto fraco mais importante da taxinomia é simplesmente o seguinte. Não há nenhum princípio, ou conjunto de princípios, claro e consistente na base dos quais a taxinomia esteja construída. Apenas no caso dos Compromissivos Austin usou, clara e inequivocamente, o propósito ilocucionário como a base da definição de uma categoria. Os Expositivos, tanto quanto é clara sua caracterização, parecem ser definidos em termos de relações discursivas (minha característica 7). Os Exercitivos parecem estar pelo menos parcialmente definidos em termos do exercício da autoridade. Tanto considerações de estatuto (minha característica 5) quanto considerações institucionais (minha característica 10) lá intervêm furtivamente. Os Comportativos não me parecem, de maneira alguma, estar bem definidos (com o que Austin, estou certo, concordaria); eles parecem envolver as noções do que é bom ou mau para o falante e para o ouvinte (minha característica 6), bem como expressões de atitudes (minha característica 3).

3. Porque não há um princípio claro de classificação e porque há uma confusão persistente entre atos ilocucionários e verbos ilocucionários, há muita

sobreposição entre categorias e muita heterogeneidade no interior de algumas categorias. O problema não está no fato de haver casos fronteiriços – qualquer taxinomia que lide com o mundo real está propensa a engendrar casos fronteiriços – nem no mero fato de que alguns poucos casos incomuns terão as características definidoras de mais de uma categoria, mas no fato de que um grande número de verbos se vê bem no centro de duas categorias concorrentes, pois os princípios de classificação são assistemáticos. Considere-se, por exemplo, o verbo *describe* (descrever), um verbo muito importante em qualquer teoria dos atos de fala. Austin cataloga-o como um vereditivo e também como um expositivo. Dadas as suas definições, é fácil perceber por que: descrever pode ser tanto a pronúncia de um veredito como pode ser um ato de exposição. Nesse caso, porém, qualquer "ato de exposição que envolve a explanação de concepções" poderia ser também, no sentido bastante particular de Austin, "a pronúncia de um veredito, oficial ou não-oficial, sobre evidência ou razões". De fato, uma vista d'olhos em sua lista de expositivos (pp. 161-2) é suficiente para mostrar que a maioria dos seus verbos se ajusta à sua definição dos vereditivos, tanto quanto *describe*. Considere-se *affirm* (afirmar), *deny* (negar), *state* (enunciar), *class* (classificar), *identify* (identificar), *conclude* (concluir) e *deduce* (deduzir). Todos eles estão catalogados como expositivos, mas também poderiam facilmente ter sido catalogados como vereditivos. Os poucos casos que claramente não são vereditivos são casos em que o significado do verbo tem que ver apenas com relações discursivas, como *begin by* (começar por), *turn to* (voltar-se para); ou casos em que não entram em questão evidência ou razões, como *postulate* (postular), *neglect* (negligenciar), *call* (chamar) e *define* (definir). Isso não basta, porém, para justificar a existência de uma categoria distinta, principalmente porque muitos desses verbos – *begin by, turn to, neglect* – simplesmente não são nomes de atos ilocucionários.

4. Não só há muita sobreposição entre uma categoria e outra, mas há, no interior de certas categorias, tipos de verbos bastante distintos. Assim, Austin cataloga *dare* (afrontar), *defy* (desafiar) e *challenge* (contestar) ao lado de *thank* (agradecer), *apologize* (desculpar-se), *deplore* (deplorar) e *welcome* (dar as boas-vindas), como comportativos. Mas *dare, defy* e *challenge* têm que ver com as ações subseqüentes do ouvinte, alinham-se com *order* (ordenar), *command* (mandar) e *forbid* (proibir), por razões tanto sintáticas quanto semânticas, como mostrarei mais adiante. E, se procuramos pela família que inclui *order, command* e *urge* (exortar), descobrimos que estão catalogados como exercitivos, ao lado de *veto* (vetar), *hire* (empregar) e *demote* (rebaixar). No entanto, como também mostrarei adiante, eles pertencem a duas categorias bastante diferentes.

5. Relacionada com essas objeções, há ainda outra dificuldade, a de que nem todos os verbos catalogados no interior das classes realmente satisfazem as definições oferecidas, mesmo se tomadas essas definições num sentido bastante vago e sugesti-

vo, que claramente é o pretendido por Austin. Assim, *nominate* (nomear), *appoint* (designar) e *excommunicate* (excomungar) não são "proferir uma decisão favorável ou desfavorável a uma certa linha de ação", e muito menos "advogar" uma linha de ação. São, como o próprio Austin poderia ter dito, realizar uma ação, não advogar uma ação. Isto é, no sentido em que poderíamos concordar que ordenar, mandar e exortar alguém a fazer algo são todos casos de advogar que esse alguém o faça, não podemos concordar que nomear ou designar também sejam advogar. Ao designá-lo presidente, não advogo que você seja ou se torne presidente; eu o *faço* presidente.

Em resumo, a taxinomia de Austin depara-se com (no mínimo) seis dificuldades inter-relacionadas; em ordem crescente de importância: há uma confusão persistente entre verbos e atos, nem todos os verbos são verbos ilocucionários, há sobreposição demais entre as categorias, muitos dos verbos catalogados nas categorias não satisfazem a definição dada para a categoria, e, o que é mais importante, não há princípio consistente de classificação.

Não creio ter comprovado completamente todas essas seis acusações, e não tentarei fazê-lo nos limites desse artigo, que tem outros objetivos. Acredito, entretanto, que minhas dúvidas sobre a taxinomia de Austin ganharão mais clareza e força depois que eu apresentar uma alternativa. O que me proponho a fazer é tomar o propósito ilocucionário, e seus corolários, a direção do ajuste e as condições de sinceridade expressas, como base para a construção de uma classificação. Em tal classificação, outras características – o papel da autoridade, as relações discursivas, etc. – encontrarão seu lugar apropriado.

## IV. Taxinomia alternativa

Nessa seção, proponho-me a apresentar uma lista do que considero serem as categorias básicas dos atos ilocucionários. Ao fazê-lo, discutirei brevemente como minha classificação se relaciona com a de Austin.

*Assertivos.* O propósito dos membros da classe assertiva é o de comprometer o falante (em diferentes graus) com o fato de algo ser o caso, com a verdade da proposição expressa. Todos os membros da classe assertiva são avaliáveis na dimensão de avaliação que inclui o *verdadeiro* e o *falso*. Usando o sinal de asserção de Frege para marcar o propósito ilocucionário comum a todos os membros dessa classe, bem como os símbolos introduzidos acima, podemos simbolizar essa classe assim:

$$\vdash \downarrow B(p).$$

A direção do ajuste é palavra-mundo; o estado psicológico expresso é Crença (que *p*). É importante enfatizar que palavras como "crença" e "compromisso" intervêm aqui para marcar dimensões; são, pode-se dizer, determináveis, mais do que determinações. Assim, há uma diferença entre *sugerir* que *p* ou *apresentar como hipótese* que *p*, por um lado, e *insistir* que *p* ou solenemente *jurar* que *p*, por outro. O grau de crença ou de compromisso pode aproximar-se de, ou mesmo chegar a, zero, mas é claro, ou ficará claro, que *fazer a hipótese de que p* e *enunciar categoricamente que p* estão no mesmo ramo de atividade, no sentido em que se distinguem de pedir. Uma vez reconhecida a existência de assertivos como uma classe distinta, com base na noção de propósito ilocucionário, a existência de um grande número de verbos performativos que denotam elocuções que parecem ser avaliáveis na dimensão Verdadeiro-Falso e, entretanto, não são simples "enunciados" será facilmente explicável, em termos do fato de que marcam características da força ilocucionária que se somam ao propósito ilocucionário. Assim, por exemplo, considerem-se *boast* (gabar-se) e *complain* (reclamar). Ambos denotam assertivos, com a característica adicional de que têm algo que ver com o interesse do falante (condição 6 acima). *Conclude* (concluir) e *deduce* (deduzir) são também assertivos, com a característica adicional de que marcam certas relações entre o ato ilocucionário assertivo e o resto do discurso ou o contexto da emissão (condição 7 acima). Essa classe conterá a maioria dos expositivos de Austin e também muitos dos seus vereditivos, pela razão, que espero agora esteja óbvia, de que todos têm o mesmo propósito ilocucionário e apenas diferem por outras características da força ilocucionária. O teste mais simples para um assertivo é: pode-se caracterizá-lo literalmente (*inter alia*) como verdadeiro ou falso; embora eu me apresse em acrescentar que não se formulam assim condições necessárias nem suficientes, como veremos ao chegarmos à minha quinta classe.

Essas questões sobre os assertivos ficarão, espero, mais claras quando eu discutir minha segunda classe, que, com alguma relutância, chamarei

*Diretivos*. Seu propósito ilocucionário consiste no fato de que são tentativas (em graus variáveis, e por isso são, mais precisamente, determinações do determinável que inclui tentar) do falante de levar o ouvinte a fazer algo. Podem ser "tentativas" muito tímidas, como quando o convido a fazer algo ou sugiro que faça algo, ou podem ser tentativas muito veementes, como quando insisto em que faça algo. Usando o ponto de exclamação como dispositivo indicador do propósito ilocucionário dos membros dessa classe em geral, temos o seguinte simbolismo:

$$!\uparrow W (O \text{ faz } A)$$

A direção do ajuste é mundo-palavra e a condição de sinceridade é a vontade (ou desejo). O conteúdo proposicional é sempre que o ouvinte *O* faça alguma ação futura *A*. Os verbos que denotam os membros dessa classe são: *ask* (pedir, convidar), *order* (ordenar), *command* (mandar), *request* (pedir), *beg* (suplicar), *plead* (pleitear), *pray* (rezar), *entreat* (rogar), e também *invite* (convidar), *permit* (permitir) e *advise* (aconselhar). Julgo também ser claro que *dare* (afrontar), *defy* (desafiar) e *challenge* (contestar), que Austin cataloga como comportativos, estão nessa classe. Muitos dos exercitivos de Austin estão também nessa classe. Perguntas são uma subclasse dos diretivos, pois são tentativas, por parte de *F*, de levar *O* a responder, isto é, a realizar um ato de fala.

*Compromissivos*. A definição de Austin dos compromissivos parece-me inatacável; aproprio-me dela sem modificações, com a ressalva de que muitos dos verbos que ele cataloga como verbos compromissivos absolutamente não pertencem a essa classe, como *shall* (haver de), *intend* (ter a intenção de), *favor* (favorecer) e outros. Os compromissivos são, portanto, os atos ilocucionários cujo propósito é comprometer o falante (também neste caso, em graus variáveis) com alguma linha futura de ação. Usando "*C*" para simbolizar os membros dessa classe em geral, temos o seguinte simbolismo:

$$C \uparrow I \,(F \text{ faz } A)$$

A direção do ajuste é mundo-palavra e a condição de sinceridade é a intenção. O conteúdo proposicional é sempre que o falante *F* faça alguma ação futura *A*. Se a direção do ajuste é a mesma para os compromissivos e diretivos, teríamos uma taxinomia mais elegante se pudéssemos mostrar que eles são realmente membros de uma mesma categoria. Sou incapaz de fazê-lo, porque enquanto o propósito de uma promessa é o de comprometer o falante a fazer algo (e não necessariamente tentar levá-lo a fazer algo), o propósito de um pedido é o de tentar levar o ouvinte a fazer algo (e não necessariamente comprometê-lo ou obrigá-lo a fazer algo). Para assimilar as duas categorias, seria necessário provar que as promessas são realmente uma espécie de pedido a si mesmo (isso me foi sugerido por Julian Boyd) ou, alternativamente, seria necessário provar que os pedidos impõem ao ouvinte uma obrigação (isso me foi sugerido por William Alston e John Kearns). Não fui capaz de fazer com que nenhuma dessas duas análises funcionasse e fiquei com a solução deselegante de duas categorias distintas com a mesma direção do ajuste.

Chamarei uma quarta categoria de

*Expressivos.* O propósito ilocucionário dessa classe é o de expressar um estado psicológico, especificado na condição de sinceridade, a respeito de um estado de coisas, especificado no conteúdo proposicional. Os paradigmas dos verbos expressivos são *thank* (agradecer), *congratulate* (congratular), *apologize* (desculpar-se), *condole* (dar pêsames), *deplore* (deplorar), e *welcome* (dar as boas-vindas). Note-se que, nos expressivos, não há direção do ajuste. Ao realizar um expressivo, o falante não está tentando fazer com que o mundo corresponda às palavras, nem está tentando fazer com que as palavras correspondam ao mundo; pelo contrário, a verdade da proposição expressa é pressuposta. Assim, por exemplo, quando eu me desculpo por ter pisado em seu pé, não é meu propósito alegar que seu pé foi pisado, nem fazê-lo ser pisado. Esse fato é refletido nitidamente na sintaxe (do inglês) pelo fato de que os verbos expressivos paradigmáticos não admitem, em suas ocorrências performativas, orações *that* (que), mas requerem uma transformação de nominalização gerundiva (ou alguma outra nominal). Não se pode dizer:

*I apologize that I stepped on your toe
(Desculpe-me que pisei em seu pé);

mas o inglês correto é

I apologize for stepping on your toe
(Desculpe-me por pisar em seu pé).

Do mesmo modo, não se pode ter:

*I congratulate you that you won the race
(Congratulo-o que você ganhou a corrida)

nem

*I thank you that you paid me the money.
(Agradeço-lhe que você me pagou).

Deve-se ter:

I congratulate you on winning the race (congratulations on winning the race)
(Congratulo-o por ter ganhado a corrida (congratulações por ter ganhado a corrida))
I thank you for paying me the money (thanks for paying me the money)
(Agradeço-lhe por pagar-me (agradecimentos por pagar-me)).

Esses fatos sintáticos, sugiro, são conseqüências do fato de não haver direção do ajuste nos expressivos. A verdade da proposição expressa num expressivo é pressuposta. A simbolização dessa classe deve, pois, dar-se assim:

$$E\emptyset\ (P)\ (F/O + \text{propriedade})$$

"$E$" indica o propósito ilocucionário comum a todos os expressivos, "$\emptyset$" é o símbolo nulo, que indica não haver direção do ajuste, $P$ é uma variável para os diferentes estados psicológicos que podem ser expressos na realização dos atos ilocucionários dessa classe, e o conteúdo proposicional atribui alguma propriedade (não necessariamente uma ação) a $F$ ou a $O$. Posso congratulá-lo não só por ter ganhado a corrida, mas também por sua boa aparência. A propriedade especificada no conteúdo proposicional de um expressivo deve, entretanto, estar relacionada com $F$ ou com $O$. Não posso, a não ser sob pressupostos muito particulares, congratulá-lo pela primeira lei do movimento de Newton.

Seria econômico poder incluir todos os atos ilocucionários nessas quatro classes, e isso daria mais sustentação ao padrão geral de análise adotado em *Speech Acts*, mas parece-me que a taxinomia ainda não está completa. Falta ainda uma classe importante de casos, em que o estado de coisas representado na proposição expressa é realizado ou feito existir pelo dispositivo indicador da força ilocucionária, casos em que se faz existir um estado de coisas ao declarar-se que ele existe, casos em que "dizer faz existir". São exemplos "Renuncio", "Você está demitido", "Eu o excomungo", "Batizo este navio o encouraçado Missouri". Esses casos foram apresentados como paradigmáticos nas primeiras discussões dos performativos, mas parece-me que ainda não foram adequadamente descritos na literatura, e sua relação com outros tipos de atos ilocucionários é comumente mal-entendida. Chamemos essa classe *Declarações*. A característica definidora dessa classe é que a realização bem-sucedida de um de seus membros produz a correspondência entre o conteúdo proposicional e a realidade, a realização bem-sucedida garante a correspondência entre o conteúdo proposicional e o mundo: se sou bem-sucedido em realizar o ato de designá-lo presidente, então você é o presidente; se realizo com sucesso o ato de nomeá-lo candidato, então você é um candidato; se realizo com sucesso o ato de declarar um estado de guerra, então estamos em guerra; se sou bem-sucedido em realizar o ato de casá-lo, então você está casado.

A estrutura sintática superficial de muitas sentenças usadas para realizar declarações oculta esse aspecto, pois nelas não há distinção sintática superficial entre conteúdo proposicional e força ilocucionária. Assim, "Você está demitido" e "Renuncio" não parecem permitir uma distinção entre força ilocucionária e conteúdo proposicional, mas julgo que, de fato, ao serem usadas para realizar declarações, sua estrutura semântica seja:

Declaro: seu emprego terminou.
Declaro: minhas funções terminaram.

As declarações produzem uma alteração no estatuto ou condição do referido em relação a objeto ou objetos tão-somente em virtude do fato de se ter conseguido realizar a declaração. Essa característica das declarações distingue-as das outras categorias. Na história das discussões sobre esses tópicos, desde a primeira vez em que Austin introduziu sua distinção entre performativos e constativos, essa característica das declarações não tem sido adequadamente compreendida. A distinção original entre constativos e performativos pretendia ser uma distinção entre emissões que consistem em dizer (constativos, enunciados, asserções, etc.) e emissões que consistem em fazer (promessas, apostas, advertências, etc.). O que estou chamando de declaração foi incluído na classe dos performativos. O principal tema da obra madura de Austin, *How to Do Things with Words*, é a falência dessa distinção. Assim como dizer certas coisas é casar-se (um "performativo") e dizer certas coisas é fazer uma promessa (outro "performativo"), dizer certas coisas é fazer um enunciado (supostamente um "constativo"). Como Austin percebeu, mas muitos filósofos ainda não conseguem perceber, os casos são exatamente paralelos. Fazer um enunciado é realizar um ato ilocucionário, tanto quanto fazer uma promessa, uma aposta, uma advertência, etc. Qualquer emissão consistirá na realização de um ou mais atos ilocucionários.

Na sentença, o dispositivo indicador da força ilocucionária opera sobre o conteúdo proposicional para indicar, entre outras coisas, a direção do ajuste entre o conteúdo proposicional e a realidade. No caso dos assertivos, a direção do ajuste é palavra-mundo; no caso dos diretivos e compromissivos, ela é mundo-palavra; no caso dos expressivos, a força ilocucionária não comporta direção do ajuste, pois a existência do ajuste é pressuposta. A emissão não pode decolar a menos que já exista um ajuste. No caso das declarações, porém, descobrimos uma relação muito peculiar. A realização de uma declaração produz um ajuste precisamente por ser uma realização bem-sucedida. Como isso é possível? Note-se que todos os exemplos que consideramos até agora envolvem uma instituição extralingüística, um sistema de regras constitutivas que se acrescentam às regras constitutivas da linguagem, para que a declaração possa ser realizada com sucesso. O domínio, por parte do falante e do ouvinte, das regras que constituem a competência lingüística não é, em geral, suficiente para a realização de uma declaração. Deve existir também uma instituição extralingüística, e tanto o falante como o ouvinte devem ocupar lugares especiais no interior dessa instituição. É apenas por haver instituições como a igreja, o direito, a propriedade privada, o estado – e posições especiais do falante e do ouvinte no interior dessas instituições – que se pode excomungar, designar, doar e legar bens, declarar guerra. Há duas classes de exceções ao princípio de que toda declaração requer uma instituição extralingüística. Em primeiro lugar, há declarações sobrenaturais. Quando, por exemplo, Deus diz "Faça-se a luz", trata-se de uma declaração. Em segundo lugar, há as declarações que dizem respeito à própria linguagem, como, por exemplo, quando alguém diz "Eu defino, abrevio, nomeio, denomino ou intitulo". Austin às vezes fala como se todos os performativos (e, na teoria geral, todos os atos ilocucionários) requeressem uma instituição extralingüística, mas é claro que isso não acontece. As declarações são uma categoria muito especial de atos de fala. Simbolizaremos sua estrutura assim:

$$D \updownarrow \emptyset\ (p)$$

*D* indica o propósito ilocucionário declaracional; a direção do ajuste é tanto palavra-mundo quanto mundo-palavra, em virtude do caráter peculiar das declarações; não há condição de sinceridade e, por isso, temos o símbolo nulo no lugar reservado para a condição de sinceridade; e usamos a variável proposicional costumeira "*p*".

A razão pela qual deve haver uma flecha concernente à relação de ajuste é que as declarações efetivamente tentam levar a linguagem a corresponder ao mundo. Todavia, não tentam fazê-lo através da descrição de um estado de coisas existente (como os assertivos), nem procurando levar alguém a produzir um estado de coisas futuro (como os diretivos e compromissivos).

Alguns membros da classe das declarações sobrepõem-se a membros da classe dos assertivos. Isso acontece porque, em certas situações institucionais, não nos limitamos a apurar os fatos, mas também precisamos que uma autoridade pronuncie uma decisão sobre quais sejam os fatos, depois de concluídos os procedimentos do inquérito. O debate deve ter um fim e resultar numa decisão, e é por essa razão que temos juízes e árbitros. Juízes e árbitros fazem alegações fatuais; "Você está fora de jogo", "Você é culpado". Tais alegações claramente podem ser avaliadas na dimensão do ajuste palavra-mundo. Ele foi realmente posto fora de jogo? Ele realmente cometeu o crime? Elas podem ser avaliadas na dimensão palavra-mundo. No entanto, ambas têm, ao mesmo tempo, a força de declarações. Se o árbitro proclamar que você está fora de jogo (e isso for confirmado em caso de recurso), então, para os efeitos do beisebol, você estará fora de jogo, não importam os fatos em causa; se o juiz declará-lo culpado (e isso for confirmado em caso de recurso), então, para os efeitos da lei, você é culpado. Não há nada de misterioso nesses casos. Instituições caracteristicamente requerem atos ilocucionários a serem proferidos por autoridades de vários tipos, com a força de declarações. Algumas instituições requerem alegações assertivas a serem proferidas com a força de declarações, para que o debate sobre a verdade da alegação possa terminar em algum momento e os passos institucionais seguintes, que dependem da solução da questão fatual, possam acontecer: o prisioneiro é solto ou mandado para a cadeia, o time perde a vez, um gol é marcado. A existência dessa classe pode ser assinalada pelo nome "Declarações Assertivas". Diferentemente das outras declarações, partilham com os assertivos uma condição de sinceridade. O juiz, o júri e o árbitro podem logicamente dizer mentiras, mas a pessoa que declara guerra ou nomeia para um cargo não pode mentir ao realizar seu ato ilocucionário. O simbolismo para a classe das declarações assertivas é, portanto, este:

$$D_a \Updownarrow B(p)$$

$D_a$ indica o propósito ilocucionário de proferir um assertivo com a força de uma declaração, a primeira flecha indica a direção do ajuste assertiva, a segunda indica a direção do ajuste declaracional, a condição de sinceridade é a crença e o *p* representa o conteúdo proposicional.

## V. Alguns aspectos sintáticos da classificação

Até agora, classifiquei atos ilocucionários e usei fatos sobre verbos como evidência e ilustração. Nesta seção, pretendo discutir explicitamente algumas questões da sintaxe do inglês. Se as distinções mostradas na seção IV têm alguma significação real, é provável que tenham várias conseqüências sintáticas, e proponho-me agora a examinar a estrutura profunda de sentenças performativas explícitas relativas a cada uma das cinco categorias; isto é, pretendo examinar a estrutura sintática de sentenças que contenham a ocorrência performativa de verbos ilocucionários apropriados a cada uma das cinco categorias. Já que todas as sentenças que consideraremos conterão um verbo performativo na oração principal e uma oração subordinada, abreviarei as estruturas de árvore usuais da seguinte maneira: por exemplo a sentença, *I predict John will hit Bill* (Eu predigo que John baterá em Bill) tem a estrutura profunda mostrada na figura 1. Vou abreviá-la simplesmente assim: *I predict + John will hit Bill.* Os parênteses serão usados para marcar elementos opcionais, ou elementos que são obrigatórios apenas para uma classe restrita dos verbos em questão. Onde se puder escolher um entre dois elementos, colocarei uma barra entre eles, por exemplo, *I/you.*

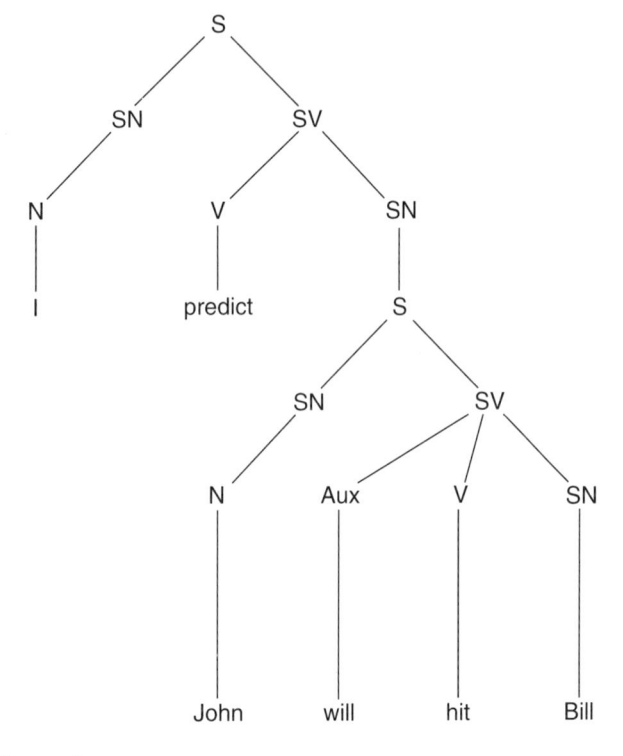

```
                    S
                   / \
                SN   SV
                /    / \
               N    V   SN
               |    |   |
               I  predict S
                         / \
                       SN   SV
                       /   / | \
                      N  Aux V  SN
                      |   |  |   |
                    John will hit Bill
```

Figura 1

*Assertivas*. A estrutura profunda de sentenças assertivas paradigmáticas, tais como *I state that it is raining* (Eu enuncio que está chovendo) e *I predict he will come* (Eu predigo que ele virá) é simplesmente: *I* verbo (*that*) + S. Essa classe, enquanto classe, não acarreta outras restrições, embora verbos particulares possam acarretar outras restrições ao nó S inferior. Por exemplo, *predict* (predizer) exige que um Aux no S inferior seja futuro ou, ao menos, não seja passado. Verbos assertivos tais como *describe* (descrever), *call* (chamar), *classify* (classificar) e *identify* (identificar) têm uma estrutura sintática diferente, semelhante à de muitos verbos de declaração, e serão discutidos mais adiante.

*Diretivas*. Sentenças como *I order you to leave* (Eu ordeno-lhe que saia) e *I command you to stand at attention* (Eu mando-o ficar em posição de sentido) têm a seguinte estrutura profunda:

*I* verbo *you* + *you* Fut Verbo Vol (SN) (Adv).

*I order you to leave* é então a realização superficial de *I order you* + *you will leave*, com apagamento de SN igual do *you* repetido. Note-se que um argumento sintático adicional para a inclusão de *dare* (afrontar), *defy* (desafiar) e *challenge* (contestar) em minha lista de verbos diretivos, e para minha objeção ao fato de Austin tê-los alinhado com *apologize* (desculpar-se), *thank* (agradecer), *congratulate* (congratular), etc., é que eles têm a mesma forma sintática que os verbos diretivos paradigmáticos *order* (ordenar), *command* (mandar) e *request* (pedir). Analogamente, *invite* (convidar) e *advise* (aconselhar) (em um de seus sentidos) têm a sintaxe diretiva. *Permit* (permitir) também tem a sintaxe dos diretivos, embora dar permissão não seja, estritamente falando, tentar levar alguém a fazer algo; consiste antes em remover restrições anteriormente existentes quanto a alguém fazer algo, sendo, portanto, a negação ilocucionária de um diretivo com um conteúdo proposicional negativo; sua forma lógica é $\sim!\,(\sim p)$.

*Compromissivas.* Sentenças tais como *I promise to pay you the money* (Eu prometo pagar-lhe), *I pledge allegiance to the flag* (Eu juro fidelidade à bandeira) e *I vow to get revenge* (Eu juro vingar-me) têm a estrutura profunda

*I* verbo (*you*) + *I* Fut Verbo Vol (SN) (Adv).

Assim, *I promise to pay you the money* é a realização superficial de *I promise you* + *I will pay you the money*, com supressão de SN igual do *I* repetido. Percebemos a diferença de sintaxe entre *I promise you to come on Wednesday* (Eu prometo-lhe vir na quarta-feira) e *I order you to come on Wednesday* (Eu ordeno-lhe vir na quarta-feira) como sendo esta: *I* é o sujeito da estrutura profunda de *come* na primeira sentença e *you* é o sujeito da estrutura profunda de *come* na segunda, como exigido pelos verbos *promise* e *order*, respectivamente. Note-se que nem todas as compromissivas paradigmáticas têm *you* como o objeto indireto do verbo performativo. Na sentença *I pledge allegiance to the flag*, a estrutura profunda não é *I pledge to you flag* + *I will be allegiant*. Ela é:

*I pledge* + *I will be allegiant to the flag*.

Embora haja argumentos puramente sintáticos em favor da idéia de que os verbos diretivos paradigmáticos como *order* e *command*, assim como o modo imperativo, exijam *you* como o sujeito da estrutura profunda do nó S inferior, não conheço nenhum argumento sintático que mostre que as compromissivas exigem *I* como o sujeito da estrutura profunda em seu nó S inferior. Semanticamente, de fato, devemos interpretar sentenças como *I promise that Henry will be here on Wednesday* (Eu prometo que Henry estará aqui na quarta-feira) como significando

*I promise that **I will see to it** that Henry will be here next Wednesday* (Eu prometo que **eu irei cuidar** para que Henry esteja aqui na próxima quarta-feira),

desde que interpretemos a emissão como uma promessa genuína, mas não conheço nenhum argumento puramente sintático que mostre que a estrutura profunda da primeira sentença contém os elementos realçados na segunda.

*Expressivas*. Como mencionei anteriormente, as expressivas exigem caracteristicamente uma transformação gerundiva do verbo no nó S inferior. Dizemos:

*I apologize for stepping on your toe*
(Eu desculpo-me por pisar em seu dedão)
*I congratulate you on winning the race*
(Eu congratulo-o por ganhar a corrida)
*I thank you for giving me the money*
(Eu agradeço-lhe por dar-me o dinheiro).

A estrutura profunda de tais sentenças é:

*I* verbo *you* + *I/you* SV ⇒ nom. gerundiva.

E, repetindo, a explicação para a gerundiva obrigatória é que não há direção de ajuste. As formas que normalmente admitem questões relativas à direção de ajuste, orações *that* (que) e infinitivas, não são permitidas. Daí a impossibilidade de

\**I congratulate you that you won the race*
(Eu congratulo-o que você ganhou a corrida)
\**I apologize to step on your toe*
(Eu desculpo-me pisar em seu dedão).

Entretanto, nem todas as transformações de nominalização permitidas são gerundivas; o ponto é simplesmente que elas não devem produzir orações that ou sintagmas infinitivos; assim, podemos ter ou

*I apologize for behaving badly*
(Eu desculpo-me por ter-me comportado mal)

ou

*I apologize for my bad behaviour*
(Eu desculpo-me pelo meu mau comportamento)

mas não

*\*I apologize that I behaved badly*
(Eu desculpo-me que me comportei mal)
*\*I apologize to behave badly*
(Eu desculpo-me comportar-me mal).

Antes de tratar das declarações, desejo retomar a discussão dos verbos assertivos que têm uma forma sintática diferente dos paradigmas acima referidos. Eu disse que as assertivas paradigmáticas têm a forma sintática

*I* verbo (*that*) + S.

Mas, se considerarmos verbos assertivos como *diagnose* (diagnosticar), *call* (chamar) e *describe* (descrever), e também *class* (classificar), *classify* (classificar) e *identify* (identificar), veremos que não se ajustam de maneira alguma a esse padrão. Consideremos *call, describe* e *diagnose* em sentenças como

*I call him a liar*
(Eu chamo-o de mentiroso)
*I diagnose his case as appendicitis*
(Eu diagnostico seu caso como apendicite)
*I describe John as a Fascist*
(Eu descrevo John como um fascista).

Em geral, a forma delas é

*I* verbo $SN_1$ + $SN_1$ *be* pred.

Não se pode dizer

\**I call that he is a liar.*
(Chamo que ele é um mentiroso)
\**I diagnose that his case is appendicitis*
(Eu diagnostico que seu caso é apendicite)
(alguns dos meus alunos teimam em julgar essa forma aceitável)
\**I describe that John is a Fascist*
(Eu descrevo que John é um fascista).

Parece haver, pois, um conjunto de restrições muito rígidas concernentes a uma classe importante de verbos assertivos que não é partilhado pelos outros paradigmas. Isso justificaria a conclusão de que esses verbos teriam sido erroneamente classificados como assertivos, ao lado de *state* (enunciar), *assert* (asserir), *claim* (alegar) e *predict* (predizer), e de que precisaríamos de uma classe distinta para eles? Poder-se-ia argumentar que a existência desses verbos corroboraria a tese de Austin de que precisamos de uma classe de vereditivos, diferente da classe dos expositivos, mas esta seria certamente uma conclusão muito curiosa, já que Austin cataloga como expositivos a maior parte dos verbos que mencionamos acima. Ele inclui *describe, class, identify* e *call* entre os expositivos, *diagnose* e *describe* entre os vereditivos. A sintaxe comum a muitos vereditivos e expositivos seria dificilmente conciliável com a necessidade de uma classe separada para os vereditivos. No entanto, deixando de lado a taxinomia de Austin, ainda permanece a questão de saber se precisamos de uma categoria semântica distinta para dar conta desses fatos sintáticos. Acho que não. Penso que há uma explicação bem mais simples para a distribuição desses verbos. No discurso assertivo, freqüentemente focalizamos nossa atenção em algum tópico da discussão. A questão não é apenas saber qual é o conteúdo proposicional que estamos asserindo, mas saber o que dizemos sobre o(s) *objeto*(s) referido(s) no conteúdo proposicional: não apenas o que enunciamos, alegamos, caracterizamos, ou asserimos, mas como descrevemos, chamamos, diagnosticamos ou identificamos algum tópico da discussão previamente mencionado. A questão de diagnosticar ou de descrever é sempre a questão de diagnosticar uma pessoa ou seu caso, a questão de descrever uma paisagem, uma festa, uma pessoa, etc. Esses verbos ilocucionários assertivos fornecem-nos um expediente para isolar os tópicos do que é dito sobre os tópicos. Essa diferença sintática bastante genuína não marca, porém, uma diferença semântica suficientemente grande para justificar a formação de uma categoria distinta. Note-se, em apoio a meu argumento, que as sentenças efetivas pelas quais se fazem descrições, diagnósticos, etc. raramente são do tipo performativo; pelo contrário, estão normalmente nas formas indicativas padrão, as mais características da classe assertiva.

Emissões de:

*He is a liar* (Ele é um mentiroso)
*He has appendicitis* (Ele tem apendicite)
*He is a Fascist* (Ele é um fascista)

são todas caracteristicamente *enunciados*; ao fazê-los, chamamos, diagnosticamos e descrevemos, como também acusamos, identificamos e caracterizamos. Concluo, pois, que há tipicamente duas formas sintáticas para verbos ilocucionários assertivos; uma delas focaliza o conteúdo proposicional, a outra focaliza o(s) objeto(s) referido(s) no conteúdo proposicional, mas ambas são semanticamente assertivas.

*Declarações*. Menciono a forma sintática

*I* verbo $SN_1$ + $SN_1$ *be* pred

para antecipar-me a um argumento pela instituição de uma categoria semântica distinta para aquelas sentenças, e também porque muitos verbos de declaração têm essa forma. De fato, parece haver várias formas sintáticas diferentes associadas às performativas explícitas de declaração. Acredito que as três classes seguintes sejam as mais importantes.

1. *I find you guilty as charged*
   (Eu julgo-o culpado das acusações)
   *I now pronounce you man and wife*
   (Eu declaro-os marido e mulher)
   *I appoint you chairman*
   (Eu designo-o presidente)

2. *War is hereby declared*
   (A guerra está declarada)
   *I declare the meeting adjourned*
   (Eu declaro suspensa a reunião)
3. *You're fired*
   (Você está demitido)
   *I resign*
   (Eu renuncio)
   *I excommunicate you*
   (Eu excomungo-o).

A estrutura sintática profunda dessas três classes é, respectivamente:

1. *I* verbo $SN_1$ + $SN_1$ *be* pred.

Assim, em nossos exemplos, temos
*I find you + you be guilty as charged*
*I pronounce you + you be man and wife*
*I appoint you + you be chairman*

2. I declare + S.

Assim, em nossos exemplos, temos

*I/we (hereby)declare + a state of war exists*
*I declare + the meeting be adjourned.*

Essa é a forma mais pura da declaração: o falante, investido de autoridade, produz um estado de coisas, especificado no conteúdo proposicional, por dizer: eu declaro que o estado de coisas existe. Semanticamente, todas as declarações são dessa natureza, embora, na classe 1, a focalização do tópico produza uma alteração na sintaxe, que é exatamente a mesma sintaxe que encontramos em verbos assertivos como *describe, characterize, call* e *diagnose*; e, na classe 3, a sintaxe oculta ainda mais a estrutura semântica.

3. Sua sintaxe é a mais enganosa. É simplesmente
   *I* verbo (SN),

como em nossos exemplos:

*I fire you* (Eu demito-o)
*I resign* (Eu renuncio)
*I excommunicate you* (Eu excomungo-o).

No entanto, sua estrutura semântica parece-me ser a mesma que a da classe 2. *You're fired*, se emitida como a realização do ato de demitir alguém, e não como um relato, significa

Eu declaro + seu trabalho terminou.

Analogamente, *I hereby resign* significa

Eu declaro + meu emprego terminou.

*I excommunicate you* significa

Eu declaro + sua filiação à igreja terminou.

A explicação para a estrutura sintática incrivelmente simples dessas sentenças parece-me ser que se trata de verbos que, em sua ocorrência performativa, encapsulam tanto a força declarativa como o conteúdo proposicional.

*VI. Conclusões*

Estamos agora em condições de tirar algumas conclusões gerais.

1. Muitos dos verbos que chamamos de verbos ilocucionários não são marcadores de propósito ilocucionário, mas de alguma outra característica do ato ilocucionário. Considere-se *insist* (insistir) e *suggest* (sugerir). Posso insistir em irmos ao cinema ou posso sugerir irmos ao cinema; mas posso também insistir que a resposta se encontra na p. 16 ou posso sugerir que ela se encontra na p. 16. O primeiro par é de diretivas; o segundo, de assertivas. Isso mostra que insistir e sugerir são atos ilocucionários diferentes dos assertivos e também dos diretivos, ou talvez que são assertivos e também diretivos? Penso que a resposta a ambas as questões é não. *Insist* e *suggest* são usados para marcar o grau de intensidade com que se apresenta o propósito ilocucionário. Eles absolutamente não marcam um propósito ilocucionário distinto. Da mesma maneira, *annouce* (anunciar), *hint* (insinuar) e *confide* (confidenciar) não marcam propósitos ilocucionários distintos, mas sim o estilo ou modo de realização de um ato ilocucionário. Por mais paradoxal que isso

possa parecer, tais verbos são verbos ilocucionários, mas não são nomes de espécies de atos ilocucionários. É por essa razão, entre outras, que devemos distinguir cuidadosamente uma taxinomia de atos ilocucionários e uma taxinomia de verbos ilocucionários.

2. Na seção IV, tentei classificar os atos ilocucionários, e, na seção V, tentei explorar algumas das características sintáticas dos verbos que denotam membros de cada uma das categorias. Todavia, não tentei classificar os verbos ilocucionários. Se alguém o tentasse, creio que resultaria o seguinte.

(a) Em primeiro lugar, como acabo de observar, alguns verbos absolutamente não marcam um propósito ilocucionário, mas alguma outra característica, por exemplo, *insist* (insistir), *suggest* (sugerir), *announce* (anunciar), *confide* (confidenciar), *reply* (replicar), *answer* (responder), *interject* (apartear), *remark* (considerar), *ejaculate* (exclamar) e *interpose* (intervir).

(b) Muitos verbos marcam o propósito ilocucionário e mais uma outra característica; por exemplo, *boast* (gabar-se), *lament* (lamentar), *threaten* (ameaçar), *criticize* (criticar), *accuse* (acusar) e *warn* (advertir) acrescentam todos uma característica de bondade ou maldade a seu propósito ilocucionário primário.

(c) Alguns poucos verbos marcam mais de um propósito ilocucionário; por exemplo, um *protesto* envolve tanto a expressão de uma reprovação como o requerimento de uma mudança.

*Promulgar uma lei* tem tanto um estatuto declaracional (o conteúdo proposicional torna-se lei) quanto um estatuto diretivo (a lei é diretiva em sua intenção). Os verbos de declaração assertiva incluem-se nessa classe.

(d) Alguns poucos verbos podem investir-se de mais de um propósito ilocucionário. Considere-se *warn* (advertir) e *advise* (aconselhar, avisar). Observe-se que ambos têm sintaxe diretiva e sintaxe assertiva. Assim,

> *I warn you to stay away from my wife!*
> (Advirto-o para ficar longe da minha esposa!)
> (diretiva)
> *I warn you that the bull is about to charge*
> (Advirto-o que o touro está prestes a atacar)
> (assertiva)
> *I advise you to leave*
> (Aconselho-o a sair)
> (diretiva)
> *Passengers are hereby advised that the train will be late*
> (Avisa-se aos passageiros que o trem se atrasará)
> (assertiva).

Correspondentemente, parece-me que advertir e avisar podem ser tanto dizer-lhe *que* algo é o caso (em conexão com o que é ou não é do seu interesse) quanto dizer-lhe *para* fazer algo a respeito disso (por ser ou não ser do seu interesse). Podem, mas não precisam, ser ambas as coisas ao mesmo tempo.

3. A conclusão mais importante a ser tirada dessa discussão é a seguinte. Não há, como Wittgenstein (numa interpretação possível) e muitos ou-

tros alegaram, um número infinito ou indefinido de jogos de linguagem ou usos da linguagem. Pelo contrário, a ilusão de que os usos da linguagem são ilimitados é gerada por uma enorme falta de clareza sobre o que sejam os critérios que permitem distinguir um jogo de linguagem de outro, um uso da linguagem de outro. Se adotamos o propósito ilocucionário como a noção básica para a classificação dos usos da linguagem, há então um número bem limitado de coisas básicas que fazemos com a linguagem: dizemos às pessoas como as coisas são, tentamos levá-las a fazer coisas, comprometemo-nos a fazer coisas, expressamos nossos sentimentos e atitudes, e produzimos mudanças por meio de nossas emissões. Freqüentemente, fazemos mais que uma dessas coisas de uma só vez, com a mesma emissão.

CAPÍTULO 2

# OS ATOS DE FALA INDIRETOS

*Introdução*

Os casos mais simples de significação são aqueles em que o falante emite uma sentença e quer significar exata e literalmente o que diz. Nesses casos, o falante tem a intenção de produzir um certo efeito ilocucionário no ouvinte, e tem a intenção de produzir esse efeito levando o ouvinte a reconhecer sua intenção de produzi-lo, e tem a intenção de levar o ouvinte a reconhecer essa intenção em virtude do conhecimento que o ouvinte tem das regras que governam a emissão da sentença. Mas, notoriamente, nem todos os casos de significação são tão simples: em alusões, insinuações, ironias e metáforas – para mencionar uns poucos exemplos – a significação da emissão do falante e a significação da sentença divergem sob vários aspectos. Uma classe importante de casos é a daqueles em que o falante emite uma sentença, quer significar o que diz, mas também quer significar algo mais. Por exemplo, um falante pode emitir a sentença "Quero que você o faça" como uma maneira de pedir ao ouvinte que faça algo. A emissão tem o significado incidental de um enunciado, mas tem o significado primário de um pedido, um pedido feito por meio da feitura de um enunciado. Em tais casos, uma sentença que contenha os indicadores de força ilocucionária relativos a um tipo de ato ilocucionário pode ser emitida para realizar, *adicionalmente*, um outro tipo de ato ilocucionário. Há também casos em que o falante emite uma sentença e quer significar o que diz, e também significar uma outra elocução com conteúdo proposicional diferente. Por exemplo, um falante pode emitir a sentença "Você pode alcançar o sal?" e pretender que não seja simplesmente uma pergunta, mas um pedido para que se passe o sal.

Em tais casos, é importante enfatizar que se pretende que a emissão seja um pedido; isto é, o falante tem a intenção de produzir no ouvinte o conhecimento de que um pedido lhe foi feito, e tem a intenção de produzir esse conhecimento levando o ouvinte a reconhecer sua intenção de produzi-lo. Tais casos, em que a emissão tem duas forças ilocucionárias, devem ser claramente distinguidos dos casos em que, por exemplo, o falante diz ao ouvinte que quer que ele faça algo; e então o ouvinte o faz porque o falante assim o quer, embora absolutamente nenhum pedido tenha sido feito, significado ou compreendido. Os casos que discutiremos são casos de atos de fala indiretos, casos em que um ato ilocucionário é realizado indiretamente através da realização de um outro.

O problema levantado pelos atos de fala indiretos é o de saber como é possível para o falante dizer uma coisa, querer significá-la, mas também querer significar algo mais. E já que a significação consiste, em parte, na intenção de produzir no ouvinte a compreensão, grande parte desse problema é saber como é possível para o ouvinte compreender o ato de fala indireto quando a sentença que ouve e compreende significa algo mais. O problema torna-se mais complicado pelo fato de que algumas sentenças parecem ser usadas como pedidos indiretos de uma maneira quase convencional. Dada uma sentença como "Você pode alcançar o sal?" ou "Eu gostaria que você parasse de pisar no meu pé", seria necessária uma certa dose de engenhosidade para imaginar uma situação em que suas emissões não fossem pedidos.

Em Searle (1969: capítulo 3), sugiro que muitas dessas emissões poderiam ser explicadas pelo fato de que as sentenças em questão dizem respeito a condições de realização feliz dos atos de fala que costumam realizar indiretamente – condições preparatórias, condições de conteúdo proposicional e condições de sinceridade – e pelo fato de que seu uso para a realização de atos de fala indiretos consiste em indicar a satisfação de uma condição essencial por meio de uma asserção ou uma pergunta relativa a uma das outras condições. Desde então, várias explicações foram propostas, envolvendo coisas como a hipóstase de "postulados conversacionais" ou estruturas profundas alternativas. A resposta originalmente sugerida em Searle (1969) parece-me incompleta e quero desenvolvê-la mais minuciosamente aqui. A hipótese que desejo defender é simplesmente esta: em atos de fala indiretos, o falante comunica ao ouvinte mais do que realmente diz, contando com a informação de base, lingüística e não lingüística, que compartilhariam, e também com as capacidades gerais de racionalidade e inferência que teria o ouvinte. Para ser mais específico, o aparato necessário para explicar a parte indireta dos atos de fala indiretos inclui uma teoria dos atos de fala, alguns princípios gerais de conversação cooperativa (alguns dos quais foram discutidos por Grice (1975)) e a informação fatual prévia compartilhada pelo falante e pelo ouvinte, além da habilidade do ouvinte para fazer inferências. Não é necessário admitir a existência de qualquer postulado conversacional (seja como um adendo à teoria dos atos de fala, seja como parte da teoria dos atos de fala) nem qualquer força imperativa oculta ou outras ambigüidades. Veremos, entretanto, que, em alguns casos, as convenções desempenham um papel muito peculiar.

À parte o interesse que tem para uma teoria do significado e dos atos de fala, o problema dos atos de fala indiretos tem importância filosófica por uma razão adicional. Em ética, é comum supor-se que "bom", "correto", "deve", etc. de algum modo têm um significado imperativo ou de "guia de ação". Essa concepção deriva do fato de que sentenças como "Você deve fazê-lo" são freqüentemente emitidas como maneiras de mandar o ouvinte fazer alguma coisa. No entanto, do fato de que tais sentenças podem ser emitidas como diretivas[1] não se segue que "deve" tenha um significado imperativo, tanto quanto não se segue, do fato de "Você pode alcançar o sal?" poder ser emitida como um pedido para que se passe o sal, que *pode* tenha um significado imperativo. Muitas confusões na filosofia moral recente repousam sobre a incapacidade de compreender a natureza de tais atos de fala indiretos. O tópico tem um interesse adicional para os lingüistas em virtude de suas conseqüências sintáticas, mas não me ocuparei delas senão de passagem.

*Uma amostra*

Comecemos considerando um caso típico do fenômeno geral dos atos indiretos:

1. Aluno X: Vamos ao cinema hoje à noite
2. Aluno Y: Tenho que estudar para um exame.

A emissão de (1) constitui uma proposta em virtude de seu significado, particularmente em virtude do significado de "vamos". Em geral, emissões literais de sentenças dessa forma constituirão propostas, como em:

3. Vamos comer pizza hoje à noite

ou:

4. Vamos patinar no gelo hoje à noite.

A emissão de 2 no contexto que acabo de indicar constituiria normalmente uma rejeição da proposta, mas não em virtude de seu significado. Em virtude de seu significado, ela é simplesmente um enunciado sobre *Y*. Os enunciados dessa forma não constituem, em geral, rejeições de propostas, mesmo nos casos em que são feitos em resposta a uma proposta. Assim, se *Y* tivesse dito:

5. Tenho que comer pipoca hoje à noite

ou:

6. Tenho que amarrar meus sapatos.

num contexto normal, nenhuma dessas emissões teria sido uma rejeição da proposta. Surge então a pergunta: como *X* sabe que a emissão é uma rejeição da proposta?; e essa pergunta é parte da pergunta: como é possível para *Y* ter a intenção ou pretender que a emissão de 2 seja uma rejeição da proposta? Para descrever esse caso, introduziremos alguns termos técnicos. Digamos que o ato ilocucionário *primário* realizado na emissão de *Y* seja a rejeição da proposta feita por *X*, e que *Y* o realize por meio da realização do ato ilocucionário *secundário* de fazer o enunciado de que tem de se preparar para um exame. Ele realiza o ato ilocucionário secundário por meio da emissão de uma sentença cujo sentido *literal* é tal que sua emissão literal constitui uma realização desse ato ilocucionário. Podemos, portanto, ir além e dizer que o ato ilocucionário secundário é literal; o ato ilocucionário primário não é literal. Supondo que saibamos como $X$ compreende o ato ilocucionário secundário literal com base na emissão da sentença, a pergunta é: como ele compreende o ato ilocucionário primário não literal com base na compreensão do ato ilocucionário primário literal? E essa pergunta é parte da pergunta mais ampla: como é possível para $Y$ pretender a elocução primária quando ele apenas emite uma sentença que significa a elocução secundária, já que pretender a elocução primária é (em grande parte) ter a intenção de produzir em $X$ a compreensão pertinente?

Uma breve reconstrução das etapas necessárias para derivar a elocução primária da elocução literal seria a seguinte. (Numa conversação normal, é claro que ninguém passaria conscientemente pelas etapas envolvidas neste raciocínio.)

*Etapa 1: Fiz uma proposta a Y e, em resposta, ele fez o enunciado de que tem de estudar para um exame (fatos sobre a conversação).*

*Etapa 2: Assumo que Y está cooperando na conversação e que, portanto, sua observação pretende ser relevante (princípios de cooperação conversacional).*

*Etapa 3: Uma resposta relevante deve ser uma resposta de aceitação, rejeição, contraproposta, discussão posterior, etc. (teoria dos atos de fala).*

*Etapa 4:* Mas sua emissão literal não foi nada disso e, portanto, não foi uma resposta relevante *(inferência a partir das Etapas 1 e 3).*

*Etapa 5:* Portanto, ele provavelmente quer significar mais do que diz. Admitindo-se que sua observação seja relevante, seu propósito ilocucionário primário deve ser diferente do literal *(inferência a partir das Etapas 2 e 4)*[2].

Essa etapa é crucial. A menos que um ouvinte disponha de uma estratégia inferencial para descobrir quando propósitos ilocucionários primários diferem de propósitos ilocucionários literais, ele não terá meios de compreender atos ilocucionários indiretos.

*Etapa 6: Sei que estudar para um exame normalmente ocupa um período de tempo grande relativamente a uma única noite, e sei que ir ao cinema normalmente ocupa um período de tempo grande relativamente a uma única noite (informação fatual de base).*

*Etapa 7: Portanto, ele provavelmente não conseguirá ir ao cinema e estudar para o exame numa mesma noite (inferência a partir da Etapa 6).*

*Etapa 8: Uma condição preparatória da aceitação de uma proposta, ou qualquer outro compromissivo, é a habilidade para realizar o ato predicado na condição do conteúdo proposicional (teoria dos atos de fala).*

*Etapa 9: Portanto, sei que ele disse algo que tem a conseqüência de que provavelmente não poderá, sem incoerência, aceitar a proposta (inferência a partir das Etapas 1, 7 e 8).*

*Etapa 10: Portanto, seu propósito ilocucionário primário é provavelmente o de rejeitar a proposta (inferência a partir das Etapas 5 e 9).*

Pode parecer um tanto pedante descrever tudo isso em 10 etapas; mas mesmo assim o exemplo ainda está incompletamente descrito – não discuti, por exemplo, o papel da suposição de sinceridade, nem as condições *ceteris paribus* associadas a várias das etapas. Observe-se também que a conclusão é probabilística. Ela é e deve ser probabilística. Isso porque a resposta não constitui necessariamente uma rejeição da proposta. *Y* poderia ter continuado:

7. Tenho que estudar para um exame, mas vamos ao cinema mesmo assim

ou:

8. Tenho que estudar para um exame, mas farei isso quando voltarmos do cinema.

A estratégia inferencial é estabelecer, primeiramente, que o propósito ilocucionário primário diverge do literal e, em segundo lugar, qual seja o propósito ilocucionário primário.

O argumento deste capítulo será que o aparato teórico usado para explicar esse caso será suficiente para explicar o fenômeno geral dos atos de fala indiretos. Esse aparato inclui informações de base compartilhadas, uma teoria dos atos de fala e certos princípios gerais de conversação. Em particular, explicamos esse caso sem ter de assumir que a sentença 2 é ambígua, que é "ambígua no contexto" ou que é necessário admitir a existência de um "postulado conversacional" para explicar a compreensão que tem $X$ da elocução primária da emissão. A principal diferença entre esse caso e os que passaremos a discutir é que estes terão uma generalidade de *forma* que não possui o exemplo considerado. Assinalarei essa generalidade usando negrito para indicar os traços formais na estrutura superficial das sentenças em questão. No campo dos atos de fala indiretos, a área dos diretivos é aquela que é mais útil estudar, pois as exigências conversacionais comuns de polidez normalmente acarretam ser inconveniente a formulação de sentenças imperativas categóricas (p. ex., "Saia da sala") ou performativas explícitas (p. ex., "Ordeno-lhe que saia da sala") e procuramos, portanto, encontrar meios indiretos para nossos fins ilocucionários (p. ex., "Gostaria de saber se você se importaria de sair da sala"). Nos diretivos, a polidez é a principal motivação do caráter indireto do ato.

*Algumas sentenças "convencionalmente" usadas na realização dos diretivos indiretos*

Comecemos, então, com uma lista curta de algumas das sentenças que poderiam, de maneira regular, ser usadas para se fazer pedidos indiretos e outros diretivos, como ordens. Num nível pré-teórico, essas sentenças tendem naturalmente a agrupar-se em certas categorias[3].

*Grupo 1: Sentenças relativas à habilidade de* O *para realizar* A:

**Can you** reach the salt?
(**Você pode** alcançar o sal?)

**Can you** pass the salt?
(**Você pode** passar o sal?)

**Could you** be a little more quiet?
(**Você poderia** fazer um pouco mais de silêncio?)

**You could** be a little more quiet
(**Você poderia** fazer um pouco mais de silêncio)

**You can** go now
(**Você pode** ir agora)
(*pode ser também uma permissão* = you may go now)

**Are you able** to reach the book on the top shelf?
(**Você consegue** alcançar o livro na prateleira de cima?)

**Have you got** change for a dollar?
(**Você dispõe** de troco para um dólar?)

*Grupo 2: Sentenças relativas ao desejo ou vontade de* F *de que* O *faça* A:

**I would like you to** go now
(**Eu gostaria que você** fosse agora)

**I want you to** do this for me, Henry
(**Eu quero que você** faça isso para mim, Henry)

**I would/should appreciate it if you would/could** do it for me
(**Eu apreciaria se você pudesse** fazer/fiz**esse** isso para mim)

**I would/should be most grateful if you would/could** help us out
(**Eu ficaria muito grato se você pudesse** nos auxiliar/nos auxili**asse**)

**I'd rather you didn't** do that any more
(**Eu preferiria que você não** fiz**esse** mais isso)

**I'd be very much obliged if you would** pay me the money back soon
(**Eu ficaria muito penhorado se você** me devolv**esse** o dinheiro logo)

**I hope you'll** do it
(**Eu espero que você** o faça)

**I wish you wouldn't** do that
(**Eu queria que você não** fiz**esse** isso).

*Grupo 3: Sentenças relativas a O fazer A:*

Officers **will** henceforth wear ties at dinner
(De hoje em diante os oficiais **vão** usar gravata durante o jantar)

**Will you** quit making that awful racket?
(**Você vai** parar de fazer essa tremenda algazarra?)

**Would you** kindly get off my foot?
(**Você** parar**ia** de pisar no meu pé?)

**Won't you** stop making that noise soon?
(**Você não vai** parar de fazer esse barulho?)

**Aren't you** going to eat your cereal?
(**Você não vai** comer seus cereais?)

*Grupo 4: Sentenças relativas ao desejo ou disposição de O de fazer A:*

**Would you be willing** to write a letter of recommendation for me?
(**Você estaria disposto** a escrever uma carta de recomendação para mim?)

**Do you want** to hand me that hammer over there on the table?
(**Você quer** passar-me aquele martelo que está ali sobre a mesa?)

**Would you mind** not making so much noise?
(**Você se importaria** de não fazer tanto barulho?)

**Would it be convenient for you** to come on Wednesday?
(**Seria conveniente para você** vir na quarta-feira?)

**Would it be too much (trouble) for you** to pay me the money next Wednesday?
(**Seria muito (transtorno) para você** pagar-me na próxima quarta-feira?)

*Grupo 5: Sentenças relativas às razões para fazer* A:

**You ought** to be more polite to your mother
(**Você tem que** ser mais polido com sua mãe)

**You should** leave immediately
(**Você deveria** sair imediatamente)

**Must you** continue hammering that way?
(**Você tem que** continuar a martelar desse jeito?)

**Ought you** to eat quite so much spaghetti?
(**Você tem que** comer tanto espaguete?)

**Should you** be wearing John's tie?
(**Você deveria** estar usando a gravata de John?)

**You had better** go now
(**Seria melhor você** ir agora)

**Hadn't you better** go now?
(**Não seria melhor você** ir agora?)

**Why not** stop here?
(**Por que não** parar aqui?)

**Why don't you** try it just once?
(**Por que você não** experimenta só uma vez?)

**Why don't you be** quiet?
(**Por que você não fica** quieto?)

**It would be better for you (for us all) if you would** leave the room
(**Seria melhor para você (para todos nós) se você** saísse da sala)

**It wouldn't hurt if you** left now
(**Não faria mal se você** saísse agora)

**It might help if you** shut up
(**Ajudaria muito se você** calasse a boca)

**It would be better if you** gave me the money now
(**Seria melhor que você** me desse o dinheiro agora)

**It would be a good idea if you** left town
(**Seria uma boa idéia se você** saísse da cidade)

**We'd all be better off if you'd** just pipe
down a bit
**(Seria melhor para todos nós se você** simplesmente calasse a boca).

Essa classe também inclui muitos exemplos cujas formas não possuem generalidade, mas que, num contexto apropriado, seriam obviamente emitidos como pedidos indiretos; por exemplo:

*You're standing on my foot*
(Você está pisando no meu pé)

*I can't see the movie screen while you have that hat on*
(Não conseguirei ver a tela enquanto você estiver com esse chapéu).

A essa classe pertencem também, possivelmente:

**How many times have I told you (must I tell you)** not to eat with your fingers?
**(Quantas vezes eu já lhe disse (devo dizer-lhe)** para não comer com as mãos?)

**I must have told you a dozen times not to** eat with your mouth open
**(Eu devo ter-lhe dito uma dúzia de vezes para não** comer com a boca aberta)

**If I have told you once I have told you a thousand times not to** wear your hat in the house.
(**Eu já lhe disse milhares de vezes para não** usar chapéu dentro de casa).

*Grupo 6: Sentenças que encaixam um desses elementos em outro; também, sentenças que encaixam um verbo ilocucionário diretivo explícito num desses contextos.*

**Would you mind awfully if I asked you if you could** write me a letter of recommendation?
(**Você se importaria muito se eu lhe perguntasse se você** poderia escrever uma carta de recomendação para mim?)

**Would it be too much if I suggested that you could possibly** make a little less noise?
(**Seria demais se eu sugerisse que você talvez pudesse** fazer menos barulho?)

**Might I ask you** to take off your hat?
(**Poderia pedir-lhe** que tire seu chapéu?)

**I hope you won't mind if I ask you if you could** leave us alone
(**Espero que você não se importe se eu lhe perguntar se você poderia** deixar-nos a sós)

**I would appreciate it if you could** make less noise
(**Eu apreciaria se você pudesse** fazer menos barulho)⁴.

Essa é uma classe muito grande, já que muitos de seus membros se constroem mediante a permutação de alguns dos elementos das outras classes.

*Alguns fatos putativos*

Comecemos por notar vários fatos notáveis concernentes às sentenças em questão. Nem todo mundo concordaria que são fatos; na verdade, a maior parte das explicações disponíveis consiste em negar uma ou mais dessas afirmações. Não obstante, num nível intuitivo pré-teórico, cada uma delas pareceria ser uma observação correta sobre as sentenças em questão, e creio que só deveríamos abrir mão dessas intuições diante de contra-argumentos muito fortes. Argumentarei finalmente que se pode encontrar uma explicação que seja compatível com todos esses fatos.

*Fato 1: As sentenças em questão não têm uma força imperativa como parte de seu significado.* Isso é por vezes negado por filósofos e lingüistas, mas uma evidência bastante forte é fornecida pelo fato de ser possível, sem nenhuma incoerência, associar a emissão literal de uma dessas formas à negação de qualquer intento imperativo; por exemplo:

*I'd like you to do this for me, Bill, but I am not asking you to do it or requesting that you do it or ordering you to do it or telling you to do it*
(Eu gostaria que você fizesse isso para mim, Bill, mas não estou lhe pedindo que o faça, solicitando que o faça, ordenando que o faça ou mandando que o faça)

*I'm just asking you, Bill: Why not eat beans? But in asking you that I want you to understand that I am not telling you to eat beans; I just want to know your reasons for thinking you ought not to.*
(Só estou lhe perguntando, Bill: por que não comer feijão? Ao perguntar-lhe isso, porém, quero que entenda que não estou mandando que coma feijão; só quero saber suas razões para julgar que não deve fazê-lo.)

*Fato 2: As sentenças em questão não são ambíguas, por conterem uma força ilocucionária imperativa e uma força ilocucionária não imperativa.* Penso que isso seja intuitivamente óbvio, mas, em todo caso, uma aplicação corriqueira da navalha de Occam atribui o ônus da prova a quem deseje sustentar que essas sentenças são ambíguas. Não se multiplicam significados além do necessário. Observe-se também que não ajuda em nada dizer que são "ambíguas no contexto", pois tudo o que isso quer dizer é que nem sempre se pode determinar, a partir do que a sentença significa, o que o falante quer significar com sua emissão, e isso não basta para fundamentar a ambigüidade sentencial.

*Fato 3: Apesar dos Fatos 1 e 2, essas sentenças são regular, comum, normalmente – com efeito, como argumentarei, convencionalmente – usadas para formular diretivos.* Há uma relação sistemática entre elas e as elocuções diretivas que não há entre *I have to study for an exam* (Tenho que estudar para um exame) e a rejeição de propostas. Uma evidência adicional de que elas são regularmente usadas para formular imperativos é o fato de que a maioria delas admitem *please* (por favor) no final ou antes do verbo; por exemplo:

> *I want you to stop making that noise, please*
> (Quero que você pare de fazer esse barulho, por favor)
>
> *Could you please lend me a dollar?*
> (Você poderia, por favor, emprestar-me um dólar?)

Acrescentado a uma dessas sentenças, *please* marca explícita e literalmente o propósito ilocucionário primário da emissão como diretivo, ainda que o significado literal do resto da sentença não seja diretivo.

É por causa da combinação dos Fatos 1, 2 e 3 que esses casos se tornam problemáticos.

*Fato 4: As sentenças em questão não são, no sentido ordinário, idiomatismos*[5]. Um exemplo corriqueiro de idiomatismo é *kicked the bucket*[a] em *Jones kicked the bucket*. A evidência mais forte que conheço de que essas sentenças não são idiomatismos é o fato de que, em seu uso como diretivas indiretas, admitem respostas literais que pressupõem que são emitidas literalmente. Assim, uma emissão de *Why don't you be quiet, Henry?* (Por que você não fica quieto, Henry?) admite como resposta uma emissão de *Well, Sally, there are several reasons for not being quiet. First,...* (Bem, Sally, há várias razões para não me calar. Primeiro, ...). São possíveis exceções as ocorrências de *would*[b] e *could* (poderia) nos atos de fala indiretos, que examinarei mais adiante.

Outra evidência de que não são idiomatismos é o fato de que, enquanto uma tradução palavra por palavra de *Jones kicked the bucket* para outras línguas não produzirá uma sentença que signifique *Jones died* (Jones morreu), as traduções das sentenças em questão freqüentemente, embora nem sempre, produzirão sentenças com o mesmo potencial ilocucionário indireto dos exemplos do inglês. Assim, por exemplo, *Pourriez-vous m'aider?* e *Konnen Sie mir helfen?* (Você poderia me ajudar?) podem ser emitidas como pedidos indiretos em francês e alemão. Tratarei posteriormente da questão de saber por que algumas se traduzem para sentenças com potencial equivalente de força ilocucionária e outras não.

---

a. Literalmente, "chutou o balde"; idiomaticamente, equivale a "morreu", "bateu as botas", "esticou as canelas". (N. do T.)

b. *Would* é um auxiliar por meio do qual se constrói o futuro do pretérito; p. ex.: *to say* = dizer; *I would say* = eu diria. (N. do T.)

*Fato 5: Dizer que não são idiomatismos não é dizer que não são idiomáticas.* Todos os exemplos dados são idiomáticos em inglês corrente e – o que é mais curioso – são idiomaticamente usados como pedidos. Em geral, equivalentes ou sinônimos não idiomáticos não teriam o mesmo potencial ilocucionário indireto. Assim, *Do you want to hand me the hammer over there on the table?* (Você quer me passar o martelo que está ali sobre a mesa?) pode ser emitida como um pedido, mas *Is it the case that you at present desire to hand me that hammer over there on the table?* (É fato que você agora deseja me passar o martelo que está ali sobre a mesa?) tem um caráter formal e pomposo que, em quase todos os contextos, a eliminaria como um candidato a ser um pedido indireto. Além disso, *Are you able to hand me that hammer?* (Você é capaz de me passar aquele martelo?), embora idiomática, não tem o mesmo potencial de pedido indireto de *Can you hand me that hammer?* (Você pode me passar aquele martelo?). Que essas sentenças sejam *idiomáticas e idiomaticamente usadas como diretivas* é crucial para o papel que desempenham nos atos de fala indiretos. Tratarei mais adiante das relações entre esses fatos.

*Fato 6: Há emissões literais das sentenças em questão que não são também pedidos indiretos.* Assim, *Can you reach the salt?* (Você consegue alcançar o sal?) pode ser emitida como uma simples pergunta sobre suas habilidades (feita, digamos, por um ortopedista que quer saber do progresso médico da lesão em seu braço). *I want you to leave* (Quero que você saia) pode ser emitida simplesmente como um enunciado sobre o que alguém deseja, sem nenhum intento diretivo. À primeira vista, alguns dos nossos exemplos parecem não satisfazer essa condição, por exemplo:

> *Why not stop here?* (Por que não parar aqui?)
> *Why don't you be quiet?* (Por que você não fica quieto?)

Mas, com um pouco de imaginação, é fácil conceber situações em que as emissões dessas sentenças não seriam diretivas, mas nada mais que perguntas. Suponhamos que alguém tivesse dito *We ought not to stop here* (Não devemos parar aqui). Então, *Why not stop here?* (Por que não parar aqui?) seria uma pergunta apropriada, sem ser necessariamente também uma sugestão. Do mesmo modo, se alguém tivesse dito apenas *I certainly hate making all this racket* (Eu certamente detesto fazer toda essa algazarra), uma emissão de (*Well, then*) *Why don't you be quiet?* ((Bem, então) Por que não fica quieto?) seria uma resposta apropriada, sem ser necessariamente também um pedido para que se fique quieto.

É importante notar que a entonação dessas sentenças, quando emitidas como pedidos indiretos, freqüentemente difere de sua entonação quando emitidas apenas com sua força ilocucionária literal, e freqüentemente o padrão de entonação será aquele característico das diretivas literais.

*Fato 7: Em casos em que essas sentenças são emitidas como pedidos, elas conservam seu significado literal e são emitidas com, e enquanto sentenças que têm, esse significado literal*. Já houve quem sustentasse que elas têm diferentes significados "em contexto" quando emitidas como pedidos, mas creio que isso é obviamente falso. A pessoa que diz *I want you to do it* (Quero que você faça isso) significa literalmente que quer que você o faça. A questão é que, como sempre ocorre nos casos de atos indiretos, ele quer significar não apenas o que diz, mas também algo mais. O que se acrescenta nos casos indiretos não é nenhum significado *sentencial* diferente ou adicional, mas um significado adicional do *falante*. Uma evidência de que essas sentenças mantêm seu significado literal quando emitidas como pedidos indiretos é o fato de que respostas apropriadas às suas emissões literais são apropriadas às suas emissões associadas a atos de fala indiretos (como observamos ao tratarmos do Fato 4); por exemplo:

> *Can you pass the salt?*
> (Você pode passar o sal?)
> *No, sorry, I can't, it's down there at the end of the table*
> (Desculpe, não posso, ele está lá na ponta da mesa)
> *Yes, I can (Here it is)*
> (Sim, claro (Aqui está)).

*Fato 8: É uma conseqüência do Fato 7 que, quando uma dessas sentenças é emitida com o propósito ilocucionário primário de uma diretiva, realiza-se também o ato ilocucionário literal.* Em cada um desses casos, o falante formula uma diretiva *por obra* de fazer uma pergunta ou um enunciado. O fato de que seu intento ilocucionário primário é diretivo não altera, porém, o fato de estar fazendo uma pergunta ou um enunciado. Uma evidência adicional para o Fato 8 é o fato de que um relato posterior das emissões pode, sem faltar à verdade, relatar o ato ilocucionário literal.

Assim, por exemplo, a emissão de *I want you to leave now, Bill* (Quero que você saia agora, Bill) pode ser relatada por uma emissão de *He told me he wanted me to leave, so I left* (Ele me disse que queria que eu saísse, então saí). E a emissão de *Can you reach the salt?* (Você consegue alcançar o sal?) pode ser relatada por uma emissão de *He asked me whether I could reach the salt* (Ele me perguntou se eu conseguia alcançar o sal). Analogamente, uma emissão de *Could you do it for me, Henry; could you do it for me and Cynthia and the children?* (Você poderia fazer isso por mim, Henry; você poderia fazer isso por mim, por Cynthia e pelas crianças?) pode ser relatada por uma emissão de *He asked me whether I could do it for him and Cynthia and the children* (Ele me perguntou se eu poderia fazer isso por ele, por Cynthia e pelas crianças).

Há quem negue isso. Há quem sustente que os atos ilocucionários literais são sempre defectivos ou não são "veiculados" quando a sentença é usada para a realização de um ato ilocucionário primário não literal. No que concerne a nossos exemplos, as elocuções literais são sempre veiculadas e são às vezes, mas não em geral, defectivas. Por exemplo, uma emissão de *Can you reach the salt?* (Você consegue alcançar o sal?), associada a um ato de fala indireto, pode ser defectiva, no sentido de que o *F* pode já saber a resposta. No entanto, mesmo essa forma não *precisa* ser defectiva. (Considere-se, p. ex., *Can you give me change for a dollar?* (Você pode me dar troco para um dólar?)) Mesmo quando a emissão literal é defectiva, o ato de fala indireto não depende de ser ela defectiva.

*Uma explicação em termos da teoria dos atos de fala*

A diferença entre o exemplo relativo à proposta de ir ao cinema e todos os outros casos é que esses outros casos são sistemáticos. O que precisamos fazer, então, é descrever um exemplo de tal modo que mostremos como o esquema usado no primeiro exemplo é suficiente para os outros casos e explica também o caráter sistemático desses outros casos.

Penso que a teoria dos atos de fala nos permitirá oferecer uma explicação simples do modo como essas sentenças, que têm uma força ilocucionária como parte de seu significado, podem ser usadas para a realização de um ato com uma força ilocucionária diferente. Cada tipo de ato ilocucionário tem um conjunto de condições necessárias para a realização feliz e bem-sucedida do ato. Para ilustrar, apresentarei as condições relativas a dois tipos de atos, dos gêneros diretivo e compromissivo (Searle, 1969: capítulo 3).

Uma comparação entre a lista de condições de felicidade relativas à classe diretiva dos atos ilocucionários e nossa lista de tipos de sentenças usadas para a realização de diretivos indiretos mostra que os Grupos de tipos 1-6 podem ser reduzidos a três tipos: os que têm que ver com as condições de felicidade relativas à realização de um ato ilocucionário diretivo, os que têm que ver com as razões para se praticar o ato e os que encaixam um elemento em outro. Assim, dado que a habilidade de O para realizar A (Grupo 1) é uma condição preparatória, o desejo de F de que O realize A (Grupo 2) é a condição de sinceridade e a predicação de A a respeito de O (Grupo 3) é a condição do conteúdo proposicional, todos os Grupos 1-3 concernem às condições de felicidade relativas aos atos ilocucionários diretivos.

|  | Diretivo (Pedido) | Compromissivo (Promessa) |
|---|---|---|
| Condição preparatória | O é capaz de realizar A. | F é capaz de realizar A. O quer que F realize A. |
| Condição de sinceridade | F quer que O faça A. | F tem a intenção de fazer A. |
| Condição do conteúdo proposicional | F predica um ato futuro A a respeito de O. | F predica um ato futuro A a respeito de F. |
| Condição essencial | Vale como uma tentativa de S de levar O a fazer A. | Vale como a contração de uma obrigação de fazer A. |

Já que querer fazer algo é uma razão por excelência para fazê-lo, o Grupo 4 assimila-se ao Grupo 5, pois ambos concernem às razões para fazer *A*. O Grupo 6 é uma classe especial apenas por favor, pois seus elementos são verbos performativos ou já estão contidos nas outras duas categorias de razões e condições de felicidade.

Ignorando-se por ora os casos de encaixe, se examinamos nossas listas e nossos conjuntos de condições, as seguintes generalizações emergem naturalmente:

*Generalização 1:* F *pode fazer um pedido indireto (ou outro diretivo) perguntando se ou enunciando que uma condição preparatória relativa à habilidade de* O *para fazer* A *é satisfeita.*

*Generalização 2:* F *pode realizar um diretivo indireto perguntando se ou enunciando que a condição do conteúdo proposicional é satisfeita.*

*Generalização 3:* F *pode realizar um diretivo indireto enunciando que a condição de sinceridade é satisfeita, mas não perguntando se ela é satisfeita.*

*Generalização 4:* F *pode realizar um diretivo indireto enunciando que ou perguntando se há razões boas ou cabais para fazer* A*, exceto quando a razão é que* O *quer ou deseja, etc. fazer* A*, caso em que pode apenas perguntar se* O *quer, deseja, etc. fazer* A*.*

É a existência dessas generalizações que explica o caráter sistemático da relação entre as sentenças dos Grupos 1-6 e a classe diretiva de atos ilocucionários. Observe-se que são generalizações e não regras. As regras dos atos de fala (ou de alguns deles) estão enunciadas na lista de condições apresentada anteriormente. Por exemplo, é uma regra da classe diretiva de atos de fala que, se o ouvinte é incapaz de realizar o ato, o diretivo é defectivo, mas não é uma regra dos atos de fala ou da conversação que se possa realizar um diretivo perguntando-se se a condição preparatória é satisfeita. A tarefa teórica é mostrar como essa generalização será uma conseqüência da regra, juntamente com algumas outras informações, a saber, a informação fatual de base e os princípios gerais da conversação.

Nossa próxima tarefa é tentar descrever um exemplo de pedido indireto com ao menos o mesmo grau de pedantismo de nossa descrição da rejeição de uma proposta. Consideremos um caso do tipo mais simples: à mesa de jantar, *X* diz a *Y* "Você pode passar-me o sal?", para pedir a *Y* que passe o sal. Ora, como *Y* sabe que *X* está pedindo que passe o sal, e não simplesmente perguntando sobre sua capacidade de passar o sal? Note-se que nem tudo funcionará como um pedido para passar o sal. Assim, se *X* tivesse dito "O sal é feito de cloreto de sódio" ou "O sal é extraído nas montanhas Tatra", fora de um cenário especial, é muito improvável que *Y* considerasse qualquer dessas emissões como um pedido para passar o sal. Note-se ainda que, numa situação normal de conversação, *Y* não tem que efetuar nenhum processo consciente de inferência para concluir que a emissão de "Você pode passar-me o sal" é um pedido para passar o sal. Ele simplesmente a ouve como um pedido. Esse fato talvez seja uma das principais razões pelas quais é tentador adotar a falsa conclusão de que, de algum modo, esses exemplos devem ter uma força imperativa como parte de seu significado, ou que são "ambíguos no contexto", ou algo semelhante. O que precisamos fazer é oferecer uma explicação que seja compatível com todos os Fatos 1-8, mas não cometa o erro de hipostasiar forças imperativas ou postulados conversacionais ocultos. Uma reconstrução esquemática das etapas necessárias para que Y derive a conclusão a partir da emissão poderia ser, *grosso modo:*

*Etapa 1:* Y *fez-me uma pergunta relativa a ter eu ou não a capacidade de passar o sal (fato sobre a conversação).*

*Etapa 2: Assumo que ele está cooperando na conversação e, portanto, que sua emissão tem algum objetivo ou propósito (princípios de cooperação conversacional).*

*Etapa 3: O cenário conversacional não é tal que indique a existência de um interesse teórico por minha capacidade de passar o sal (informação fatual de base).*

*Etapa 4: Além disso, ele provavelmente já sabe que a resposta à pergunta é sim (informação fatual de base). (Essa etapa facilita a passagem para a Etapa 5, mas não é essencial).*

*Etapa 5: Portanto, sua emissão provavelmente não é apenas uma pergunta. Ela provavelmente tem um propósito ilocucionário segundo (inferência a partir das Etapas 1, 2, 3, e 4). Qual pode ser esse propósito?*

*Etapa 6: Uma condição preparatória de qual-*

*quer ato ilocucionário diretivo é ter* O *a capacidade de realizar o ato predicado na condição do conteúdo proposicional (teoria dos atos de fala).*

*Etapa 7: Portanto,* X *fez-me uma pergunta cuja resposta, se afirmativa, implicaria que a condição preparatória de um pedido para que eu passe o sal é satisfeita (inferência a partir das Etapas 1 e 6).*

*Etapa 8: Estamos agora jantando, e as pessoas normalmente usam sal no jantar; elas o passam de lá para cá, tentam fazer com que outros o passem de lá para cá etc. (Informação de base).*

*Etapa 9: Ele aludiu, portanto, à satisfação de uma condição preparatória de um pedido cujas condições de obediência ele muito provavelmente quer que eu cumpra (inferência a partir das Etapas 7 e 8).*

*Etapa 10: Portanto, na ausência de qualquer outro propósito ilocucionário plausível, ele está provavelmente me pedindo que lhe passe o sal (inferência a partir das Etapas 5 e 9).*

A hipótese que está sendo lançada neste capítulo é que todos os casos podem ser analisados de maneira semelhante. De acordo com essa análise, a razão pela qual posso lhe pedir que passe o sal dizendo "Você pode passar-me o sal?", mas não dizendo "O sal é feito de cloreto de sódio" ou "O sal é extraído nas montanhas Tatra", é que sua capacidade para passar o sal é uma condição preparatória de um pedido para que passe o sal, enquanto as outras sentenças não estão assim relacionadas com pedidos para que passe o sal. Essa resposta obviamente não é, porém, suficiente por si só, pois nem todas as perguntas sobre suas capacidades são pedidos. O ouvinte precisa, portanto, dispor de algum meio para descobrir quando a emissão é apenas uma pergunta sobre suas capacidades e quando ela é um pedido feito através de uma pergunta sobre suas capacidades. É nesse momento que os princípios gerais da conversação (juntamente com a informação fatual de base) entram em cena.

As duas características que são cruciais, ao menos é o que estou sugerindo, são, em primeiro lugar, uma estratégia para estabelecer a existência de um propósito ilocucionário segundo além do propósito ilocucionário contido no significado da sentença e, em segundo lugar, um procedimento para descobrir qual seja o propósito ilocucionário segundo. A primeira é estabelecida pelos princípios de conversação que operam com as informações do ouvinte e do falante e o segundo é derivado da teoria dos atos de fala, em conjunção com a informação de base. As generalizações devem ser explicadas pelo fato de que cada uma delas registra uma estratégia por meio da qual o ouvinte pode descobrir como um propósito ilocucionário primário se distingue de um propósito ilocucionário secundário.

A principal motivação – embora não a única – para o uso dessas formas indiretas é a polidez. Observe-se que, no exemplo que acabamos de dar, a forma "Você pode" é polida ao menos sob dois aspectos. Primeiramente, X não presume conhecer as capacidades de Y, como seria o caso se tivesse formulado uma sentença imperativa; e, em segundo lugar, a forma dá – ou pelo menos parece dar – a *Y* a opção da recusa, já que uma pergunta do tipo sim ou não admite *não* como resposta possível. Portanto, a anuência ganha a aparência de um ato livre, mais do que de obediência a um comando[6].

*Alguns problemas*

É importante enfatizar que absolutamente não demonstrei a tese que está sendo defendida neste capítulo. Até agora, apenas sugeri um modelo de análise compatível com os fatos. Mesmo supondo que se pudesse mostrar que esse modelo de análise é bem-sucedido em muitos outros casos, permanecem ainda vários problemas:

*Problema 1:* O maior problema da análise anterior é: se, como venho argumentando, são perfeitamente gerais os mecanismos pelos quais os atos de fala indiretos são significados e compreendidos – tendo a ver com a teoria dos atos de fala, os princípios de conversação cooperativa e a informação de base compartilhada – e não estão vinculados a nenhuma forma sintática particular, então por que algumas formas sintáticas funcionam melhor do que outras? Por que posso pedir-lhe que faça algo dizendo *Can you hand me that book on the top shelf* (Você pode me passar aquele livro que está na prateleira de cima?), mas não, ou não de uma maneira muito natural, dizendo *Is it the case that you at present have the ability to hand me that book on the top shelf?* (É fato que neste momento você tem a capacidade de me passar aquele livro que está na prateleira de cima?)

Mesmo em pares de sentenças como:

*Do you want to do* A*?* (Você quer fazer *A*?)
*Do you desire to do* A*?* (Você deseja fazer *A*?)

e:

*Can you do* A*?* (Você pode fazer *A*?)
*Are you able to do* A*?* (Você é capaz de fazer *A*?)

há claramente uma diferença de potencial ilocucionário indireto. Note-se, por exemplo, que o primeiro membro de cada par admite *please* (por favor) de maneira mais natural do que o segundo. Mesmo admitindo que nenhum deles é um par de sinônimos exatos e que todas as sentenças podem ser usadas como pedidos indiretos, ainda assim é essencial explicar as diferenças de potencial ilocucionário indireto. Como, em resumo, pode acontecer que algumas sentenças, não sendo idiomatismos imperativos, funcionem todavia como formas de pedidos idiomáticos?

A primeira parte da resposta é: a teoria dos atos de fala e os princípios de cooperação conversacional proporcionam, de fato, um quadro de referência dentro do qual os atos ilocucionários indiretos podem ser significados e compreendidos. Entretanto, no interior desse quadro, certas formas tenderão a vir a ser convencionalmente estabelecidas como as formas idiomáticas padrão para atos de fala indiretos. Embora mantendo seus significados literais, adquirirão usos convencionais como, por exemplo, formas polidas para pedidos.

Hoje é inquestionável, espero, que se deve distinguir entre significado e uso, mas o que não é tão amplamente reconhecido é o fato de que pode haver convenções de uso que não sejam convenções de significado. Estou sugerindo que *can you* (você pode?), *could you* (você poderia?), *I want you to* (quero que você) e inúmeras outras formas são meios convencionais de fazer pedidos (e, nesse sentido, não é incorreto dizer que são idiomatismos), mas, ao mesmo tempo, não têm um significado imperativo (e, nesse sentido, seria incorreto dizer que são idiomatismos). A polidez é a mais proeminente das motivações para pedidos indiretos e certas formas tendem naturalmente a tornar-se os meios polidos convencionais de feitura de pedidos indiretos.

Se essa explicação for correta, ela representará um passo na direção da explicação de por que há, de uma língua para outra, diferenças quanto às formas de discurso indireto. Os mecanismos não são peculiares a essa ou àquela língua, mas, ao mesmo tempo, as formas padronizadas de uma língua nem sempre manterão seu potencial relativo a atos de fala indiretos quando traduzidas para outra língua. Assim, *Can you hand me that book?* (Você pode me passar aquele livro?) servirá como um pedido indireto em inglês, mas sua tradução tcheca, "Muzete mi podat tu Knízku?", soaria muito estranha se emitida como um pedido em tcheco.

Uma segunda parte da resposta é: para ser um candidato plausível a constituir uma emissão que seja um ato de fala indireto, uma sentença deve, para começar, ser idiomática. É muito fácil imaginar circunstâncias em que *Are you able to reach that book on the top shelf?* (Você é capaz de alcançar aquele livro que está na prateleira de cima?) pudesse ser emitida como um pedido. Mas é bem mais difícil imaginar casos em que *Is it the case that you at present have the ability to reach that book on the top shelf?* (É fato que neste momento você tem a capacidade de alcançar aquele livro que está na prateleira de cima?) pudesse ser usada de maneira semelhante. Por quê?

Penso que a explicação para esse fato deriva de outra máxima de conversação, que tem que ver com falar idiomaticamente. Em geral, se alguém fala não idiomaticamente, os ouvintes supõem que deva haver uma razão especial para isso e, conseqüentemente, suspendem-se várias suposições do discurso normal. Assim, se digo, arcaicamente, *knowest thou him who calleth himself Richard Nixon?*[a], provavelmente sua resposta não será a que daria a uma emissão de *Do you know Richard Nixon?* (Você conhece Richard Nixon?).

Além das máximas propostas por Grice, parece haver uma outra máxima de conversação, que poderia ser expressa assim: "Fale idiomaticamente, a

---

a. Forma arcaica de *Do you know the one who calls himself Richard Nixon?* (Você conhece aquele que chama a si mesmo Richard Nixon?) (N. do T.)

menos que haja uma boa razão para não fazê-lo[7] Por isso, as suposições conversacionais normais que fundam a possibilidade dos atos de fala indiretos são, em grande parte, suspensas nos casos não idiomáticos.

A resposta ao Problema 1 tem, pois, duas partes. Para chegar a candidatar-se plausivelmente a servir a um ato de fala indireto, uma sentença tem que ser idiomática. Mas, no interior da classe das sentenças idiomáticas, algumas formas tendem a arraigar-se como dispositivos convencionais para atos de fala indiretos. No caso dos diretivos, em que a polidez é a principal motivação para as formas indiretas, certas formas são convencionalmente usadas como pedidos polidos. Os tipos de formas selecionados variarão, com toda probabilidade, de uma língua para outra.

*Problema 2:* Por que há, entre a condição de sinceridade e as demais, uma assimetria tal que se pode fazer um pedido indireto através da asserção da satisfação de uma condição de sinceridade, mas não através da pergunta pela satisfação dessa condição, enquanto se podem realizar diretivos indiretos através da asserção da satisfação das condições do conteúdo proposicional e das condições preparatórias ou através da pergunta pela satisfação dessas condições?

Assim, uma emissão de *I want you to do it* (Quero que você faça isso) pode ser um pedido, mas não uma emissão de *Do I want you to do it?* (Quero que você faça isso?). A primeira admite *please* (por favor), a segunda não. Há uma assimetria semelhante no caso das razões: *Do you want to leave us alone?* (Você quer nos deixar a sós?) pode ser um pedido, mas não *You want to leave us alone*[8]. E, novamente, o primeiro admite *please* (por favor), o segundo não. Como explicar esses fatos?

Acredito que a resposta é que, em circunstâncias normais, é estranho alguém dirigir perguntas relativas à existência de seus próprios estados psicológicos elementares a outras pessoas, e é estranho afirmar a existência de estados psicológicos elementares de outras pessoas quando nos dirigimos a elas. Dado que estou, normalmente, em melhores condições que você para afirmar o que quero, acredito, tenciono fazer e assim por diante, e dado que não estou, normalmente, em melhores condições que você para afirmar o que você quer, acredita, tenciona fazer e assim por diante, de modo geral é estranho que eu lhe pergunte sobre os meus estados ou que lhe fale sobre os seus. Logo veremos que essa assimetria se estende à realização indireta de outros tipos de atos de fala.

*Problema 3:* Embora este capítulo não pretenda tratar das formas sintáticas do inglês, algumas das sentenças das nossas listas são suficientemente interessantes para merecer um comentário especial. Ainda que se revele que esses casos peculiares realmente são idiomatismos imperativos, como *how about...?* (que tal...?), as linhas gerais de meu argumento não se alterariam; simplesmente alguns exemplos sairiam da classe dos atos de fala indiretos e iriam para a classe dos idiomatismos imperativos.

Uma forma interessante é *"why not"* (por que não) mais verbo, como em *Why not stop here?* (Por que não parar aqui?). Essa forma, diferentemente de *Why don't you?* (Por que você não?), compartilha de muitas das restrições sintáticas das sentenças imperativas. Por exemplo, requer um verbo voluntário. Assim, não se pode dizer \**Why not resemble your grandmother?* (Por que não se parecer com sua avó?), a menos que se acredite que parecer-se com alguém possa ser uma ação voluntária, enquanto é possível dizer *Why not imitate your grandmother?* (Por que não imitar sua avó?). Além disso, como as sentenças imperativas, essa forma requer um reflexivo quando toma um objeto direto em segunda pessoa, por exemplo, *Why not wash yourself?* (Por que não vais te lavar?). Esses fatos provam que as formas *Why not...?* (Por que não...?) (e as formas *Why...?* (Por que...?)) têm significado imperativo? Penso que não têm. A meu ver, uma emissão de *why not?* opera assim: ao perguntar *Why not stop here?*, como uma sugestão para parar aqui, *F* desafia *O* a fornecer razões para não fazer algo, sob o pressuposto tácito de que a ausência de razões para não fazer algo é, por si só, uma razão para fazê-lo; portanto, faz-se indiretamente a sugestão, de acordo com a generalização de que a alusão a uma razão para fazer alguma coisa é um modo de realização de um diretivo indireto relativo a que se faça essa coisa. Essa análise é sustentada por vários fatos. Em primeiro lugar, como já vimos, pode haver uma emissão literal dessa forma em que ela não seja emitida como uma sugestão; em segundo lugar, pode-se responder à sugestão por meio de uma resposta apropriada à emissão literal, por exemplo,

*Well, there are several reasons for not stopping here. First...* (Bem, há várias razões para não parar aqui. Primeiro...). E, em terceiro lugar, pode-se descrever uma emissão de uma dessas sentenças sem que se descreva nenhuma força ilocucionária diretiva, mediante a forma *He asked me why we shouldn't stop there* (Ele me perguntou por que não deveríamos parar lá). E aqui, a ocorrência do *should* ou do *ought* práticos (não do *should* ou do *ought* teóricos) é suficiente para dar conta da exigência de um verbo voluntário.

Outros exemplos problemáticos são apresentados pelas ocorrências de *would* e *could* (poderia) em atos de fala indiretos. Considerem-se, por exemplo, emissões de *Would you pass me the salt?* (Você me passaria o sal?) e *Could you hand me that book?* (Você poderia me passar aquele livro?). Não é fácil analisar essas formas e descrever exatamente em que seus significados diferem dos significados de *Will you pass me the salt?* (Você me passará o sal?) e *Can you hand me that book?* (Você pode me passar aquele livro?). Onde, por exemplo, haveremos de encontrar a oração *if* (se), que, conforme nos é dito às vezes, é exigida pelo chamado uso subjuntivo dessas expressões? Suponhamos que a oração *if* seja construída como *if I asked you to* (se eu lhe pedisse). Assim, *Would you pass me the salt?* é a forma abreviada de *Would you pass me the salt if I asked you to?* (Você me passaria o sal se eu lhe pedisse?).

Há pelo menos duas dificuldades nessa abordagem. Em primeiro lugar, ela não parece ser nem um pouco plausível no que concerne a *could*, já que suas capacidades e possibilidades não dependem do que eu lhe peço para fazer. Mas, em segundo lugar, até mesmo para *would* ela é insatisfatória, já que *Would you pass me the salt if I asked you to?* (Você me passaria o sal se eu lhe pedisse?) não tem o mesmo potencial ilocucionário indireto que a simples *Would you pass me the salt?* (Você me passaria o sal?). Claramente, ambas as formas podem ser usadas como diretivas indiretas, mas é igualmente claro que não são equivalentes. Além disso, os casos em que os usos das formas interrogativas *would* e *could* não são indiretos parecem ser bastante diferentes dos casos que vimos considerando, por exemplo, *Would you vote for a Democrat?* (Você votaria num democrata?) ou *Could you marry a radical?* (Você poderia casar-se com um radical?). Note-se, por exemplo, que uma resposta apropriada a uma dessas emissões poderia ser, por exemplo, *Under what conditions?* (Sob que condições?) ou *It depends on the situation* (Depende da situação). Mas essas dificilmente seriam respostas apropriadas a uma emissão de *Would you pass me the salt?* (Você me passaria o sal?) na cena comum à mesa de jantar que consideramos.

*Could* parece ser analisável em termos de *would* e da possibilidade ou capacidade. Assim, *Could you marry a radical?* significa algo como *Would it be possible for you to marry a radical?* (Seria possível para você casar-se com um radical?). *Would, como will*[a], é tradicionalmente analisada como expressão de vontade ou desejo ou como auxiliar do futuro.

---

a. *Will* é um auxiliar por meio do qual se constrói o futuro; p. ex.: *I will say* = Eu direi. (N. do T.)

A dificuldade que essas formas apresentam parece ser um caso particular da dificuldade geral relativa à natureza do subjuntivo e não indica necessariamente que haja um significado imperativo. Se tivermos de supor que *would* e *could* têm significado imperativo, então parece que seremos forçados a supor que também têm significado compromissivo, já que as emissões de *Could I be of assistance?* (Eu poderia ser útil?) e *Would you like some more wine?* (Você gostaria de um pouco mais de vinho?) são normalmente oferecimentos. Acho essa conclusão implausível, por envolver uma proliferação desnecessária de significados. Ela viola a navalha de Occam no que diz respeito a conceitos. É mais econômico supor que *could* e *would* são unívocos em *Could you pass the salt?*, *Could I be of assistance?*, *Would you stop making that noise?* (Você poderia parar de fazer esse barulho?) e *Would you like some more wine?*. Entretanto, uma análise realmente satisfatória dessas formas aguarda uma análise satisfatória do subjuntivo. A análise mais plausível das formas de pedido indireto é que a oração *if* suprimida é a forma polida *if you please* (se você me faz o favor) ou *if you will* (se você quiser).

*Estendendo a análise*

Quero concluir esse capítulo mostrando que a abordagem geral nele sugerida servirá para outros tipos de atos indiretos além dos diretivos. Exemplos óbvios, freqüentemente citados na literatura, são fornecidos pelas condições de sinceridade. Em geral, qualquer ato ilocucionário pode ser realizado mediante a asserção da satisfação da condição de sinceridade desse ato (embora não mediante a pergunta por essa satisfação). Assim, por exemplo:

> *I am sorry I did it* (uma desculpa)
> (Sinto tê-lo feito)
> *I think / believe he is in the next room*
>     (uma asserção)
> (Penso/creio que ele está na sala ao lado).
> *I am so glad you won* (congratulações)
> (Estou tão feliz que tenha vencido)
> *I intend to try harder next time, coach*
>     (uma promessa)
> (Pretendo esforçar-me mais da próxima
>     vez, treinador)
> *I am grateful for your help* (agradecimento)
> (Estou agradecido por sua ajuda).

Acredito, entretanto, que a fonte mais rica de exemplos não diretivos sejam os compromissivos; um estudo dos exemplos de sentenças usadas para a realização de compromissivos indiretos (especialmente oferecimentos e promessas) exibe em boa medida os mesmos padrões que encontramos no estudo dos diretivos. Considerem-se as seguintes sentenças, que podem todas ser usadas para a realização de um oferecimento indireto (ou, em alguns casos, de uma promessa).

I. Sentenças que dizem respeito às condições preparatórias:
   A. *F* é capaz de realizar o ato:
      *Can I help you?* (Posso ajudá-lo?)
      *I can do that for you* (Posso fazer isso para você)
      *I could get it for you* (Eu poderia pegá-lo para você)
      *Could I be of assistance?* (Eu poderia ser útil?)
   B. *O* quer que *F* realize o ato:
      *Would you like some help?* (Você gostaria de ajuda?)
      *Do you want me to go now, Sally?* (Você quer que eu vá agora, Sally?)
      *Wouldn't you like me to bring some more next time I come?* (Você não gostaria que eu trouxesse mais um pouco da próxima vez que eu vier?)
      *Would you rather I came on Tuesday?*
      (Você preferiria que eu viesse na terça-feira?)
II. Sentenças que dizem respeito à condição de sinceridade:
      *I intend to do it for you* (Pretendo fazê-lo para você)
      *I plan on repairing it for you next week* (Planejo consertá-lo para você na semana que vem).
III. Sentenças que dizem respeito à condição do conteúdo proposicional:
      *I will do it for you* (Eu o farei para você)
      *I am going to give it to you next time you stop by*

(Eu o darei a você da próxima vez que você parar aqui)
*Shall I give you the money now?* (Dar-lhe-ei o dinheiro agora?)

IV. Sentenças que dizem respeito ao desejo ou disposição de *F* para fazer *A*:
*I want to be of any help I can* (Quero ser útil da maneira que possa)
*I'd be willing to do it (if you want me to)* (Eu estaria disposto a fazê-lo (se você quiser)).

V. Sentenças que dizem respeito a (outras) razões para *F* fazer *A*:
*I think I had better leave you alone* (Acho que eu faria melhor se a deixasse a sós)
*Wouldn't it be better if I gave you some assistance?*
(Não seria melhor que eu lhe desse uma ajuda?)
*You need my help, Cynthia* (Você precisa de minha ajuda, Cynthia).

Note-se que a tese formulada anteriormente sobre os estados psicológicos elementares também vale para esses casos: uma pessoa pode realizar um ato ilocucionário indireto mediante a asserção da presença de seus próprios estados psicológicos, mas não mediante a pergunta por essa presença; e pode realizar um ato ilocucionário indireto mediante a pergunta pela presença de estados psicológicos em seu ouvinte, mas não mediante a asserção dessa presença.

Assim, uma emissão de *Do you want me to leave?* (Você quer que eu saia?) pode ser um oferecimento no sentido de que eu saia, mas não *You want me to leave* (Você quer que eu saia). (Embora possa ser, com um adendo interrogativo: *You want me to leave, don't you?* (Você quer que eu saia, não quer?)). Do mesmo modo, *I want to help you out* (Quero ajudá-lo) pode ser emitida como um oferecimento, mas não *Do I want to help you out?* (Quero ajudá-lo?).

A classe dos compromissivos indiretos também inclui um grande número de sentenças hipotéticas:

*If you wish any further information, just let me know*
(Se você desejar mais alguma informação, avise-me)
*If I can be of assistance, I would be most glad to help*
(Se eu puder ser útil, ficaria muito contente em ajudar)
*If you need any help, call me at the office.*
(Se precisar de ajuda, ligue-me no escritório).

Nos casos hipotéticos, o antecedente diz respeito a uma das condições preparatórias ou à presença de uma razão para fazer *A*, como em *If it would be better for me to come on Wednesday, just let me know* (Se for melhor que eu venha na quarta-feira, avise-me). Observe-se também que, além das sentenças hipotéticas, há casos de atos indiretos por iteração. Assim, por exemplo, *I think I ought to help you out* (Acho que devo ajudá-lo) pode ser emitida como um oferecimento indireto, feito através de uma asserção indireta. Esses exemplos sugerem outras generalizações:

*Generalização 5:* F *pode realizar um compromissivo indireto perguntando se ou enunciando que é satisfeita a condição preparatória que diz respeito à sua capacidade para fazer* A.

*Generalização 6:* F *pode realizar um compromissivo indireto perguntando se, mas não enunciando que, é satisfeita a condição preparatória que diz respeito ao desejo ou vontade de* O *que* F *faça* A.

*Generalização 7:* F *pode construir um compromissivo indireto enunciando que, e em algumas formas perguntando se, a condição do conteúdo proposicional é satisfeita.*

*Generalização 8:* F *pode realizar um compromissivo indireto enunciando que, mas não perguntando se, a condição de sinceridade é satisfeita.*

*Generalização 9:* F *pode realizar um compromissivo indireto enunciando que ou perguntando se há razões boas ou cabais para fazer* A, *exceto se a razão é que* F *quer ou deseja fazer* A, *caso em que ele pode apenas enunciar que, mas não perguntar se, quer fazer* A.

Gostaria de concluir enfatizando que minha abordagem não cabe em nenhum dos paradigmas explicativos usuais. O paradigma do filósofo tem sido normalmente obter um conjunto de condições logicamente necessárias e suficientes dos fenômenos a serem explicados; o paradigma do lingüista tem sido normalmente obter um conjunto de regras estruturais que devem gerar os fenômenos a serem explicados. Sou incapaz de me convencer de que qualquer um desses paradigmas seja apropriado para o problema em questão. O problema parece-me ser um tanto semelhante aos problemas da análise epistemológica da percepção, em que se procura explicar como um sujeito de percepção reconhece um objeto com base em estímulos sensoriais incompletos. A questão de como sei que ele me fez um pedido, se ele apenas me fez uma pergunta acerca de minhas habilidades, pode ser análoga à questão de como sei que era um carro se tudo que pude perceber foi um clarão passando por mim na estrada. Se assim é, a resposta para nosso problema não pode ser "Tenho um conjunto de axiomas a partir dos quais se pode deduzir que ele fez um pedido" nem "Tenho um conjunto de regras sintáticas que geram uma estrutura profunda imperativa para a sentença que ele emitiu".

CAPÍTULO 3

# O ESTATUTO LÓGICO DO DISCURSO FICCIONAL

I

Acredito que falar ou escrever numa língua consiste em realizar atos de fala de uma espécie bem particular, chamados "atos ilocucionários". Eles incluem os atos de fazer enunciados, fazer perguntas, dar ordens, fazer promessas, desculpar-se, agradecer e assim por diante. Acredito também que há um conjunto sistemático de relações entre os significados das palavras e sentenças que emitimos e os atos ilocucionários que realizamos na emissão dessas palavras e sentenças[1].

Entretanto, para quem admite uma concepção como essa, a existência do discurso ficcional levanta um problema de difícil solução. Podemos colocá-lo na forma de um paradoxo: como é possível que as palavras e outros elementos tenham, numa história de ficção, seus significados ordinários e, ao mesmo tempo, as regras associadas a essas palavras e outros elementos, regras que determinam seus significados, não sejam cumpridas? Como é possível considerar que, na história "Chapeuzinho Vermelho", "vermelho" signifique vermelho e, ao mesmo tempo, as regras que relacionam "vermelho" a vermelho não estejam em vigor? Essa é apenas uma formulação preliminar de nossa questão, e teremos de enfrentá-la de maneira mais vigorosa antes mesmo de obtermos uma formulação mais cuidadosa. Antes, porém, é necessário fazer algumas poucas distinções elementares.

*A distinção entre ficção e literatura.* Algumas obras de ficção são obras literárias, outras não. Hoje em dia, a maioria das obras literárias são ficcionais, mas de modo algum todas são ficcionais. A maioria das histórias em quadrinhos são exemplos de ficção, mas não são literatura. *In Cold Blood* e *Armies of the Night* qualificam-se como literatura, mas não são obras de ficção. Porque a maioria das obras literárias são ficcionais, é possível confundir a definição de ficção com a definição de literatura, mas a existência de exemplos de ficção que não são literatura e exemplos de literatura que não são ficção basta para demonstrar que se trata de um erro. Mesmo que não houvesse tais exemplos, ainda seria um erro, porque o conceito de literatura é diferente do conceito de ficção. Assim, por exemplo, "a Bíblia como literatura" indica uma atitude teologicamente neutra, mas "a Bíblia como ficção" é uma expressão tendenciosa[2].

Nas considerações que se seguem, tentarei analisar o conceito de ficção, mas não o de literatura.

De fato, no mesmo sentido em que analisarei a ficção, não acredito ser possível analisar a literatura, por três razões interligadas.

Em primeiro lugar, não há nenhum traço ou conjunto de traços que todas as obras literárias tivessem em comum e pudessem constituir condições necessárias e suficientes para que algo fosse uma obra literária. Para usar a terminologia de Wittgenstein, a noção de literatura é uma noção por semelhança de família.

Em segundo lugar, creio (embora não tente demonstrar aqui) que "literatura" é o nome de um conjunto de atitudes que assumimos perante uma porção de discurso, e não o nome de uma propriedade interna dessa porção de discurso, embora as razões pelas quais assumimos as atitudes que assumimos são evidentemente, ao menos em parte, determinadas pelas propriedades do discurso, não sendo inteiramente arbitrárias. Em termos aproximados, cabe ao leitor decidir se uma obra é literária, cabe ao autor decidir se ela é uma obra de ficção.

Em terceiro lugar, as obras literárias e as não literárias distribuem-se num contínuo. Não só por não haver limites nítidos entre elas, mas por não haver limite de qualquer espécie. Assim, Tucídides e Gibbon escreveram obras de História, que podem ou não ser consideradas obras literárias. Os contos de Sherlock Holmes, escritos por Conan Doyle, são claramente obras de ficção, mas é uma questão de opinião a de saber se devem ou não ser incluídas na literatura inglesa.

*A distinção entre discurso ficcional e discurso figurado.* É claro que, assim como as regras semânticas são, no discurso ficcional, alteradas ou sustadas, de uma maneira que ainda nos cabe analisar, também no discurso figurado as regras semânticas são alteradas ou sustadas de alguma maneira. Mas também é claro que o que se dá no discurso ficcional é algo bastante diferente, e independente, das figuras de linguagem. Uma metáfora pode ocorrer tanto numa obra não ficcional como numa obra de ficção. Só para dispormos de um jargão, digamos que o uso metafórico de expressões é "não literal" e que as emissões ficcionais são "não sérias". Para evitar um mal-entendido óbvio, não se pretende que o uso desse jargão implique que escrever um poema ou um romance de ficção não seja uma atividade séria; pretende-se que, se o autor de um romance nos conta, por exemplo, que está chovendo, isso não o comprometa seriamente com a tese de que está realmente chovendo no momento em que escreve. É nesse sentido que a ficção é não séria. Vejamos alguns exemplos: se digo agora "Estou escrevendo um artigo sobre o conceito de ficção", essa observação é, ao mesmo tempo, séria e literal. Se digo "Hegel é uma carta fora do baralho no jogo filosófico"[a], essa observação é séria, mas não literal. Se digo, iniciando uma história, "Era uma vez um rei muito sábio, que vivia num reino longínquo e tinha uma filha muito bela...", essa observação é literal, mas não séria.

---

a. No original, *Hegel is a dead horse on the philosophical market* (literalmente: Hegel é um cavalo morto no mercado filosófico). (N. do T.)

# O ESTATUTO LÓGICO DO DISCURSO FICCIONAL

O objetivo deste capítulo é explorar a diferença entre emissões sérias e emissões ficcionais; não é explorar a diferença entre emissões literais e figuradas, que é uma distinção independente da primeira.

Uma última observação antes de começar a análise. Para tratar de todo assunto, dispomos de certas frases feitas que nos permitem parar de pensar sobre nossos problemas antes de solucioná-los. Assim como sociólogos e outros estudiosos das mudanças sociais julgam que, recitando expressões como "a revolução das expectativas crescentes", podem abster-se do dever de pensar, também é fácil parar de pensar sobre o estatuto do discurso ficcional por obra da repetição de clichês como "suspensão da descrença" ou expressões como "mimese". Tais noções contêm nosso problema, mas não sua solução. Num certo sentido, o que quero dizer exatamente é que a descrença é o que não suspendo quando leio um autor sério de elocuções não sérias, como Tolstói ou Thomas Mann. Minhas antenas de descrença são muito mais sensíveis quando dirigidas para Dostoiévski do que quando dirigidas para o *San Francisco Chronicle*. Em outro sentido, quero efetivamente dizer que "suspendo a descrença", mas o problema é dizer exatamente como e exatamente por quê. Platão, perfilando um erro muito comum, julgava que a ficção consistia em mentiras. Por que seria incorreta uma tal concepção?

## II

Comecemos por comparar duas passagens, escolhidas ao acaso, para ilustrar a distinção entre ficção e não-ficção. A primeira, um caso de não-ficção, extraída do *New York Times* (15 de dezembro de 1972), foi escrita por Eileen Shanahan:

> Washington, 14 de dezembro – Um grupo de membros dos governos federal, estaduais e municipais rejeitou hoje a idéia do presidente Nixon de que o governo federal fornecesse ajuda financeira que possibilitasse aos governos locais reduzir impostos sobre propriedades.

A segunda é extraída de um romance de Iris Murdoch chamado *The Red and the Green*, que começa assim:

> Mais dez dias gloriosos longe dos cavalos! Era no que pensava o segundo-tenente Andrew Chase-White, recentemente comissionado no ilustre regimento King Edward's Horse, enquanto vagueava contente por um jardim dos subúrbios de Dublin, numa tarde ensolarada de domingo, em abril de 1916[3].

A primeira coisa a ser notada em ambas as passagens é que, com a possível exceção da palavra *vagueava* do romance da sra. Murdoch, todas as ocorrências das palavras são literais. Os dois autores estão falando (escrevendo) literalmente. Nesse caso, onde estão as diferenças? Comecemos por considerar a passagem extraída do *New York Times*. A sra. Shanahan está fazendo uma asserção. A asserção é um tipo de ato ilocucionário que se submete a certas regras semânticas e pragmáticas bastante específicas. São as seguintes:

1 – A regra essencial: quem faz uma asserção se compromete com a verdade da proposição expressa.

2 – As regras preparatórias: o falante deve estar preparado para fornecer evidências ou razões da verdade da proposição expressa.

3 – A proposição expressa não deve ser obviamente verdadeira para ambos, falante e ouvinte, no contexto da emissão.

4 – A regra da sinceridade: o falante compromete-se com a crença na verdade da proposição expressa[4].

Note-se que a sra. Shanahan arca com a responsabilidade pela observância de todas essas regras. Se não observar qualquer uma delas, diremos que sua asserção é defectiva. Se não cumprir as condições especificadas nas regras, diremos que o que disse é falso, errado ou incorreto, ou que ela não dispõe de evidências suficientes daquilo que disse, ou que disse algo irrelevante, pois todos nós de algum modo já o sabíamos, ou que mentia, pois realmente não acreditava naquilo. São essas as maneiras como as asserções podem caracteristicamente ser malsucedidas, quando o falante não se põe à altura dos padrões estabelecidos pelas regras. As regras estabelecem os cânones internos da crítica das emissões.

Observe-se, por outro lado, que nenhuma dessas regras se aplica à passagem da sra. Murdoch. Sua emissão não é um compromisso com a verdade da proposição de que, numa tarde ensolarada de domingo, em abril de 1916, um tenente chamado Andrew Chase-White, recentemente comissionado em uma unidade militar chamada King's Edward Horse, vagueava por seu jardim e pensava que teria mais dez dias gloriosos longe dos cavalos. A proposição pode ser ou não verdadeira, mas a sra. Murdoch não tem qualquer compromisso com sua verdade. Além disso, como não está comprometida com sua verdade, não tem o compromisso de ser capaz de fornecer evidências de sua verdade. Pode haver ou não evidências da verdade da proposição, e a sra. Murdoch pode dispor ou não dessas evidências. Mas tudo isso é irrelevante para seu ato de fala, que não a compromete com a posse de evidências. Não havendo compromisso com a verdade da proposição, não vem ao caso que já estejamos ou não informados de sua verdade; à autora não se imputará insinceridade se, de fato, em nenhum momento acreditou que realmente havia, naquele dia, em Dublin, um tal personagem que pensava em cavalos.

Agora chegamos ao nó da questão: a sra. Shanahan está fazendo uma asserção, e asserções definem-se pelas regras constitutivas da atividade de asserir; mas que tipo de ato ilocucionário pode estar a sra. Murdoch realizando? Especificamente, como esse ato poderia ser uma asserção, se ela não tem compromisso com nenhuma das regras típicas das asserções? Se, como aleguei anteriormente, o significado da sentença emitida pela sra. Murdoch é determinado pelas regras lingüísticas associadas aos elementos da sentença, se tais regras determinam que a emissão literal da sentença é uma asserção e se, como tenho insistido, ela está fazendo uma emissão literal da sentença, então o ato deve certamente ser uma asserção; mas ele não pode ser uma asserção, já que não observa as regras específicas e constitutivas da asserção.

Comecemos por considerar uma resposta errada a nossa questão, uma resposta que de fato muitos autores propuseram. De acordo com essa resposta, a sra. Murdoch, ou qualquer outro escritor de romances, não realiza o ato ilocucionário de fazer uma asserção, mas o ato ilocucionário de contar uma história ou escrever um romance. Segundo essa teoria, um relato de jornal contém uma classe de atos ilocucionários (enunciados, asserções, descrições, explicações) e a literatura de ficção contém outra classe de atos ilocucionários (escrever histórias, romances, poemas, peças de teatro, etc.). O escritor ou falante de ficção tem seu próprio repertório de atos ilocucionários, que estão no mesmo plano que os atos ilocucionários de tipo padrão (fazer perguntas, fazer pedidos, fazer promessas, fazer descrições, etc.), mas se acrescentam a eles. Creio que essa análise é incorreta. Não reservarei muito espaço à demonstração de que é incorreta, porque prefiro utilizar o espaço para apresentar uma explicação alternativa; mas, para ilustrar a incorreção, mencionarei uma séria dificuldade, que qualquer um que deseje propor aquela explicação terá de enfrentar. De modo geral, o ato ilocucionário (ou os atos ilocucionários) realizado na emissão de uma sentença é função do significado da sentença. Sabemos, por exemplo, que uma emissão da sentença "John pode correr uma milha" é a realização de um tipo de ato ilocucionário, e que uma emissão da sentença "Pode John correr uma milha?" é a realização de outro tipo de ato ilocucionário, pois sabemos que o significado da forma sentencial indicativa é diferente do significado da forma sentencial interrogativa. No entanto, se as sentenças de uma obra de ficção fossem usadas para realizar atos de fala completamente diferentes daqueles determinados pelo significado literal que possuem, elas teriam de ter algum outro significado. Portanto, qualquer um de sustente que a ficção contém atos ilocucionários diferentes dos contidos na não-ficção compromete-se com a concepção de que as palavras não têm, nas obras de ficção, seus significados normais. Essa concepção é, pelo menos *prima facie*, impossível, já que, se fosse verdadeira, seria impossível para qualquer pessoa entender uma obra de ficção sem aprender novos conjuntos de significados correspondentes a todas as palavras e outros elementos contidos na obra; e, já que qualquer sentença pode ocorrer numa obra de ficção, um falante da língua, para ter a capacidade de ler qualquer obra de ficção, teria de aprender essa língua novamente, uma vez que cada sentença da língua teria um significado ficcional e um significado não-ficcional. Posso imaginar várias maneiras pelas quais um defensor da concepção examinada poderia enfrentar essas objeções, mas como são todas tão implausíveis quanto a tese original de que a ficção contém uma categoria inteiramente nova de atos de fala, não tratarei delas aqui.

De volta à sra. Murdoch. Se o ato que realiza não é o de escrever um romance, por não existir um tal ato, o que faz exatamente na passagem selecionada? A resposta parece-me óbvia, embora não seja fácil formulá-la com precisão. Poder-se-ia dizer que ela está fingindo fazer uma asserção, ou agindo como se estivesse fazendo uma asserção, ou efetuando as operações de feitura de uma asserção, ou imitando o ato de fazer uma asserção. Não ponho preço muito alto em nenhuma dessas expressões, mas tratemos de "fingir", que vale tanto quanto qualquer outra. Quando digo que a sra. Murdoch está fingindo fazer asserções, é crucial distinguir dois sentidos bem diferentes de "fingir". Num sentido, fingir ser ou fazer alguma coisa que não se está fazendo é envolver-se numa espécie de fraude; mas, no segundo sentido, fingir fazer ou ser alguma coisa é envolver-se numa encenação, é agir *como* se estivesse fazendo ou fosse essa coisa, sem nenhuma intenção de enganar. Se finjo ser Nixon para burlar o Serviço Secreto e entrar na Casa Branca, estou fingindo no primeiro sentido; se finjo ser Nixon como parte de um jogo de charadas, isso é fingimento no segundo sentido. Ora, no uso ficcional das palavras, o que está em questão é o fingimento no segundo sentido. A sra. Murdoch está envolvida numa pseudo-encenação não fraudulenta, que consiste em fingir relatar-nos uma série de eventos. Logo, minha primeira conclusão é: o autor de uma obra de ficção finge realizar uma série de atos ilocucionários, normalmente do tipo assertivo[5].

Ora, *fingir* é um verbo intencional: isto é, é um desses verbos que têm embutido em si o conceito de intenção. De fato, não se pode dizer que alguém fingiu fazer algo a menos que tenha tido a intenção de fazê-lo. Assim, nossa primeira conclusão conduz imediatamente à segunda: o critério para identificar se um texto é ou não uma obra de ficção deve necessariamente estar fundado nas intenções ilocucionárias do autor. Não há nenhuma propriedade textual, sintática ou semântica, que identifique um texto como uma obra de ficção. O que faz dele uma obra de ficção é, por assim dizer, a postura ilocucionária que o autor assume em relação a ele, e essa postura é definida pelas intenções ilocucionárias que o autor tem quando escreve ou compõe o texto, da maneira que seja.

Houve uma escola de crítica literária segundo a qual não se deveriam considerar as intenções do autor quando se examinasse uma obra de ficção. Talvez haja um certo nível de intenção com respeito ao qual essa concepção extraordinária seja plausível; talvez não se devam considerar as intenções últimas de um autor quando se analisa sua obra, mas, no nível mais básico, é absurdo supor que um crítico possa ignorar completamente as intenções do autor, pois simplesmente identificar um texto como romance, poema, ou mesmo como texto, já é afirmar algo sobre as intenções do autor.

Até aqui, ressaltei que um autor de ficção finge realizar atos ilocucionários que de fato não está realizando. Mas a questão que se impõe agora é: o que torna possível essa forma peculiar de fingimento? Antes de mais nada, é um fato bizarro, peculiar e surpreendente que as línguas humanas cheguem a admitir a possibilidade da ficção. Todavia, nenhum de nós tem dificuldade para reconhecer e entender as obras de ficção. Como isso é possível?

Em nossa discussão sobre o trecho da sra. Shanahan no *New York Times*, especificamos um conjunto de regras cuja observância faz da emissão da autora uma asserção (sincera e não defectiva). Julgo ser útil concebê-las como regras que relacionam palavras (e sentenças) ao mundo. Considerá-las como regras verticais que estabelecem conexões entre a linguagem e a realidade. Ora, sugiro que o que torna a ficção possível é um conjunto de convenções extralingüísticas, não semânticas, que rompem a conexão entre as palavras e o mundo estabelecida pelas regras acima mencionadas. Concebam-se as convenções do discurso ficcional como um conjunto de convenções horizontais que rompem as conexões estabelecidas pelas regras verticais. Elas suspendem os requisitos normais estabelecidos por essas regras. Tais convenções horizontais não são regras do significado; elas não são parte da competência semântica do falante. Dessa maneira, não modificam nem mudam o significado de nenhuma das palavras ou de outros elementos da língua. O que fazem é habilitar o falante a usar palavras em seus significados literais sem assumir os compromissos normalmente exigidos por esses significados. Minha terceira conclusão é, portanto, a seguinte: as elocuções fingidas que constituem uma obra de ficção são possíveis em virtude da existência de um conjunto de convenções que suspendem a operação normal das regras que relacionam os atos ilocucionários ao mundo. Nesse sentido, para usar o jargão de Wittgenstein, contar histórias é realmente um jogo de linguagem à parte; para ser jogado, ele requer um conjunto distinto de convenções, embora essas convenções não sejam regras do significado; e o jogo da linguagem não está no mesmo pé que os jogos de linguagem ilocucionários, mas é parasitário em relação a eles.

A questão talvez fique mais clara ao contrastarmos a ficção com a mentira. Penso que Wittgenstein errou quando disse que mentir é um jogo de linguagem que deve ser aprendido como qualquer outro[6]. Penso que se trata de um erro porque mentir consiste em violar uma das regras reguladoras da realização dos atos de fala, e absolutamente nenhuma regra reguladora contém em si a noção de violação. Porque a regra define o que constitui uma violação, não é necessário antes aprender a seguir a regra e depois aprender a prática distinta de violar a regra. Mas, em contraste, a ficção é muito mais sofisticada do que a mentira. A alguém que não entendesse as convenções da ficção, que são distintas, pareceria que a ficção é apenas mentira. O que distingue ficção e mentira é a existência de um conjunto distinto de convenções que habilitam o autor a efetuar as operações de feitura de enunciados que sabe que não são verdadeiros, ainda que não tenha a intenção de enganar.

Discutimos a questão de saber o que torna possível para um autor usar literalmente as palavras e mesmo assim não assumir os compromissos previstos pelas regras associadas ao significado literal dessas palavras. Qualquer resposta a essa questão obriga-nos a formular uma outra: quais são os mecanismos pelos quais o autor invoca as convenções horizontais – que procedimentos ele segue? Se, como eu disse, o autor não realiza de fato atos ilocucionários, mas apenas finge realizá-los, como realiza o fingimento? É um traço característico do conceito de fingimento o fato de que alguém pode fingir que realiza uma ação complexa, de ordem superior, por meio da realização *efetiva* de ações menos complexas, de ordem inferior, que sejam partes constitutivas da ação complexa, de ordem superior. Assim, por exemplo, pode-se fingir bater em alguém por meio da execução efetiva dos movimentos de braço e punho característicos da ação de bater. A surra é fingida, mas os movimentos de braço e punho são reais. Analogamente, as crianças costumam fingir que dirigem um automóvel estacionado sentando-se no banco do motorista, girando a direção, movendo a alavanca do câmbio, etc. O mesmo princípio aplica-se à obra de ficção. O autor finge realizar atos ilocucionários por meio da emissão efetiva de sentenças. Na terminologia de *Speech Acts*, os *atos ilocucionários* são fingidos, mas o *ato de emissão* é real. Na terminologia de Austin, o autor finge realizar *atos ilocucionários* através da realização efetiva de atos *fonéticos* e *fáticos*. Os atos de emissão na ficção são indiscerníveis dos atos de emissão no discurso sério, e é por essa razão que não há propriedade textual que identifique uma porção de discurso como uma obra de ficção. É a realização do ato de emissão com a intenção de invocar as convenções horizontais que constitui a realização fingida do ato ilocucionário.

A quarta conclusão desta seção é, portanto, um desenvolvimento da terceira: as realizações fingidas de atos ilocucionários que constituem a feitura de uma obra de ficção consistem na realização efetiva de atos de emissão com a intenção de invocar as convenções horizontais que suspendem os compromissos ilocucionários normais das emissões.

Esses pontos ficarão mais claros ao considerarmos dois casos especiais de ficção, as narrativas em primeira pessoa e as peças teatrais. Eu disse que, na narrativa em terceira pessoa do tipo padrão, exemplificado pelo romance da sra. Murdoch, o autor finge realizar atos ilocucionários. Considere-se, porém, a seguinte passagem extraída de Sherlock Holmes:

> Foi no ano de 95 que uma conjunção de eventos, em que não preciso me deter, fez que o sr. Sherlock Holmes e eu passássemos algumas semanas numa de nossas maiores cidades universitárias, e foi durante esse período que nos aconteceu a pequena, mas instrutiva, aventura que passarei a relatar[7].

Nessa passagem, sir Arthur não está simplesmente fingindo fazer asserções, mas está *fingindo* ser John Watson, médico, oficial reformado da campanha do Afeganistão, fazendo asserções sobre seu amigo Sherlock Holmes. Ou seja, nas narrativas em primeira pessoa, o autor freqüentemente finge ser outra pessoa fazendo asserções.

Os textos dramáticos são um caso particular interessante da tese que defendo neste capítulo. No caso, quem finge não é tanto o autor, mas os personagens no curso da encenação real. Ou seja, o texto da peça conterá algumas pseudo-asserções, mas consistirá, em sua maior parte, numa série de instruções sérias aos atores, relativas a como fingir a feitura de asserções e a realização de outras ações. O ator finge ser alguém que ele realmente não é, e finge realizar os atos de fala e outros atos desse personagem. O dramaturgo representa as ações reais e fingidas, e também as falas dos atores, mas o que faz ao escrever o texto da peça é algo como escrever uma receita de fingimento, mais do que envolver-se diretamente numa forma de fingimento. Uma história de ficção é uma representação fingida de um estado de coisas; mas uma peça, isto é, uma peça encenada, não é uma *representação* fingida de um estado de coisas, mas o próprio estado de coisas fingido, já que os atores fingem *ser* os personagens. Nesse sentido, o autor da peça, de modo geral, não finge fazer asserções; ele dá instruções sobre como fingir, que os atores então seguem. Considere-se a seguinte passagem extraída de *The Silver Box*, de Galworthy:

> Ato I, Cena I: A cortina sobe na sala de jantar dos Barthwick, grande, moderna e bem mobilia-

da; as cortinas da janela cerradas. A luz elétrica está acesa. Na grande mesa redonda de jantar, há uma bandeja com whiskey, um sifão e uma cigarreira de prata. Passa da meia-noite. Ouve-se alguém tateando a porta, por fora. Ela abre-se repentinamente. Jack Barthwick parece despencar dentro da sala...
Jack: Olá! Cheguei em casa e... (*Desafiador.*)[8]

É esclarecedor comparar essa passagem com a da sra. Murdoch. Afirmei que a sra. Murdoch nos conta uma história; para tanto, finge fazer uma série de asserções sobre pessoas situadas em Dublin, em 1916. O que se visualiza quando se lê o trecho é um homem vagueando por seu jardim e pensando em cavalos. Quando Galsworthy escreve sua peça, porém, ele não nos fornece uma série de asserções fingidas sobre a peça. Ele nos fornece uma série de instruções sobre como as coisas devem realmente acontecer no palco quando a peça for encenada. Ao lermos o trecho de Galsworthy, visualizamos um palco, a cortina que levanta, o palco mobiliado como uma sala de jantar, e assim por diante. Ou seja, parece-me que a força ilocucionária do texto de uma peça é como a força ilocucionária de uma receita de bolo. É um conjunto de instruções sobre como fazer alguma coisa, no caso, sobre como encenar a peça. O elemento de fingimento intervém no nível da encenação: o ator finge ser um membro da família Barthwick fazendo tais e tais coisas e tendo tais e tais sentimentos.

## III

A análise da seção anterior, se é correta, deve ajudar a resolver alguns dos enigmas tradicionais relativos à ontologia da obra de ficção. Suponhamos que eu diga: "Nunca houve uma sra. Sherlock Holmes, porque Holmes nunca se casou, mas de fato existiu uma senhora Watson, porque Watson de fato se casou, embora a sra. Watson tenha morrido não muito depois do casamento". O que eu disse é falso, é verdadeiro, não tem valor de verdade, ou o quê? Para responder, necessitamos distinguir não somente discurso ficcional e discurso sério, como fiz, mas também distingui-los do discurso sério sobre a ficção. Considerada como uma peça de discurso sério, a passagem acima certamente não é verdadeira, porque nenhuma dessas pessoas (Watson, Holmes, a sra. Watson) de fato existiu. Mas, considerada como uma peça de discurso sobre a ficção, o enunciado acima é verdadeiro, porque relata com exatidão as histórias conjugais dos dois personagens ficcionais, Holmes e Watson. Ela própria não é uma peça de ficção, pois não sou o autor das obras de ficção em questão. Holmes e Watson simplesmente nunca existiram, o que evidentemente não significa negar que existam na ficção e que se possa falar deles nessa qualidade.

Considerada como um enunciado sobre a ficção, a emissão acima conforma-se às regras constitutivas da feitura de enunciados. Observe-se, por exemplo, que posso verificar o enunciado mediante remissão às obras de Conan Doyle. No entanto, não cabe indagar se Conan Doyle pode verificar o que diz sobre Sherlock Holmes e Watson quando escreve os contos, pois não faz nenhum enunciado sobre eles, apenas finge fazê-lo. Porque o autor criou esses personagens de ficção, nós, por nosso lado, podemos fazer enunciados verdadeiros sobre eles, enquanto personagens de ficção.

Entretanto, como é possível para um autor "criar" personagens de ficção, por assim dizer, do nada? Para responder, voltemos à passagem de Iris Murdoch. A segunda sentença começa: "Era no que pensava o segundo-tenente Andrew Chase-White". Nessa passagem, Murdoch usa um nome próprio, uma expressão referencial paradigmática. Assim como a autora, na sentença como um todo, finge fazer uma asserção, nesse trecho ela finge fazer referência (outro ato de fala). Uma das condições para que a realização do ato de fala da referência seja bem-sucedida é que o objeto a que o falante se refere exista. Assim, fingindo fazer referência, a autora finge que há um objeto passível de referência. Na medida em que compartilhamos do fingimento, também fingimos que há um segundo-tenente chamado Andrew Chase-White morando em Dublin em 1916. É a referência fingida que cria o personagem de ficção e é o fingimento compartilhado que nos permite falar sobre o personagem da maneira como dele se fala na passagem sobre Sherlock Holmes mencionada acima. A estrutura lógica de tudo isso é complicada, mas não é opaca. Fingindo referir-se a (e narrar as aventuras de) uma pessoa, a sra. Murdoch cria um personagem de ficção. Observe-se que ela de fato não se refere a um personagem de ficção, porque um tal personagem não existia previamente; na verdade, fingindo referir-se a uma pessoa, ela cria uma pessoa fictícia. Uma vez criado o personagem de ficção, nós, que estamos fora da história de ficção, podemos fazer efetivamente referência à pessoa fictícia. Observe-se que, na passagem sobre Sherlock Holmes mencionada acima, eu realmente me referi a um personagem de ficção (isto é, minha emissão satisfez as regras da referência). Eu não *fingi* referir-me a um Sherlock Holmes real; eu *realmente me referi* ao Sherlock Holmes fictício.

Outra característica interessante da referência ficcional é que normalmente nem todas as referências numa obra de ficção serão atos fingidos de referência; algumas serão referências reais, como a referência a Dublin, na passagem da sra. Murdoch, a referência de Conan Doyle a Londres, em Sherlock Holmes, ou a referência velada que Conan Doyle faz a Oxford ou Cambridge, sem nos dizer a qual delas, na passagem mencionada acima ("uma de nossas maiores cidades universitárias"). A maioria das histórias de ficção contém elementos não ficcionais: ao lado das referências fingidas a Sherlock Holmes e Watson há, em Sherlock Holmes, referências reais a Londres, à rua Baker e à estação Paddington; do mesmo modo, em *Guerra e Paz*, a história de Pierre e Natasha é uma história de ficção sobre personagens de ficção, mas a Rússia de *Guerra e Paz* é a Rússia real e a guerra contra Napoleão é a guerra real contra o Napoleão real. Qual é o teste para saber o que é ficção e o que não é? A resposta deriva de nossa discussão sobre as diferenças entre o romance da sra. Murdoch e o artigo da sra. Shanahan no *New York Times*. O teste para saber com que o autor se compromete consiste em estabelecer o que conta como um erro. Se nunca existiu de fato um Nixon, a sra. Shanahan (e todos nós) estamos errados. Mas, se nunca existiu de fato um Andrew Chase-White, a sra. Murdoch não está errada. Do mesmo modo, se Sherlock Holmes e Watson vão da rua Baker à estação Paddington por um trajeto geograficamente impossível, saberemos que Conan Doyle se enganou redondamente, embora não se tenha enganado redondamente se nunca existiu um veterano da campanha do Afeganistão que correspondesse à descrição de John Watson. Em parte, alguns gêneros ficcionais são definidos pelos compromissos não ficcionais envolvidos na obra de ficção. A diferença, digamos, entre romances naturalistas, contos de fada, obras de ficção científica e contos surrealistas é, em parte, definida pelo grau de compromisso do autor com a representação de fatos reais, tanto fatos específicos relativos a lugares como Londres, Dublin e Rússia, como fatos gerais relativos ao que as pessoas são capazes de fazer e a como é o mundo. Por exemplo, se Billy Pilgrim faz uma viagem ao planeta invisível Tralfamadore num microssegundo, podemos admiti-lo, por ser compatível com o elemento de ficção científica presente em *Slaughterhouse Five*; mas, se encontrarmos um texto em que Sherlock Holmes faz o mesmo, ao menos saberemos que esse texto é incompatível com o *corpus* dos nove volumes originais dos contos de Sherlock Holmes.

## O ESTATUTO LÓGICO DO DISCURSO FICCIONAL

Os teóricos da literatura tendem a fazer observações vagas sobre como o autor cria um mundo ficcional, um mundo do romance, ou coisas assim. Creio que estamos agora em condições de dar sentido a essas observações. Fingindo referir-se a pessoas e narrar eventos que as envolvem, o autor cria personagens e eventos ficcionais. No caso da ficção realista ou naturalista, o autor refere-se a lugares e eventos reais, mesclando essas referências com as referências ficcionais, tornando assim possível tratar a história de ficção como uma extensão de nosso conhecimento atual. O autor estabelece com o leitor um conjunto de acordos sobre o grau em que as convenções horizontais da ficção rompem as convenções verticais do discurso sério. Na medida em que o autor respeita as convenções que invocou, ou (no caso das formas revolucionárias de literatura) as convenções que estabeleceu, ele mantém-se dentro das convenções. No que diz respeito à *possibilidade* da ontologia, tudo é permitido: o autor pode criar qualquer personagem ou evento que queira. No que diz respeito à *aceitabilidade* da ontologia, a coerência é um ponto crucial. Entretanto, não há critério universal de coerência: o que é coerência numa obra de ficção científica não será coerência numa obra naturalista. O que deve contar como coerência será, em parte, função do contrato estabelecido entre o autor e o leitor a propósito das convenções horizontais.

Por vezes, o autor de uma história de ficção introduzirá nela emissões que não são ficcionais e nem fazem parte da história. Um exemplo famoso é o de Tolstói, que começa *Anna Karenina* com a sentença: "Famílias felizes são todas felizes da mesma maneira, famílias infelizes são infelizes de maneiras próprias e diferentes". A meu ver, esta não é uma emissão ficcional, mas séria. É uma asserção genuína. Faz parte do romance, mas não faz parte da história ficcional. Quando Nabokov, no início de *Ada*, deliberadamente deturpa Tolstói dizendo "Todas as famílias felizes são mais ou menos diferentes; todas as famílias infelizes são mais ou menos iguais", indiretamente contradiz (e faz troça de) Tolstói. Ambas são asserções genuínas, embora a de Nabokov seja uma deturpação irônica de Tolstói. Tais exemplos levam-nos a fazer uma última distinção, entre obra de ficção e discurso ficcional. Uma obra de ficção não precisa consistir inteiramente, e em geral não consiste inteiramente, em discurso ficcional.

IV

A análise precedente deixa aberta uma questão crucial: por que tanta preocupação? Ou seja, por que associar tanta importância e esforço a textos que contêm atos de fala em grande parte fingidos? O leitor que acompanhou minha argumentação até aqui não ficará surpreso ao ouvir que não creio que haja uma resposta simples, ou mesmo única, a essa questão. Parte da resposta teria de remeter ao papel crucial, freqüentemente subestimado, que a imaginação desempenha na vida humana, e ao papel igualmente crucial que os produtos compartilhados da imaginação desempenham na vida social do homem. E um dos aspectos do papel que esses produtos desempenham deriva do fato de que atos de fala sérios (isto é, não ficcionais) podem ser transmitidos por textos de ficção, mesmo que o ato de fala transmitido não esteja representado no texto. Quase todas as obras de ficção importantes transmitem uma ou mais "mensagens", que são transmitidas *pelo* texto mas não estão *no* texto. É só nos contos infantis do tipo dos que concluem com "e a moral da história é...", ou nos autores tediosamente didáticos, como Tolstói, que encontramos efetivamente uma representação explícita dos atos de fala sérios, cuja transmissão é o propósito (ou o propósito principal) do texto ficcional. Os críticos literários vêm recorrendo a elementos *ad hoc* e pontuais para explicar como um autor transmite um ato de fala sério através da realização dos atos de fala fingidos que constituem a obra de ficção, mas não há, até hoje, nenhuma teoria geral dos mecanismos por meio dos quais essas intenções ilocucionárias sérias são transmitidas por elocuções fingidas.

## CAPÍTULO 4

# METÁFORA
FORMULANDO O PROBLEMA

Se você ouve alguém dizer: "Sally é um bloco de gelo" ou "Sam é um porco", é bem provável que suponha que o falante não queira significar o que diz literalmente, mas que esteja falando metaforicamente. Além disso, também é provável que você não encontre muita dificuldade para fazer idéia do que ele quer significar. Se ele diz "Sally é um número primo entre 17 e 23" ou "Bill é uma porta de celeiro", você poderia também supor que ele esteja falando metaforicamente, mas será mais difícil fazer idéia do que ele quer significar. A existência de tais emissões – emissões em que o falante quer significar metaforicamente algo diferente do que a sentença significa literalmente – coloca uma série de questões para qualquer teoria da linguagem e da comunicação: o que é a metáfora e como ela difere das emissões literais e das outras formas de emissões figuradas? Por que usamos metaforicamente algumas expressões, em vez de dizermos exata e literalmente o que queremos significar? Como funcionam as emissões metafóricas, isto é, como é possível para os falantes comunicarem algo aos ouvintes falando metaforicamente, uma vez que não dizem o que querem significar? E por que algumas metáforas funcionam e outras não?

Em minha discussão, proponho-me a enfrentar esse último conjunto de questões – as que se articulam em torno do problema de saber como a metáfora funciona – por seu interesse intrínseco e também porque me parece que não obteremos as soluções dos demais problemas enquanto essa questão fundamental não for solucionada. Entretanto, antes de poder começar a compreendê-la, é necessário formular a questão mais precisamente.

O problema de explicar como as metáforas funcionam é um caso particular do problema geral de explicar como se distinguem o significado do falante e o significado das sentenças e palavras. Ou seja, ele é um caso específico do problema de saber como é possível dizer uma coisa e querer significar algo diferente, em ocasiões em que alguém é bemsucedido em comunicar o que quer significar, embora o falante e o ouvinte saibam que os significados das palavras emitidas pelo falante não expressam exata e literalmente o que ele quis significar. Alguns outros exemplos de ruptura entre o significado da emissão do falante e o significado literal da sentença são a ironia e os atos de fala indiretos. Em cada um desses casos, o que o falante quer significar não é idêntico ao que a sentença significa e, mesmo assim, o que ele quer significar depende, de várias maneiras, do que a sentença significa.

Desde o início, é importante enfatizar que o problema da metáfora diz respeito às relações entre, de um lado, o significado da palavra e da sentença e, de outro, o significado do falante ou o significado da emissão. Muitos que escreveram sobre o assunto tentam localizar o elemento metafórico de uma emissão metafórica na sentença ou nas expressões emitidas. Eles julgam que há dois tipos de significado sentencial: o literal e o metafórico. Entretanto, sentenças e palavras possuem somente os significados que possuem. Em termos estritos, sempre que falamos do significado metafórico de uma palavra, expressão ou sentença, estamos falando do que um falante poderia querer significar ao emiti-las, em divergência com o que a palavra, expressão ou sentença realmente significa. Portanto, estamos falando das possíveis intenções do falante. Mesmo quando discutimos a questão de saber como se pode dar uma interpretação metafórica a uma sentença que seja um contra-senso, como, no exemplo de Chomsky, "Idéias verdes incolores dormem furiosamente", estamos falando de como um falante poderia emitir a sentença e com ela querer significar metaforicamente algo, ainda que ela seja literalmente um contrasenso. Para dispor de uma maneira concisa de distinguir, de um lado, o que o falante quer significar ao emitir palavras, sentenças e expressões, e de outro, o que as palavras, sentenças e expressões significam, chamarei o primeiro de *significado da emissão do falante* e o outro de *significado de palavras ou significado de sentença (significado sentencial)*. Um significado metafórico é sempre um significado da emissão de um falante.

A fim de que o falante possa comunicar-se usando emissões metafóricas, emissões irônicas e atos de fala indiretos, deve haver princípios que o habilitem a significar mais, ou alguma coisa diferente, do que diz – princípios conhecidos pelo ouvinte, que, usando esse conhecimento, pode compreender o que o falante quer significar. A relação entre o significado sentencial e o significado metafórico da emissão não é casual e *ad hoc*, mas sistemática. A tarefa de construir uma teoria da metáfora consiste em tentar enunciar os princípios que relacionam o significado literal da sentença ao significado metafórico da emissão. Porque o conhecimento que permite às pessoas usar e compreender emissões metafóricas supera o conhecimento que têm do significado literal das palavras e sentenças, os princípios que procuramos não estão incluídos, ou pelo menos não estão inteiramente incluídos, numa teoria da competência semântica, tal como tradicionalmente concebida. Do ponto de vista do ouvinte, o problema de uma teoria da metáfora é explicar como ele pode compreender o significado da emissão do falante, já que tudo o que ouve é uma sentença associada a significados de palavras e a um significado sentencial. Do ponto de vista do falante, o problema é explicar como ele pode querer significar algo diferente dos significados das palavras e do significado sentencial da sentença que emite. À luz dessas reflexões, nossa questão original, a de saber como funcionam as metáforas, pode ser assim reformulada: quais são os princípios que permitem aos falantes formular, e aos ouvintes compreender, as emissões metafóricas, e como podemos enunciar esses princípios de uma maneira que esclareça como as emissões metafóricas diferem de outros tipos de emissões nas quais o significado do falante não coincide com o significado literal?

Porque parte de nossa tarefa é explicar como as emissões metafóricas diferem das emissões literais, devemos inicialmente chegar a uma caracterização das emissões literais. A maior parte dos autores – todos, na verdade – cujos escritos sobre o tema da metáfora li supõe que saibamos como funcionam as emissões literais; eles julgam que não vale a pena discutir o problema das emissões literais no âmbito de sua explicação da metáfora. Como preço, suas explicações freqüentemente descrevem emissões metafóricas de uma maneira tal que se torna impossível distingui-las das emissões literais.

De fato, dar conta da predicação literal de uma maneira precisa é um problema extremamente difícil, complexo e sutil. Não procurarei fazer um sumário meticuloso dos princípios da emissão literal, mas apontarei somente as características essenciais para uma comparação entre emissões literais e emissões metafóricas. E também, em nome da simplicidade, limitarei a maior parte de meu tratamento das emissões literais e metafóricas a casos muito simples e às sentenças usadas para o ato de fala de asserção.

Imaginemos que um falante emita literalmente uma sentença como:

1. Sally é alta
2. O gato está sobre o capacho
3. Está ficando quente aqui.

Observemos que, em cada um desses casos, o significado literal da sentença determina, ao menos em parte, um conjunto de condições de verdade; e porque os únicos dispositivos indicadores de força ilocucionária (ver Searle, 1969) das sentenças são assertivos, a emissão literal e séria de uma delas comprometerá o falante com a satisfação do conjunto de condições de verdade determinadas pelo significado dessa sentença e pelos demais determinantes de condições de verdade. Observemos, além disso, que, em cada caso, a sentença só determina um conjunto definido de condições de verdade relativamente a um contexto particular. Isso porque cada um desses exemplos contém um elemento indexical, como o tempo presente, o demonstrativo "aqui" ou ocorrências de descrições definidas contextualmente dependentes, como "o gato" e "o capacho".

Nesses exemplos, os elementos contextualmente dependentes da sentença são explicitamente realizados na estrutura semântica da sentença: podem-se ver e ouvir as expressões indexicais. Mas essas sentenças, tal como a maioria das sentenças, só determina um conjunto de condições de verdade sobre o pano de fundo de suposições de base que não são realizadas explicitamente na estrutura semântica da sentença. Isso é mais patente em 1 e 3, pois elas contêm os termos relativos "alta" e "quente". Os gramáticos da velha geração chamavam esses termos de "atributivos"; eles só determinam um conjunto definido de condições de verdade sobre um pano de fundo de suposições fatuais acerca da espécie de coisas a que o falante se refere no restante da sentença. Além do mais, essas suposições não são explicitamente realizadas na estrutura semântica da sentença. Assim, uma mulher pode ser corretamente descrita como "alta", ainda que seja mais baixa que uma girafa que se poderia corretamente descrever como "baixa".

Embora essa dependência da aplicação do significado literal da sentença com respeito a certas suposições fatuais de base que não fazem parte do significado literal seja mais óbvia em sentenças que contêm termos atributivos, o fenômeno é bastante geral. A sentença 2 só determina um conjunto definido de condições de verdade dadas certas suposições sobre gatos, capachos e a relação de estar sobre. Entretanto, essas suposições não fazem parte do conteúdo semântico da sentença. Suponhamos, por exemplo, que o gato e o capacho estejam na configuração espacial usual de gato-sobre-o-capacho, mas que ambos estejam no espaço cósmico, fora de qualquer campo gravitacional em relação ao qual pudéssemos dizer que um está "acima" do outro. Estaria o gato ainda *sobre* o capacho? Sem nenhuma outra suposição, a sentença não determina, nesse contexto, um conjunto definido de condições de verdade. Ou então, suponhamos que todos os gatos subitamente se tornassem mais leves do que o ar e o gato saísse voando com o capacho grudado em sua barriga. Estaria o gato ainda sobre o capacho?

Podemos dizer, sem hesitação, quais são as condições de verdade de "A mosca está no teto", mas não as de "O gato está no teto", e essa diferença não concerne ao significado, mas a como nossa informação fatual de base nos permite aplicar o significado das sentenças. Em geral, pode-se dizer que, na maioria dos casos, uma sentença só determina um conjunto de condições de verdade relativamente a um conjunto de suposições não realizadas no conteúdo semântico da sentença. Assim, mesmo em emissões literais, quando o significado do falante coincide com o significado da sentença, o falante tem de contribuir para a emissão literal com mais que tão-somente o conteúdo semântico da sentença, porque o conteúdo semântico só determina um conjunto de condições de verdade relativamente a um conjunto de suposições feitas pelo falante e, se a comunicação há de ser bem-sucedida, essas suposições devem ser compartilhadas pelo ouvinte. (Esse ponto é discutido também em Searle, 1978, cap. 5 deste volume.)

Observe-se, finalmente, que a noção de semelhança desempenha um papel crucial em qualquer explicação do que seja uma emissão literal. Isso porque o significado literal de qualquer termo geral, por determinar um conjunto de condições de verdade, também determina um critério de semelhança entre objetos. Saber que um termo geral é verdadeiro para um conjunto de objetos é saber que eles são semelhantes com respeito à propriedade especificada por esse termo. Todas as mulheres altas são semelhantes com respeito à altura, todas as salas quentes são semelhantes com respeito ao calor, todos os objetos quadrados são semelhantes com respeito a ser quadrado, e assim por diante.

Para resumir essa breve discussão sobre alguns aspectos das emissões literais, há três características que temos de ter em mente em nossa explicação do que seja uma emissão metafórica. Em primeiro lugar, numa emissão literal, o falante quer dizer o que diz; isto é, o significado literal da sentença e o significado da emissão do falante são o mesmo; em segundo lugar, geralmente o significado literal de uma sentença só determina um conjunto de condições de verdade relativamente a um conjunto de suposições de base que não fazem parte do conteúdo semântico da sentença; e, em terceiro lugar, a noção de semelhança desempenha um papel essencial em qualquer explicação do que seja uma predicação literal.

Quando nos voltamos para os casos em que o significado da emissão e o significado da sentença são diferentes, descobrimos que são de várias espécies. Assim, por exemplo, 3 poderia ser emitida não apenas para se dizer a alguém que está ficando quente no local da emissão (emissão literal), mas também poderia ser usada para se pedir a alguém que abra a janela (ato de fala indireto), para se lamentar o frio (emissão irônica) ou para se assinalar o caráter cada vez mais insultuoso que assume uma discussão (emissão metafórica). Em nossa explicação das emissões metafóricas, teremos de distingui-las não apenas das emissões literais, mas também das outras formas em que há alguma espécie de diferença, ou excesso em relação à emissão literal. Porque, nas emissões metafóricas, o que o falante quer significar difere do que ele diz (num sentido de "dizer"), nossos exemplos de metáforas exigirão duas sentenças cada um – em primeiro lugar, a sentença emitida metaforicamente e, em segundo lugar, a sentença que expressa literalmente o que o falante quer significar quando emite a primeira sentença metaforicamente. Assim, 3, a metáfora (MET)

3. (MET) Está ficando quente aqui

corresponde a 3, à paráfrase (PAR)

3. (PAR) A discussão em curso está se tornando mais insultuosa.

O mesmo ocorre com os pares:

4. (MET) Sally é um bloco de gelo
4. (PAR) Sally é uma pessoa extremamente insensível e pouco emotiva.
5. (MET) Escalei o mastro de cocanha até o topo (Disraeli)
5. (PAR) Com muita dificuldade, tornei-me primeiro-ministro.
6. (MET) Richard é um gorila
6. (PAR) Richard é grosseiro, desagradável e propenso à violência.

Observe-se que, em cada um dos casos, temos a sensação de que a paráfrase é, de algum modo, inadequada, de que alguma coisa se perdeu. Uma de nossas tarefas será explicar essa sensação de insatisfação que desperta em nós a paráfrase de uma metáfora, até mesmo das mais fracas. No entanto, as paráfrases devem, em algum sentido, aproximar-se do que o falante quis significar, pois, em cada caso, a asserção metafórica do falante será verdadeira se, e somente se, a asserção correspondente, a que faz uso da sentença "PAR", for verdadeira. Quando passamos a exemplos mais elaborados, a sensação da inadequação da paráfrase é mais aguda. Como parafrasear

> 7. (MET) Minha Vida persistia – Arma Carregada –
> Em Cantos – até que um Dia
> O Dono passou – identificou –
> E carregou-Me – (Emily Dickinson)?

Claramente, muito se perde em

> 7. (PAR) Minha vida tinha um potencial não exercido, mas pronto a se exercer (arma carregada); fora vivida em ambientes medíocres (cantos) até o momento (um dia) em que meu amor predestinado (o dono) veio (passou), reconheceu meu potencial (identificou) e me levou.

Entretanto, mesmo nesse caso, a paráfrase, ou alguma coisa próxima dela, deve expressar boa parte do significado da emissão do falante, pois as condições de verdade são as mesmas.

Algumas vezes temos a sensação de que sabemos exatamente o que a metáfora significa e, no entanto, não seríamos capazes de formular uma sentença "PAR" literal, por não haver expressões literais que veiculem o que ela significa. Assim, mesmo para um caso simples como

8. (MET) O navio arou o mar

podemos não ser capazes de construir uma paráfrase simples, ainda que a emissão metafórica não seja nem um pouco obscura. Na verdade, metáforas freqüentemente servem para tapar lacunas semânticas como essa. Em outros casos, pode haver uma variedade indefinida de paráfrases. Por exemplo, quando Romeu diz:

9. (MET) Julieta é o sol,

pode haver várias coisas que queira significar. No entanto, mesmo lamentando a inadequação das paráfrases, lembremos também que a paráfrase é uma relação simétrica. Dizer que a paráfrase é uma má paráfrase da metáfora é também dizer que a metáfora é uma má paráfrase de sua paráfrase. Além disso, não nos devemos desculpar pelo fato de que alguns de nossos exemplos sejam metáforas banais ou mortas. Metáforas mortas são especialmente interessantes para nosso estudo, pois, oximoronicamente falando, metáforas mortas são as que sobreviveram.

Elas se tornaram metáforas mortas por efeito do uso contínuo, mas seu uso contínuo é um indício de que respondem a uma necessidade semântica.

Restringindo-nos aos casos sujeito-predicado mais simples, podemos dizer que a forma geral da emissão metafórica é o falante emitir uma sentença da forma "*S* é *P*" e querer dizer metaforicamente que *S* é *R*. Para analisar a predicação metafórica, precisamos distinguir, portanto, três conjuntos de elementos. Em primeiro lugar, há a expressão sujeito "*S*" e o objeto ou objetos a que se faz referência através de seu uso. Em segundo lugar, há a expressão predicado "*P*" emitida e o significado literal dessa expressão, com as condições de verdade que lhe correspondem, mais a denotação, se houver. E, em terceiro lugar, há o significado da emissão do falante "*S* é *R*" e as condições de verdade determinadas por esse significado. Na sua forma mais simples, o problema da metáfora é tentar obter uma caracterização das relações entre os três conjuntos *S*, *P* e *R*[1], e uma especificação de outras informações e princípios usados pelos falantes e ouvintes, de maneira a explicar como é possível emitir "*S* é *P*" e querer significar "*S* é *R*", e como é possível a transmissão desse significado do falante ao ouvinte. Ora, obviamente isso não é tudo o que há para ser compreendido a respeito das emissões metafóricas; o falante faz muito mais que simplesmente asserir que *S* é *R*; a eficácia peculiar da metáfora terá de ser explicada em termos de como ele faz mais que simplesmente asserir que *S* é *R* e por que há de dar preferência a essa maneira tortuosa de asserir que *S* é *R*. Mas, neste momento, começamos pelo início. No mínimo, uma teoria da metáfora deve explicar como é possível emitir "*S* é *P*" e querer significar e comunicar que *S* é *R*.

Podemos agora estabelecer uma das diferenças entre emissões literais e metafóricas, tal como se aplica a nossos exemplos simples: no caso de uma emissão literal, o significado do falante e o significado da sentença é o mesmo; portanto, a asserção sobre o objeto a que se faz referência será verdadeira se, e somente se, ele satisfizer as condições de verdade determinadas pelo significado do termo geral, tal como aplicado sobre o pano de fundo de um conjunto de suposições de base compartilhadas. Para compreender a emissão, o ouvinte não necessita de conhecimento adicional, além do conhecimento das regras da língua, da consciência das condições da emissão e de um conjunto de suposições de base compartilhadas. Mas, no caso de uma emissão metafórica, as condições de verdade da asserção não são determinadas pelas condições de verdade da sentença e de seu termo geral. Para compreender emissões metafóricas, o ouvinte necessita de alguma coisa além do conhecimento da língua, da consciência das condições da emissão e das suposições de base que compartilha com o falante. Ele deve dispor de alguns outros princípios ou de algumas outras informações fatuais, ou de alguma combinação de princípios e informações, que o habilitem a imaginar que, quando o falante diz "*S* é *P*", ele quer significar "*S* é *R*". O que seria esse elemento adicional?

Creio que, no nível mais geral, a questão admite uma resposta bem simples, mas terei que utilizar boa parte do resto desta discussão para elaborá-la no pormenor. O princípio básico de funcionamento de toda metáfora é que a emissão de uma expressão, com seu significado literal e com as condições de verdade correspondentes, pode, de várias maneiras próprias da metáfora, fazer vir à mente um outro significado e um conjunto de condições de verdade correspondentes. O problema sério da teoria da metáfora é indicar quais são exatamente os princípios segundo os quais a emissão de uma expressão pode fazer metaforicamente vir à mente um conjunto de condições de verdade diferente do que é determinado por seu significado literal, e enunciar esses princípios com precisão e sem o uso de expressões metafóricas como "fazer vir à mente".

*Alguns erros comuns sobre a metáfora*

Antes de procurar esboçar uma teoria da metáfora, quero, nesta sessão e na próxima, retroceder um pouco e examinar algumas teorias existentes. *Grosso modo*, as teorias da metáfora, de Aristóteles até hoje, podem ser divididas em dois tipos[2]. As teorias da comparação afirmam que as emissões metafóricas envolvem uma *comparação* ou *semelhança* entre dois ou mais *objetos* (por exemplo, Aristóteles; Henle, 1965), e as teorias da interação semântica sustentam que a metáfora envolve uma *oposição verbal* (Beardsley, 1962) ou interação verbal (Black,

1962) entre dois *conteúdos semânticos*, o da expressão usada metaforicamente e o do contexto literal circundante. Penso que essas teorias, entendidas literalmente, são inadequadas sob vários aspectos; não obstante, todas procuram dizer algo verdadeiro, e devemos tentar extrair o que há de verdade nelas. Mas quero antes mostrar alguns dos erros comuns que elas contêm, e alguns outros erros comuns cometidos nas discussões sobre a metáfora. Meu objetivo aqui não é polemizar, mas, antes, tentar limpar o terreno para o desenvolvimento de uma teoria da metáfora. Poder-se-ia dizer que o vício endêmico das teorias da comparação é não fazer distinção entre a tese de que o enunciado da comparação é parte do *significado* e, portanto, das condições de verdade do enunciado metafórico, e a tese de que o enunciado da semelhança é o *princípio de inferência*, ou uma etapa, do processo de *compreensão*, com base no qual o falante produz e o ouvinte compreende a metáfora. (Tratar-se-á dessa distinção mais adiante.) As teorias da interação semântica foram desenvolvidas em resposta aos pontos fracos das teorias da comparação e, além dos pontos fracos de suas rivais, são poucos os argumentos independentes que as recomendam: seu vício endêmico é não fazer intervir a distinção entre o significado da sentença ou da palavra, que nunca é metafórico, e o significado do falante ou da emissão, que pode ser metafórico. Elas geralmente tentam localizar o significado metafórico na sentença ou em algum conjunto de associações com a sentença. Em qualquer caso, há meia dúzia de erros que acredito que devam ser assinalados.

Freqüentemente se diz que, em emissões metafóricas, ao menos uma expressão muda de significado. Digo que, pelo contrário, na metáfora nunca acontece, estritamente falando, uma mudança de significado; em termos diacrônicos, as metáforas realmente dão início a mudanças semânticas, mas, na medida em que tenha acontecido uma mudança genuína de significado, precisamente nessa medida a palavra ou expressão não mais significa o que significava antes, precisamente nessa medida a locução não é mais metafórica. Conhecemos bem os processos pelos quais uma expressão se torna uma metáfora morta e, finalmente, se torna um idiomatismo, ou adquire um novo significado, diferente do original. Mas, numa emissão metafórica genuína, é exatamente porque as expressões não mudaram de significado que a expressão vem a ser metafórica. Os que sustentam a tese parecem confundir o significado da *sentença* com o significado do *falante*. O que a emissão metafórica significa é realmente diferente do *significado* das palavras e sentenças, mas não porque tenham mudado os significados dos elementos lexicais, e sim porque o falante quer significar, com elas, outra coisa; o significado do falante não coincide com o significado das sentenças ou palavras. É essencial perceber esse ponto, pois o principal problema da metáfora é explicar como o significado do falante e o significado da sentença diferem e como estão, não obstante, relacionados. Uma tal explicação torna-se impossível se supomos que o significado das palavras ou sentenças muda na emissão metafórica.

A maneira mais simples de mostrar que as versões mais despojadas da concepção comparacionista são falsas é mostrar que, na produção e compreensão de emissões metafóricas, não é necessário que haja dois objetos a serem comparados. Quando digo metaforicamente

4. (MET) Sally é um bloco de gelo,

não estou necessariamente quantificando sobre blocos de gelo. Minha emissão não implica literalmente que:

10. $(\exists x)$ ($x$ é um bloco de gelo)

e tal que estou comparando Sally a $x$. Isso fica ainda mais óbvio se consideramos expressões, usadas como metáforas, cuja extensão seja vazia. Se digo

11. Sally é um dragão,

isso não implica literalmente que

12. $(\exists x)$ ($x$ é um dragão).

Uma outra maneira de perceber a mesma coisa é observar que a emissão negativa é exatamente tão metafórica quanto a afirmativa. Se digo

13. Sally não é um bloco de gelo,

isso, suponho, não suscita a pergunta absurda: a qual bloco de gelo você está comparando Sally, para dizer que ela não se parece com ele? Em sua forma mais despojada, a teoria da comparação simplesmente se confunde a respeito do caráter referencial de expressões usadas metaforicamente.

Ora, pode parecer que essa seja uma objeção relativamente menor, mas ela prepara o caminho para uma objeção muito mais radical. As teorias da comparação que chegam a se manifestar sobre a questão geralmente tratam o enunciado da comparação como parte do significado e, portanto, como parte das condições de verdade do enunciado metafórico. Por exemplo, Miller (1979) considera, de modo bem explícito, os enunciados metafóricos como enunciados de semelhança e, na verdade, para esses teóricos, o significado de um enunciado *metafórico* é sempre determinado por um *enunciado* de semelhança explícito. Assim, nessa concepção, eu sequer teria formulado o problema corretamente. No meu modo de ver, o problema de explicar as metáforas (do tipo simples sujeito-predicado) é explicar como o falante e o ouvinte passam do significado literal da sentença "*S* é *P*" para o significado metafórico da emissão "*S* é *R*". Mas, de acordo com eles, esse não é o significado da emissão; o significado da emissão deve ser exprimível por um enunciado explícito de semelhança, como "*S* parece-se com *P* com respeito a *R*", ou, no caso de Miller, o enunciado metafórico "*S* é *P*" deve ser analisado como "Há alguma propriedade *F* e alguma propriedade *G* tais que *S* ser *F* se assemelha a *P* ser *G*".

Terei mais o que dizer sobre essa tese e sua formulação exata mais adiante, mas, no momento, quero sustentar que, embora a semelhança freqüentemente desempenhe um papel na *compreensão* da metáfora, a asserção metafórica não é necessariamente uma *asserção* de semelhança. O argumento mais simples para mostrar que asserções metafóricas nem sempre são asserções de semelhança é o que foi oferecido acima: há asserções metafóricas verdadeiras tais que não há objetos a serem designados por seus termos *P*; portanto, o enunciado metafórico verdadeiro não pode pressupor falsamente a existência de um objeto de comparação. Mas, mesmo quando há objetos de comparação, a asserção metafórica não é necessariamente uma asserção de semelhança. A semelhança, sustentarei, tem a ver com a produção e compreensão da metáfora, não com seu significado.

Um segundo argumento simples para mostrar que asserções metafóricas não são necessariamente asserções de semelhança é que freqüentemente a asserção metafórica pode permanecer verdadeira mesmo que resulte ser falso o enunciado de semelhança que fundamente a inferência do significado metafórico. Assim, suponhamos que eu diga

6. (MET) Richard é um gorila,

querendo dizer

6. (PAR) Richard é grosseiro, desagradável, propenso à violência, e assim por diante.

E suponhamos que a inferência que leva o ouvinte a 6 (PAR) esteja baseada na crença de que

14. Gorilas são grosseiros, desagradáveis, propensos à violência, e assim por diante,

e, portanto, 6 (MET) e 14 justificariam, do ponto de vista da concepção comparacionista, a inferência de

15. Richard e os gorilas são semelhantes sob vários aspectos; a saber, são grosseiros, desagradáveis, propensos à violência, e assim por diante,

e isso, por sua vez, seria parte do esquema de inferência que permitiria ao ouvinte concluir que, quando emito 6 (MET), quero significar 6 (PAR). Mas suponhamos que investigações etológicas mostrem, como soube que mostraram, que nem todos os gorilas são grosseiros e desagradáveis, que eles são, de fato, criaturas tímidas, sensíveis e dadas a acessos de sentimentalismo. Isso mostraria definitivamente que 15 é falsa, pois 15 é uma asserção sobre gorilas tanto quanto sobre Richard. Mas isso mostraria que, quando emiti 6 (MET), o que disse era falso? Claramente não, pois o que quis significar foi 6 (PAR), e 6 (PAR) é uma asserção sobre Richard. Ela pode permanecer verdadeira a despeito dos fatos reais relativos aos gorilas; embora, é claro, quais sejam as expressões que usemos para veicular metaforicamente certos conteúdos semânticos dependerá normalmente do que acreditemos serem os fatos.

*Grosso modo*, "Richard é um gorila" é uma asserção apenas sobre Richard; literalmente não é, em absoluto, uma asserção sobre gorilas. Aqui, a palavra "gorila" serve para veicular um certo conteúdo semântico, diferente de seu próprio significado, por meio de um conjunto de princípios que ainda me cabe enunciar. Mas 15, literalmente, é uma asserção sobre gorilas e sobre Richard, e é verdadeira se, e somente se, eles compartilham as propriedades que 15 alega que compartilham. Ora, pode muito bem ser uma verdade que o ouvinte recorra, como uma etapa dos procedimentos que o levam de 6 (MET) a 6 (PAR), a algo como 15, mas não se segue desse fato relativo a seus *procedimentos de compreensão* que isso seja parte do *significado da emissão do falante* de 6 (MET); e, na verdade, o fato de não ser parte do significado da emissão é provado em razão de o enunciado metafórico poder ser verdadeiro mesmo que se revele que os gorilas não possuem as características que a ocorrência metafórica de "gorila" serviu para veicular. Não estou dizendo que uma asserção metafórica nunca pode ser equivalente, quanto ao significado, a um enunciado de semelhança – que seja ou não equivalente, isso depende das intenções do falante –, mas estou dizendo que não é um traço necessário da metáfora – e certamente não é o propósito para o qual as metáforas existem – que asserções metafóricas sejam equivalentes, quanto ao significado, a enunciados de semelhança. Meu argumento é perfeitamente simples: em muitos casos, o enunciado metafórico e o enunciado de semelhança correspondente não podem ser equivalentes quanto ao significado, por terem condições de verdade diferentes. A diferença entre a concepção que estou combatendo e a que adotarei é a seguinte. De acordo com a concepção que combato, 6 (MET) *significa* que Richard e os gorilas são semelhantes sob certos aspectos. De acordo com a concepção que adotarei, a semelhança funciona como uma estratégia de compreensão, não como um componente do significado: 6 (MET) diz que Richard tem certas características (e, para fazer idéia de quais sejam, procure características associadas a gorilas). Em minha explicação, o termo $P$ absolutamente não precisa figurar literalmente no enunciado das condições de verdade do enunciado metafórico.

A propósito, observações semelhantes aplicam-se aos símiles. Se digo

16. Sam age como um gorila,

não é necessário que isso me comprometa com a verdade de

17. Os gorilas são tais que seu comportamento se assemelha ao de Sam,

pois não é necessário que 16 seja uma asserção sobre gorilas, e poderíamos dizer que "gorila" ocorre metaforicamente em 16. Talvez esta seja uma maneira pela qual poderíamos distinguir entre símiles figurados e enunciados literais de semelhança. Símiles figurados comprometem necessariamente o falante com um enunciado literal de semelhança.

A concepção da interação semântica, a meu ver, é igualmente inadequada. Uma das suposições que subjazem à concepção de que o significado metafórico é resultado da interação entre uma expressão usada metaforicamente e outras expressões usadas literalmente é que todos os usos metafóricos de expressões devem ocorrer em sentenças que contenham usos literais de expressões, e essa suposição parece-me ser simplesmente falsa. Ela é, aliás, a suposição que subjaz à terminologia empregada em muitas das discussões contemporâneas sobre a metáfora. Diz-se, por exemplo, que cada sentença metafórica contém um "teor" e um "veículo" (Richards, 1936), ou uma "moldura" e um "foco" (Black, 1962). Mas não é fato que todo uso metafórico de uma expressão seja rodeado por usos literais de outras expressões. Considere-se novamente nosso exemplo 4: ao emitirmos "Sally é um bloco de gelo", referimo-nos a Sally usando seu nome próprio literalmente, mas não precisávamos fazê-lo. Suponhamos, para usar uma metáfora mista, que nos referíssemos a Sally como "a má notícia". Poderíamos então dizer, usando uma metáfora mista:

18. A má notícia é um bloco de gelo.

Se alguém insistir que o "é" ainda é literal, é fácil construir exemplos de mudanças dramáticas sofridas por Sally, quando ficaríamos inclinados a dizer, numa outra metáfora mista:

19. A má notícia solidificou-se em gelo.

Metáforas mistas podem ser estilisticamente objetáveis, mas não vejo por que haveriam de ser logicamente incoerentes. É claro que a maioria das metáforas ocorrem em contextos de expressões usadas literalmente. Seria muito difícil entendê-las se assim não fosse. Mas não é logicamente necessário que todo uso metafórico de uma expressão seja rodeado por ocorrências literais de outras expressões e, na verdade, em muitos exemplos famosos de metáforas isso não acontece. Assim, o exemplo de Russell de sentença que seja um completo contra-senso, "A quadrilateralidade bebe a procrastinação", recebe freqüentemente uma interpretação metafórica, quando usada para descrever as conferências de desarmamento das quatro potências do pós-guerra, mas nenhuma das palavras, nessa interpretação, tem ocorrência literal: o significado da emissão do falante sempre difere do significado literal da palavra.

Entretanto, a mais séria objeção à concepção da interação semântica não é que elas pressupõem erroneamente que todas as ocorrências metafóricas de palavras devem ser rodeadas por ocorrências literais de outras palavras, mas sim que, mesmo nos casos em que a ocorrência metafórica se dá no contexto de ocorrências literais, o significado metafórico do falante não é, em geral, o resultado de uma interação entre os elementos da sentença, em qualquer sentido literal de "interação". Considere-se novamente nosso exemplo 4. Em suas emissões metafóricas, não vem ao caso interação alguma entre o significado do "sujeito principal" ("Sally") e o "sujeito subsidiário" ("bloco de gelo"). "Sally" é um nome próprio, não possui um significado da mesma maneira como "bloco de gelo" possui um significado. Na verdade, outras expressões poderiam ter sido usadas para produzir a mesma predicação metafórica. Assim, emissões de

20. A srta. Jones é um bloco de gelo

ou

21. A garota que está lá na esquina é um bloco de gelo

poderiam ter o mesmo significado metafórico.

Concluo que, na qualidade de teorias gerais, tanto a concepção da comparação dos objetos como a da interação semântica são inadequadas. Se fosse para diagnosticar seu fracasso nos termos de Frege, poderíamos dizer que a teoria da comparação tenta explicar a metáfora como uma relação entre referências e a teoria da interação tenta explicá-la como uma relação entre sentidos e crenças associadas a referências. Os proponentes da teoria da interação vêem corretamente que os processos mentais e os processos semânticos envolvidos na produção e compreensão de emissões metafóricas não podem envolver as próprias referências, mas devem estar no plano da intencionalidade, isto é, devem envolver relações no plano das crenças, significados, associações, etc. Entretanto, em seguida afirmam erroneamente que as relações em questão devem ser certas relações de "interação"[3] – que não definem, mas descrevem metaforicamente – entre uma moldura literal e um foco metafórico.

Por fim, quero apontar dois erros, que não consistem em dizer algo falso acerca das metáforas, mas em dizer algo verdadeiro que não logra distinguir metáforas e emissões literais. Assim, diz-se às vezes que a noção de semelhança desempenha um papel crucial na análise da metáfora, ou que as emissões metafóricas dependem do contexto no que concerne a sua interpretação. Mas, como vimos anteriormente, essas duas características pertencem também às emissões literais. Uma análise da metáfora deve mostrar como a semelhança e o contexto desempenham, na metáfora, um papel diferente do que desempenham nas emissões literais.

*Mais sobre a teoria da comparação*

Uma maneira de caminhar na direção de uma teoria da metáfora seria examinar os pontos fortes e fracos de uma das teorias existentes. A candidata óbvia ao papel é uma versão da teoria da comparação que remonta a Aristóteles e provavelmente pode, na verdade, ser vista como a concepção do senso comum – a teoria que afirma que toda metáfora é realmente um símile literal, com apagamento do "como" e não especificação do aspecto da semelhança. Assim, de acordo com essa concepção, a emissão metafórica "O homem é um lobo" significa "O homem parece-se com um lobo sob certos aspectos não especificados"; a emissão "Você é meu raio de sol" significa "Para mim, você se parece com um raio de sol sob certos aspectos" e "Sally é um bloco de gelo" significa "Sally parece-se com um bloco de gelo sob certos aspectos aqui não especificados".

Portanto, os princípios de funcionamento das metáforas, de acordo com essa teoria, são os mesmos dos enunciados literais de semelhança, mais o princípio da elipse. Entendemos a metáfora como uma versão abreviada do símile literal[4]. Como a compreensão do símile literal não requer nenhum conhecimento extralingüístico especial, a maior parte do conhecimento necessário para a compreensão da metáfora já está incluída na competência semântica do falante e do ouvinte, juntamente com o conhecimento de base geral do mundo que torna compreensível o significado literal.

Já examinamos alguns defeitos dessa concepção, em especial o fato de que os enunciados metafóricos não podem ser equivalentes, quanto ao significado, a enunciados literais de semelhança, por serem freqüentemente distintas as condições de verdade dos dois tipos de enunciados. Além disso, devemos sublinhar que, mesmo enquanto teoria da compreensão da metáfora (em oposição a uma teoria do significado da metáfora), é importante para a teoria do símile que as supostas semelhanças subjacentes sejam enunciados literais de semelhança. Se os enunciados de símile, que supostamente explicam a metáfora, forem, eles próprios, metafóricos, ou enunciados figurados de alguma outra espécie, então nossa explicação será circular.

No entanto, tratada como uma teoria da compreensão, parece realmente haver um grande número de casos em que é possível construir, correspondendo à emissão metafórica, uma sentença de símile que efetivamente parece explicar, de algum modo, como se compreende o significado metafórico da emissão. E, na verdade, o fato de que o enunciado de símile não especifica precisamente os valores de $R$ pode ser uma vantagem da teoria, na medida em que as emissões metafóricas são, no mais das vezes, vagas exatamente sob esse aspecto: não fica *absolutamente* claro o que há de ser o $R$, quando dizemos que "$S$ é $P$" querendo significar metaforicamente que "$S$ é $R$". Assim, por exemplo, na análise do enunciado metafórico de Romeu, "Julieta é o sol", Cavell (1976, pp. 78-9) propõe, como parte de sua explicação, que Romeu quer dizer que seu dia começa com Julieta. Ora, desconsiderado o contexto particular da peça, essa leitura nunca me teria ocorrido. Para suprir os valores de $R$ na fórmula, eu procuraria outras propriedades do sol. Dizê-lo não é fazer objeção a Shakespeare ou a Cavell, porque a metáfora em questão, como a maioria das metáforas, é aberta precisamente dessa maneira.

Contudo, a teoria do símile, embora seja atraente, apresenta sérias dificuldades. Em primeiro lugar, a teoria faz mais – ou melhor, menos – do que não dizer como se deve computar exatamente o valor de $R$: até agora, ela sequer chegou a dizer como computá-lo de qualquer maneira que seja. Isto é, até o momento, a teoria não tem quase nenhum poder explicativo, pois a tarefa de uma teoria da metáfora é explicar como o falante e o ouvinte são capazes de passar de "*S* é *P*" a "*S* é *R*", e não é explicar esse processo dizer que passam de "*S* é *P*" a "*S* é *R*" passando antes pelo estágio "*S* parece-se com *P* com respeito a *R*", pois não nos é dito como se espera que façamos idéia de quais são os valores a serem atribuídos a *R*. A semelhança é um predicado vácuo: duas coisas quaisquer são semelhantes sob algum aspecto. Dizer que o enunciado metafórico "*S* é *P*" implica o enunciado literal "*S* parece-se com *P*" não resolve nosso problema, apenas o transfere para um estágio anterior. O problema de como se compreendem os símiles literais em que o aspecto da semelhança não é especificado é apenas uma parte do problema de como se compreendem as metáforas. Como se espera que saibamos, por exemplo, que a emissão "Julieta é o sol" não significa "Julieta é, em sua maior parte, gasosa" ou "Julieta está a noventa milhões de milhas de distância da terra", dado que ambas as propriedades são características notáveis e bem conhecidas do sol?

Uma outra objeção é a seguinte: é crucial para a tese do símile que o símile seja tomado literalmente; todavia, parece haver um grande número de emissões metafóricas a que não corresponde nenhuma semelhança literal relevante entre *S* e *P*. Se insistimos que sempre há tais símiles, parece que teríamos de interpretá-los metaforicamente, e nossa explicação seria circular. Consideremos o exemplo 4: "Sally é um bloco de gelo". Se tivéssemos de enumerar literalmente as várias qualidades distintivas dos blocos de gelo, nenhuma delas conviria a Sally.

Mesmo que levássemos em consideração as crenças que as pessoas têm a respeito de blocos de gelo, as qualidades não conviriam literalmente a Sally. Simplesmente não há uma classe de predicados $R$ tais que Sally seja literalmente como um bloco de gelo com respeito a $R$, sendo $R$ o que tivemos a intenção de predicar metaforicamente de Sally quando dissemos que ela é um bloco de gelo. Ser pouco emotivo não é uma característica de blocos de gelo, pois blocos de gelo não estão nesse ramo de atividade, e se alguém insistir que blocos de gelo são literalmente insensíveis, bastará assinalar que essa característica ainda é insuficiente para explicar o significado metafórico da emissão de 4, já que, nesse sentido, fogueiras são também "insensíveis", mas uma emissão de

22. Sally é uma fogueira

tem um significado metafórico bem diferente do que tem uma emissão de 4. Além disso, há muitos símiles que não se pretende que sejam literais. Por exemplo, "Meu amor parece-se com uma rosa vermelha, vermelha" não significa que há uma classe de predicados literais que sejam verdadeiros do meu amor e das rosas vermelhas, vermelhas, e que expressem o que o falante visava ao dizer que seu amor se parecia com uma rosa vermelha, vermelha.

Entretanto, o defensor da tese do símile não precisa desistir tão facilmente. Ele poderia dizer que muitas metáforas são também exemplos de outras figuras. Assim, "Sally é um bloco de gelo" não é apenas um exemplo de metáfora, mas também de hipérbole[5]. O significado metafórico da emissão é, na verdade, derivado do símile "Sally parece-se com um bloco de gelo", mas, nesse caso, tanto a metáfora como o símile são casos de *hipérbole*; são exageros e, com efeito, muitas metáforas são exageros. De acordo com essa réplica, se interpretamos tanto a metáfora como o símile hiperbolicamente, eles são equivalentes.

Além disso, o defensor da tese do símile poderia acrescentar que não é uma objeção à teoria do símile dizer que alguns dos aspectos sob os quais Sally se parece com um bloco de gelo serão especificados metaforicamente, porque, para cada um desses símiles metafóricos, poderemos especificar outro símile subjacente, até finalmente chegarmos à camada mais profunda dos símiles literais, sobre a qual repousará todo o edifício. Assim, "Sally é um bloco de gelo" significa "Sally parece-se com um bloco de gelo", que significa "Sally compartilha certos traços com um bloco de gelo; em particular, ela é muito fria". No entanto, já que "fria", em "Sally é fria", é também metafórico, deve haver uma semelhança subjacente segundo a qual o estado emocional de Sally se parece com a frieza; quando finalmente especificarmos esses aspectos, a metáfora estará completamente analisada.

Há realmente dois estágios nessa réplica: em primeiro lugar, ela assinala que outras figuras, como a hipérbole, algumas vezes se combinam com a metáfora e, em segundo lugar, ela admite que alguns dos símiles que possamos oferecer como traduções da metáfora são ainda metafóricos, mas insiste que um procedimento recursivo de análise de símiles metafóricos finalmente nos conduziria a símiles literais.

Essa réplica seria realmente adequada? Parece-me que não. O problema é que não parece mesmo haver nenhuma semelhança literal entre objetos frios e pessoas pouco emotivas que justificasse a concepção de que, quando dizemos metaforicamente que alguém é frio, o que queremos dizer é que ele ou ela é pouco emotivo. Sob que aspectos exatamente as pessoas pouco emotivas se parecem com objetos frios? Bem, há coisas que se pode dizer em resposta a essa questão, mas todas nos deixam de algum modo insatisfeitos.

Podemos dizer, por exemplo, que, quando uma pessoa está fisicamente fria, o frio restringe seriamente suas emoções. Todavia, mesmo que isso seja verdade, não é o que queremos dizer com a emissão metafórica. Julgo que a única resposta à questão "Que relação existe entre coisas frias e pessoas pouco emotivas que justificasse o uso de 'fria' como uma metáfora para a falta de emoção?" é simplesmente que, por efeito de percepções, de sensibilidade e de prática lingüística, as pessoas encontram a noção de frieza associada, em suas mentes, à pouca emotividade.

A propósito, há algumas evidências de que essa metáfora atravessa várias culturas diferentes: ela não é exclusiva dos falantes do inglês (cf. Asch, 1958). Além disso, ela está mesmo se tornando, ou já se tornou, uma metáfora morta. Alguns dicionários (por exemplo, o *OED*) enumeram "sem emoção" como um dos significados de "frio". Metáforas de temperatura para traços emocionais e pessoais são, de fato, bastante comuns e não se derivam de nenhuma semelhança literal subjacente. Assim, falamos em "discussão acalorada", "recepção calorosa", "amizade morna" e "frigidez sexual". Essas metáforas são fatais para a tese do símile, a menos que seus defensores consigam produzir um *R* literal que *S* e *P* tenham em comum e que seja suficiente para explicar o significado metafórico preciso que é veiculado.

Como esse ponto está fadado à contestação, é bom salientar o que exatamente está em jogo. Ao sustentar que não há semelhanças suficientes para explicar o significado da emissão, estou defendendo uma tese existencial negativa e, portanto, uma tese que não é demonstrável a partir do exame de um número finito de exemplos. Cabe ao defensor da teoria da semelhança o ônus de dizer quais são as semelhanças e mostrar como elas esgotam o significado da emissão. Mas não é nada fácil ver como ele poderia fazê-lo, de uma maneira que satisfizesse as imposições de sua própria teoria.

Sem dúvida, pode-se conceber muitos aspectos sob os quais qualquer *S* se parece com qualquer *P*, por exemplo, aspectos sob os quais Sally se parece com um bloco de gelo; e é possível conceber muitos *Fs* e *Gs* tais que Sally ser *F* se parece com um bloco de gelo ser *G*. Mas isso não basta. As semelhanças que se possam nomear não esgotam o significado da emissão e, se há outras, certamente não são óbvias.

Suponhamos, porém, com uma certa dose de engenhosidade, que alguém pudesse imaginar uma semelhança que esgotasse o significado da emissão. O próprio fato de ser necessária tanta engenhosidade para imaginá-la torna pouco provável que ela seja o princípio subjacente à interpretação metafórica, visto que a metáfora é óbvia: um falante nativo não tem nenhuma dificuldade para explicar o que ela significa. Em "Sam é um porco", o significado da emissão e as semelhanças são óbvias, mas em "Sally é um bloco de gelo", apenas o significado da emissão é óbvio. A hipótese mais simples é, pois, que essa metáfora, como muitas outras que discutirei agora, funciona segundo princípios diferentes da semelhança.

Quando se começa a procurá-las, as metáforas dessa espécie revelam-se muito numerosas. Por exemplo, as várias metáforas espaciais para a duração temporal não estão baseadas em semelhanças literais. Em "O tempo voa" ou "As horas arrastaram-se", o que o tempo faz e as horas fizeram que se pareça literalmente com voar e arrastar-se? Somos tentados a dizer que passaram rápida ou lentamente, conforme o caso, mas é claro que "passar rapidamente" ou "passar lentamente" são outras metáforas espaciais. Analogamente, metáforas de sabor para traços pessoais não estão baseadas em propriedades compartilhadas. Falamos de um "temperamento doce" ou de uma "pessoa amarga", sem que isso implique que um temperamento doce e uma pessoa amarga tenham em comum, com o sabor doce e o amargo, traços que esgotem o significado da emissão metafórica. É claro que um temperamento doce e as coisas doces são agradáveis, mas a metáfora veicula muito mais que a mera qualidade de agradar.

Certas associações metafóricas estão tão profundamente arraigadas em nossa sensibilidade que tendemos a julgar que *deva* haver uma semelhança, ou mesmo que a própria associação seja uma forma de semelhança. Assim, sentimo-nos inclinados a dizer que a passagem do tempo *se parece exatamente* com o movimento espacial, mas, ao dizê-lo, esquecemos que "passagem" é apenas uma outra metáfora espacial para o tempo e que a mera asserção de semelhança, sem qualquer especificação do aspecto da semelhança, não tem conteúdo.

A versão mais sofisticada da tese do símile que conheço é a de Georges Miller (1979); farei uma breve digressão para considerar alguns de seus traços particulares. Miller, como outros defensores da teoria do símile, acredita que os significados dos enunciados metafóricos podem ser expressos como enunciados de semelhança, mas ele apresenta um tipo especial de enunciado de semelhança (aliás, bem parecido com uma das formulações de Aristóteles) como uma forma de "reconstrução" dos enunciados metafóricos. De acordo com Miller, as metáforas da forma "*S* é *P*", sendo *S* e *P* sintagmas nominais, são equivalentes a sentenças da forma

23. $(\exists F) (\exists G) (\text{SEM}(F(S), G(P)))$.

Assim, por exemplo, "O homem é um lobo", de acordo com Miller, deveria ser analisada como

24. Há uma propriedade *F* e uma propriedade *G* tais que o homem ser *F* se assemelha a um lobo ser *G*.

E nas metáforas em que um verbo ou um predicado adjetivo F é usado metaforicamente numa sentença da forma "x é F" ou "xF", a análise assume a forma

25. $(\exists G)(\exists y)$ (SEM($G(x)$, $F(y)$)).

Assim, por exemplo, "O problema é espinhoso" deveria ser analisado como

26. Há uma propriedade $G$ e um objeto $y$ tais que o problema ser $G$ se assemelha a $y$ ser espinhoso.

Creio que essa explicação tem todas as dificuldades das outras teorias do símile – a saber, ela supõe erroneamente que o uso de um predicado metafórico compromete o falante com a existência de objetos dos quais o predicado seja literalmente verdadeiro; ela confunde as condições de verdade do enunciado metafórico com os princípios segundo os quais ele é compreendido; ela não nos diz como computar os valores das variáveis (Miller tem consciência desse problema, que chama de problema da "interpretação" e considera que é diferente do problema da "reconstrução"); e ela é refutada pelo fato de que a nem toda metáfora subjazem enunciados literais de semelhança. Mas ela apresenta alguns outros problemas que lhe são próprios. A meu ver, o ponto mais fraco da explicação de Miller é que, de acordo com ela, o conteúdo semântico da maioria dos enunciados metafóricos conteria um número excessivo de predicados e, de fato, bem poucas metáforas satisfazem efetivamente a estrutura formal que ele propõe. Considere-se, por exemplo, "O homem é um lobo". Na versão da tese do símile que acredito ser a mais plausível, isso significa algo da forma

27. O homem parece-se com o lobo sob certos aspectos $R$.

Poderíamos representá-lo assim:

28. $SEM_R$ (homem, lobo).

Ao ouvinte cumpre computar um único conjunto de predicados, os valores de $R$. Mas, de acordo com a explicação de Miller, cumpre ao ouvinte computar pelo menos três conjuntos de predicados. Na medida em que a semelhança é um predicado vácuo, é preciso que nos seja dito sob que aspectos duas coisas são semelhantes, a fim de que o enunciado de que são semelhantes tenha algum conteúdo informativo. Sua formalização da emissão metafórica acima é

29. $(\exists F)$ $(\exists G)(SEM(F(homem)), G(lobo)))$.

Para completar essa fórmula de uma maneira que especificasse os aspectos da semelhança, teríamos de reescrevê-la como

30. $(\exists F)$ $(\exists G)$ $(\exists H)$ $(SEM_H(F(homem), G(lobo)))$.

Mas ambas, a reformulação 30 e a original de Miller 29, contêm um número excessivo de variáveis de predicado. Quando digo "O homem é um lobo", não estou dizendo que há conjuntos de propriedades possuídas pelos homens *diferentes* das possuídas pelos lobos, estou dizendo que eles têm o *mesmo* conjunto de propriedades (numa formulação simpática da tese do símile, ao menos, é isso o que estou dizendo). Mas, de acordo com a explicação de Miller, estou dizendo que os homens têm um conjunto de propriedades *F*, os lobos têm um conjunto diferente de propriedades *G*, e os homens terem *F* assemelha-se aos lobos terem *G*, com respeito a certas outras propriedades *H*. Sustento que essa "reconstrução" é (a) antiintuitiva, (b) imotivada e (c) atribui ao falante e ao ouvinte uma tarefa computacional impossível. O que haveriam de ser essas *Fs, Gs* e *Hs*? E como o ouvinte haveria de fazer idéia do que seriam elas? Não é surpreendente que seu tratamento do problema da interpretação seja apenas esboçado. Objeções análogas aplicam-se a suas explicações das outras formas sintáticas de emissões metafóricas.

Há uma classe de metáforas, que chamarei de "metáforas relacionais", para as quais algo parecido com sua análise poderia ser mais apropriado. Assim, se digo

8. O navio arou o mar

ou

31. Washington é o pai de seu país,

elas poderiam ser interpretadas por meio de algo parecido com as formas de Miller. Poderíamos tratar 8 como sendo equivalente a

> 32. Há uma relação *R* que o navio mantém com o mar e é semelhante à relação que os arados mantêm com os campos quando aram esses campos;

e 31 como

> 33. Há uma relação *R* que Washington mantém com seu país e se parece com a relação que pais mantêm com suas proles.

E 32 e 33 são razoável e facilmente formalizadas *à la* Miller. Entretanto, mesmo essas análises parecem-me ser muito benevolentes com a abordagem de Miller: 8 não faz referência, explícita ou implícita, a campos, e 31 não faz referência a proles. Na versão mais plausível e simples da tese do símile, 8 e 31 são equivalentes a

> 34. O navio faz ao mar algo parecido com arar

e

> 35. Washington está com seu país numa relação que se parece com a relação de ser pai.

A tarefa do ouvinte é simplesmente computar as relações pretendidas nos dois casos. Segundo minha explicação, que desenvolverei na próxima seção, a semelhança geralmente não opera como parte das condições de verdade, seja à maneira de Miller, seja na versão mais simples; mas, quando opera, o faz como estratégia de interpretação. Assim, *grosso modo*, a maneira como a semelhança intervém na interpretação de 8 e 31 é indicada por

    36. O navio faz algo ao mar (para fazer idéia do que seja, encontre uma relação parecida com arar)

e

    37. Washington está numa certa relação com seu país (para fazer idéia de qual seja, encontre uma relação parecida com ser pai).

Mas o ouvinte não tem de computar nenhum aspecto sob os quais essas relações sejam semelhantes, já que não é isso o que está sendo afirmado. O que está sendo afirmado é que o navio está fazendo algo ao mar e que Washington está num certo número de relações com seu país, e ao ouvinte cumpre fazer idéia do que o navio faz e das relações em que está Washington, procurando por relações semelhantes a *arar* e *ser pai de*.

    Para concluir esta seção: o problema da metáfora é ou muito difícil ou muito fácil. Se a teoria do símile fosse verdadeira, ele seria muito fácil, pois não haveria, como categoria distinta, a categoria semântica das metáforas – haveria apenas a categoria das *emissões elípticas* em que "parecido com" ou "como" tivessem sido apagados da sentença emitida. Mas, infelizmente, a teoria do símile não é correta e o problema da metáfora continua a ser muito difícil. Espero que nossa longa discussão da teoria do símile tenha pelo menos iluminado os seguintes aspectos. Em primeiro lugar, há muitas metáforas às quais não subjaz nenhuma semelhança literal adequada para explicar o significado metafórico da emissão. Em segundo lugar, mesmo no caso de haver um enunciado literal de semelhança correlacionado, as condições de verdade – e, portanto, os significados – do enunciado metafórico e do enunciado de semelhança não são, em geral, as mesmas. Em terceiro lugar, o que devemos preservar da teoria do símile é um conjunto de estratégias para a produção e compreensão das emissões metafóricas mediante recurso à semelhança. E, em quarto lugar, mesmo formulada dessa maneira, ou seja, formulada como uma teoria da interpretação mais do que como uma teoria do significado, a teoria do símile não nos diz como computar os aspectos de semelhança nem quais são as semelhanças metaforicamente pretendidas pelo falante.

*Os princípios da interpretação metafórica*

Chegou o momento de tentar enunciar os princípios segundo os quais as metáforas são produzidas e compreendidas. Para relembrar, em sua forma mais simples, a questão que estamos tentando solucionar é: como é possível para o falante dizer metaforicamente "*S* é *P*" e querer significar "*S* é *R*", quando *P* manifestamente não significa *R*? Além disso, como é possível para o ouvinte que ouve a emissão "*S* é *P*" saber que o falante quer significar "*S* é *R*"? A resposta mais curta e menos informativa é que a emissão de *P* faz vir à mente o significado e, portanto, as condições de verdade associadas a *R*, da maneira especial que as emissões metafóricas têm de fazer vir outras coisas à mente. Mas essa resposta continuará a ser pouco informativa até que saibamos quais são os princípios segundo os quais a emissão faz vir à mente o significado metafórico, e até que possamos enunciar esses princípios de uma maneira que não se valha de expressões metafóricas como "faz vir à mente". Creio que não haja um princípio único de funcionamento das metáforas.

A questão "Como funcionam as metáforas?" é um pouco parecida com a questão "Como uma coisa nos lembra outra?". Nenhuma delas tem uma única resposta, embora a semelhança obviamente desempenhe, nas respostas a ambas, um papel essencial. Duas importantes diferenças entre elas são que as metáforas são restritas e sistemáticas: restritas, no sentido de que nem toda maneira como uma coisa nos pode lembrar outra será uma base para metáforas; e sistemática, no sentido de que as metáforas devem poder ser comunicadas ao ouvinte pelo falante em virtude de um sistema compartilhado de princípios.

Abordemos o problema do ponto de vista do ouvinte. Se pudermos fazer idéia dos princípios segundo os quais os ouvintes compreendem as emissões metafóricas, estaremos muito mais próximos da compreensão de como é possível para o falante produzir emissões metafóricas, já que, para a comunicação ser possível, falante e ouvinte devem compartilhar um conjunto de princípios comuns. Suponha-se que um ouvinte ouça uma emissão como "Sally é um bloco de gelo", "Richard é um gorila" ou "Bill é uma porta de celeiro". Quais são os passos que ele deve dar para compreender o significado metafórico de tais emissões? Obviamente, uma resposta a essa questão não precisa especificar um conjunto de passos que ele dá conscientemente; pelo contrário, ela precisa fornecer uma reconstrução racional dos esquemas de inferência que subjazem a nossa capacidade de compreender tais metáforas. Além disso, nem todas as metáforas serão tão simples como os casos que discutiremos; entretanto, um modelo arquitetado para explicar os casos simples deve prestar-se a aplicações mais gerais.

Creio que, para os casos simples que estamos discutindo, o ouvinte deve dar passos de três tipos. Em primeiro lugar, ele deve ter uma estratégia para determinar, antes de mais nada, se deve ou não procurar uma interpretação metafórica para a emissão. Em segundo lugar, depois de ter decidido procurar uma interpretação metafórica, deve ter um conjunto de estratégias, ou princípios, para computar os possíveis valores de *R*; e, em terceiro lugar, deve ter um conjunto de estratégias, ou princípios, para restringir o domínio dos *Rs* – para decidir quais *Rs* são provavelmente os que o falante está afirmando de *S*.

Suponhamos que ele ouça a emissão "Sam é um porco". Ele sabe que isso não pode ser literalmente verdadeiro; que a emissão, se tomada literalmente, é radicalmente defectiva. E, na verdade, esse caráter defectivo é um traço de quase todos os exemplos que consideramos até aqui. Os defeitos que constituem pistas para o ouvinte podem ser a falsidade óbvia, o contra-senso semântico, a violação das regras dos atos de fala ou a violação dos princípios conversacionais de comunicação. Isso sugere uma estratégia subjacente ao primeiro passo:

*Se a emissão é defectiva quando tomada literalmente, procure um significado de emissão diferente do significado da sentencial.*

Essa não é a única estratégia pela qual um ouvinte pode descobrir que uma emissão provavelmente tem um significado metafórico, mas é, de longe, a mais comum. (É também comum na interpretação de poesias. Se ouço uma imagem numa Urna Grega ser chamada de "noiva ainda inviolada do silêncio", sei que o melhor é procurar significados alternativos.) Mas certamente não é uma condição necessária da emissão metafórica que ela seja de algum modo defectiva, se interpretada literalmente. Disraeli podia ter dito metaforicamente

5. (MET) Escalei o mastro de cocanha até o topo,

ainda que tivesse efetivamente escalado o mastro de cocanha até o topo. Há várias outras pistas que utilizamos para identificar emissões metafóricas. Por exemplo, quando lemos poetas românticos, estamos sempre à espreita de metáforas; e algumas pessoas que conhecemos são simplesmente mais propensas a emissões metafóricas que outras.

Uma vez que nosso ouvinte tenha estabelecido que lhe cabe procurar um significado alternativo, ele dispõe de um conjunto de princípios segundo os quais pode computar os possíveis valores de *R*. Farei uma lista dentro em pouco, mas um deles é o seguinte.

> *Quando você ouve "*S é P*", para encontrar os possíveis valores de* R*, procure maneiras pelas quais* S *possa se parecer com* P *e, para suprir o aspecto sob o qual* S *possa se parecer com* P*, procure traços salientes, bem conhecidos e distintivos das coisas que são* P*.*

Nesse caso, o ouvinte pode invocar seu conhecimento fatual para propor traços como: os porcos são gordos, glutões, sujos, asquerosos, e assim por diante. Esse domínio indefinido de traços fornece os possíveis valores de *R*. Entretanto, muitos outros traços dos porcos são igualmente distintivos e bem conhecidos; por exemplo, porcos têm uma forma distintiva e uma pelagem distintiva. Assim, para compreender a emissão, o ouvinte precisa dar o terceiro passo, quando restringe o domínio dos possíveis *Rs*. Aqui o ouvinte deve novamente empregar várias estratégias, mas a mais comum é a seguinte:

*Volte ao termo* S *e veja quais dos muitos candidatos ao posto de valor de* R *são prováveis, ou mesmo possíveis, propriedades de* S.

Assim, se alguém disser "O carro de Sam é um porco", o ouvinte interpretará a metáfora de maneira diferente de como interpreta a emissão "Sam é um porco". A primeira, ele poderá considerar que significa que o carro de Sam consome gasolina como porcos consomem comida, ou que o carro de Sam tem a forma de um porco. Embora a metáfora seja, num sentido, a mesma nos dois casos, em cada caso ela é restringida pelo termo *S* de uma maneira diferente. O ouvinte tem de usar seu conhecimento das coisas que são *S* e das coisas que são *P* para saber quais dos possíveis valores de *R* são candidatos plausíveis à predicação metafórica.

Ora, grande parte da disputa entre as teorias da interação e as teorias da comparação dos objetos deriva do fato de que elas podem ser entendidas como respostas a diferentes questões. As teorias da comparação dos objetos são melhor entendidas como tentativas de responder à questão do estágio dois: "Como computamos os possíveis valores de *R*?" As teorias da interação são melhor entendidas como respostas à questão do estágio três: "Dado um domínio de possíveis valores de *R*, como a relação entre o termo *S* e o termo *P* restringe esse domínio?" Creio ser enganoso descrever essas relações como "interações", mas me parece correto supor que o termo *S* deve desempenhar algum papel nas metáforas do tipo que estamos considerando. Para mostrar que a teoria da interação seria também uma resposta à questão do estágio dois, teríamos de mostrar que há valores de *R* que são especificáveis, dados *S* e *P*, e que não são especificáveis, dado apenas *P*; teríamos de mostrar que *S* não *restringe* o domínio dos *Rs*, mas, de fato, cria novos *Rs*. Não creio que se possa mostrá-lo, mas mencionarei algumas possibilidades mais adiante.

Eu disse que há uma variedade de princípios para computar *R*, dado *P* – isto é, uma variedade de princípios segundo os quais a emissão de *P* pode fazer vir à mente o significado *R*, de maneiras que são peculiares à metáfora. Estou certo de que não conheço todos os princípios que fazem isso, mas, para começar, eis vários deles (não necessariamente independentes).

*Princípio 1* – Coisas que são *P* são, por definição, *R*. Usualmente, se a metáfora funciona, *R* será uma das características definitórias salientes de *P*. Assim, por exemplo, considerar-se-á que

38. (MET) Sam é um gigante

significa

38. (PAR) Sam é grande,

porque gigantes são, por definição, grandes. É isso que têm de específico.

*Princípio 2* – Coisas que são *P* são contingentemente *R*. Novamente, se a metáfora funciona, a propriedade *R* deve ser uma propriedade saliente ou bem conhecida das coisas que são *P*. Considerar-se-á que

39. (MET) Sam é um porco

significa

39. (PAR) Sam é asqueroso, glutão, imundo etc.

Os princípios 1 e 2 correlacionam emissões metafóricas e símiles literais: "Sam parece-se com um gigante", "Sam parece-se com um porco", e assim por diante. Observe-se que, em conexão com esse princípio e com o próximo, pequenas variações no termo *P* podem produzir grandes diferenças nos termos *R*. Considerem-se as diferenças entre "Sam é um porco", "Sam é um cerdo" e "Sam é um suíno".

*Princípio 3* – Coisas que são *P* freqüentemente se diz ou se crê que sejam *R*, ainda que o falante e o ouvinte possam saber que *R* é falsa de *P*. Assim,

7. (MET) Richard é um gorila

pode ser emitida para significar

7. (PAR) Richard é intratável, grosseiro, propenso à violência, e assim por diante,

ainda que falante e ouvinte saibam que, de fato, gorilas são criaturas retraídas, tímidas e sensíveis; mas gerações de mitos sobre gorilas instituíram associações que permitirão o funcionamento da metáfora, ainda que ambos, falante e ouvinte, saibam que essas crenças são falsas.

*Princípio 4* – Coisas que são *P* não são *R*, nem se parecem com coisas que são *R*, nem se crê que sejam *R*; entretanto, é um fato de nossa sensibilidade, cultural ou naturalmente determinado, que efetivamente percebemos uma conexão, de modo que *P* se associa, em nossas mentes, às propriedades *R*. Assim,

4. (MET) Sally é um bloco de gelo
40. (MET) Eu estou com um humor sombrio
41. (MET) Mary é doce
42. (MET) John é amargo
43. (MET) As horas {arrastaram-se / engatinharam / demoraram / voaram / zuniram} enquanto

esperávamos o avião.

são sentenças que podem ser emitidas para significar metaforicamente que: Sally é pouco emotiva; eu estou zangado e deprimido; Mary é gentil, amável, agradável, e assim por diante; John é ressentido; e as horas pareciam (ter vários graus de duração) enquanto esperávamos o avião; ainda que não haja semelhanças literais nas quais essas metáforas estejam baseadas. Observe-se que as associações tendem a ser escalares: graus de temperatura com gamas de emoção, graus de velocidade com duração temporal, e assim por diante.

*Princípio 5* – As coisas *P* não se parecem com as coisas *R*, e não se crê que se pareçam com as coisas *R*; entretanto, a condição de ser *P* parece-se com a condição de ser *R*. Assim, posso dizer a alguém que acabou de receber uma grande promoção

44. Você se tornou um aristocrata

querendo significar não que ele tenha ficado pessoalmente *parecido com* um aristocrata, mas que seu novo estatuto ou condição se parece com o de um aristocrata.

*Princípio 6* – Há casos em que *P* e *R* são idênticos ou têm significados semelhantes, mas um deles, usualmente *P*, tem aplicação restrita e não se aplica literalmente a *S*. Assim, "gorado" aplica-se literalmente apenas a ovos, mas podemos dizer metaforicamente

45. Este suflê está gorado
46. O parlamento está gorado

e

47. Seu cérebro está gorado.

*Princípio 7* – Este não é um princípio distinto, mas um modo de aplicar os princípios 1-6 a casos simples que não sejam da forma "*S* é *P*", e sim metáforas relacionais e metáforas de outras formas sintáticas, como as que envolvem verbos e predicados adjetivos. Considerem-se metáforas relacionais como

48. Sam devora livros
8. O navio arou o mar
31. Washington foi o pai de seu país.

Em cada caso, temos a emissão literal de dois sintagmas nominais circundando a emissão metafórica de um termo relacional (este pode ser um verbo transitivo, como em 48 e 8, mas não é necessário que seja, como em 31). A tarefa do falante não é passar de "*S* é *P*" a "*S* é *R*", mas passar de "*S* relação-*P S'*" a "*S* relação-*R S'*", tarefa que é formalmente bem diferente da anterior, porque, por exemplo, no primeiro caso, nossos princípios de semelhança habilitarão o ouvinte a encontrar uma propriedade que as coisas *S* e as coisas *P* têm em comum, a saber, *R*. Mas, no segundo caso, ele não pode encontrar uma relação comum; pelo contrário, deve encontrar uma relação *R* diferente da relação *P*, mas semelhante a ela sob algum aspecto. Assim, aplicado a tais casos, o princípio 1 diria

Relações-*P* são, por definição, relações-*R*.

Por exemplo, *arar* é, por definição, em parte, deslocar uma substância para os lados de um objeto pontiagudo enquanto esse objeto se desloca para a frente; embora essa semelhança definicional entre a relação-*P* e a relação-*R* forneça o princípio que habilita o ouvinte a inferir a relação-*R*, o aspecto da semelhança não esgota o conteúdo da relação-*R*, como a semelhança esgota o conteúdo do termo *R* nos casos "*S* é *P*" mais simples. Aqui, a tarefa do ouvinte é encontrar uma relação (ou propriedade) que seja semelhante, ou esteja de alguma outra maneira associada, à relação ou propriedade literalmente demonstrada pela expressão metafórica *P*; e os princípios operam para habilitar o ouvinte a selecionar essa relação ou propriedade, fornecendo-lhe o aspecto sob o qual a relação-*P* e a relação-*R* poderiam ser semelhantes ou estar de alguma outra maneira associadas.

*Princípio 8* – De acordo com minha explicação da metáfora, torna-se uma questão de terminologia pretender entender as metonímias e sinédoques como casos especiais de metáfora ou como tropos independentes. Quando alguém diz "*S* é *P*" e quer significar que "*S* é *R*", *P* e *R* podem estar associadas por relações como a relação parte-todo, a relação continente-conteúdo ou mesmo a relação vestimenta-pessoa vestida. Em cada caso, como na metáfora propriamente dita, o conteúdo semântico do termo *P* veicula o conteúdo semântico do termo *R* por meio de algum princípio de associação. Sendo os princípios da metáfora, de qualquer modo, muito variados, inclino-me a tratar a metonímia e a sinédoque como casos especiais da metáfora e a acrescentar os princípios que as governam à minha lista dos princípios metafóricos. Posso, por exemplo, referir-me ao monarca britânico como "a Coroa" e ao braço executivo do governo dos Estados Unidos como "a Casa Branca", explorando princípios sistemáticos de associação. Entretanto, como já disse, a tese de que se trata de casos especiais de metáfora parece-me ser puramente uma questão de terminologia; se os puristas insistirem que os princípios da metáfora sejam mantidos à parte dos da metonímia e da sinédoque, não farei nenhuma objeção não taxonômica.

Além desses oito princípios, poder-se-ia cogitar se não haveria um nono. Há casos em que uma associação entre *P* e *R* que não existia previamente pode ser criada pela justaposição de *S* e *P* na sentença original? Essa é, assumo, a tese dos interacionistas. Entretanto, nunca vi nenhum exemplo convincente, nem qualquer explicação que fosse ao menos parcialmente clara do que "interação" haveria de significar. Tentemos construir alguns exemplos. Consideremos as diferenças entre

$$49.\ \text{A voz de Sam é} \begin{Bmatrix} \text{obscura} \\ \text{fluida} \\ \text{áspera} \end{Bmatrix}$$

e

$$50.\ \text{O segundo argumento da dedução transcendental de Kant é muito} \begin{Bmatrix} \text{obscuro} \\ \text{fluido} \\ \text{áspero} \end{Bmatrix}.$$

O segundo conjunto claramente apresenta significados metafóricos – valores de $R$ – diferentes dos que apresenta o primeiro trio; alguém poderia argumentar que isso não se deve ao fato de que diferentes termos $S$ restringem o domínio dos $Rs$ possíveis gerados pelos termos $P$, mas sim ao fato de que diferentes combinações de $S$ e $P$ criam novos $Rs$. Mas essa explicação parece pouco plausível. A explicação mais plausível é a seguinte. Tem-se um conjunto de associações aos termos $P$, "obscuro", "fluido" e "áspero". Os princípios dessas associações são os princípios 1-7. Os diferentes termos $S$ restringem diferentemente os valores de $R$, pois são diferentes os $Rs$ que podem ser verdadeiros de vozes e os que podem ser verdadeiros de argumentos da dedução transcendental. Onde estaria a interação?

Já que esta seção inclui minha explicação da predicação metafórica, convém resumir seus principais pontos. Dado que um falante e um ouvinte compartilham conhecimentos lingüísticos e fatuais suficientes para habilitá-los à comunicação através de emissões literais, as seguintes estratégias e princípios são individualmente necessários e coletivamente suficientes para habilitá-los a fazer e compreender emissões da forma "$S$ é $P$", nas quais o falante quer significar metaforicamente que $S$ é $R$ ( sendo $P$ diferente de $R$).

Em primeiro lugar, deve haver estratégias compartilhadas, na base das quais o ouvinte possa reconhecer que não se pretende que a emissão seja literal. A estratégia mais comum, embora não seja a única, baseia-se no fato de ser a emissão obviamente defectiva, se tomada literalmente.

Em segundo lugar, deve haver princípios compartilhados que associem o termo *P* (seu significado, suas condições de verdade ou sua denotação, se existir) a um conjunto de possíveis valores de *R*. O núcleo do problema da metáfora é enunciar esses princípios. Tentei enunciar vários deles, mas estou seguro de que deve haver outros.

Em terceiro lugar, deve haver estratégias compartilhadas que habilitem o falante e o ouvinte, dado o conhecimento que tenham do termo *S* (seja do significado da expressão, da natureza do referente ou de ambos), a restringir o domínio dos possíveis valores de *R* ao valor real de *R*. O princípio básico desse passo é que só os valores possíveis de R que determinem propriedades de *S* poderão ser valores reais de *R*.

## Metáfora, ironia e atos de fala indiretos

Para concluir, gostaria de comparar rapidamente os princípios de funcionamento da metáfora com os da ironia e os dos atos de fala indiretos. Consideremos, em primeiro lugar, um caso de ironia. Suponhamos que você tenha acabado de quebrar um vaso K'ang Hsi de valor inestimável e que eu diga ironicamente: "O que você fez foi brilhante." Aqui, como na metáfora, o significado do falante e o significado da sentença são diferentes. Quais são os princípios segundo os quais o ouvinte é capaz de inferir que o falante quis significar "O que você fez foi estúpido", quando o que ouviu foi a sentença "O que você fez foi brilhante"? *Grosso modo*, o mecanismo de funcionamento da ironia consiste em que a emissão, se tomada literalmente, obviamente não é adequada à situação. Sendo grosseiramente inadequada, o ouvinte é compelido a reinterpretá-la de maneira a torná-la adequada, e a maneira mais natural de interpretá-la é entender que significa o *oposto* de sua forma literal.

Não estou, de modo algum, sugerindo que isso esgote o que há para dizer sobre a ironia. A extensão e o grau das pistas lingüísticas e extralingüísticas que as diferentes culturas e subculturas prevêem para as emissões irônicas variam enormemente. Em inglês, com efeito, há certos contornos de entonação característicos que acompanham as emissões irônicas. Entretanto, é importante perceber que a ironia, como a metáfora, não requer nenhuma convenção, extralingüística ou de qualquer outra espécie. Os princípios de conversação e as regras gerais de realização dos atos de fala são suficientes para prover os princípios básicos da ironia.

Consideremos agora um caso de ato de fala indireto. Suponhamos que, na situação comum à mesa de jantar, eu lhe diga: "Você pode passar o sal?" Nessa situação, você normalmente entenderá que isso significa "Por favor, passe o sal". Isto é, você entenderá a pergunta sobre sua habilidade como um pedido para que realize uma ação. Quais são os princípios de funcionamento dessa inferência? Há uma diferença radical entre os atos de fala indiretos, por um lado, e a ironia e a metáfora, por outro. Nos atos de fala indiretos, o falante quer significar o que diz. Entretanto, além disso, ele quer significar algo mais. O significado da sentença é parte do significado da emissão, mas não esgota o significado da emissão. Numa forma muito simplificada (uma explicação mais detalhada está em Searle, 1975b, capítulo 2 deste volume), os princípios de funcionamento da inferência são, neste caso: em primeiro lugar, o ouvinte deve ter algum recurso para reconhecer que a emissão pode ser um ato de fala indireto. Essa exigência é satisfeita pelo fato de que, no contexto, uma pergunta sobre a habilidade do ouvinte não tem qualquer propósito conversacional. O ouvinte, portanto, é levado a procurar um significado alternativo. Em segundo lugar, como o ouvinte conhece as regras dos atos de fala, sabe que a capacidade de passar o sal é uma condição preparatória do ato de fala de pedir-lhe que o faça. Portanto, ele é capaz de inferir que a pergunta sobre sua capacidade é provavelmente um pedido polido para que realize o ato. As diferenças e semelhanças entre emissões literais, emissões metafóricas, emissões irônicas e atos de fala indiretos estão ilustradas na figura 2.

A questão de saber se toda emissão metafórica admite uma paráfrase literal deve receber uma resposta trivial. Num sentido, a resposta é trivialmente sim; em outro sentido, é trivialmente não. Se interpretamos a questão assim: "É possível encontrar ou inventar uma expressão que exprima exatamente o significado metafórico $R$ pretendido, no sentido de condições de verdade de $R$, para qualquer emissão metafórica de "$S$ é $P$" por meio

| | |
|---|---|
| quer significar que $S$ é $P$. Assim, o falante põe o objeto $S$ sob o conceito $P$, sendo $P = R$. O significado da sentença e o significado da emissão coincidem.

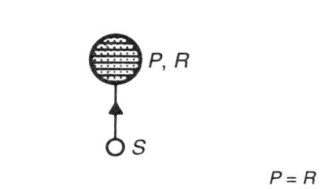

$P, R$

$S \rightarrow \blacksquare$

$P = R$

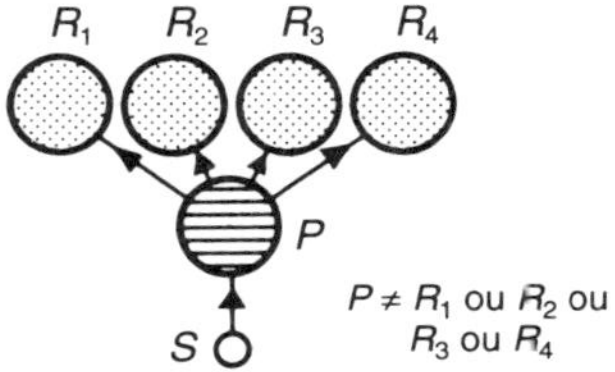

**Emissões Irônicas** – O falante quer significar o oposto do que diz. Chega-se ao significado da sentença passando-se pelo significado da sentença e, depois, retrocedendo-se ao oposto do significado da sentença.

$R$ → $S$ → $P$

$R = $ o oposto de $P$ | diz que $S$ é $P$, mas quer significar metaforicamente que $S$ é $R$. Chega-se ao significado da emissão passando-se pelo significado literal da sentença.

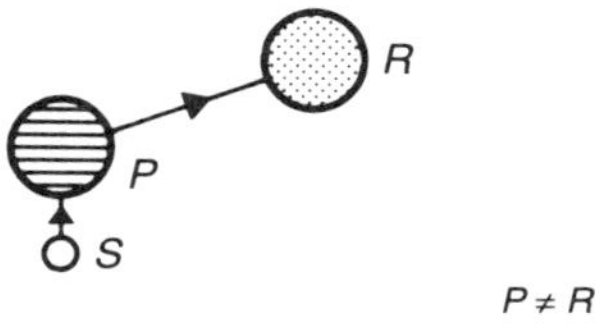

$P$ → $R$

$S \rightarrow \blacksquare$

$P \neq R$ | diz que $S$ é $P$, mas quer significar metaforicamente uma série indefinida de significados $S$ é $R_1$, $S$ é $R_2$ etc. Como nos casos simples, chega-se ao significado metafórico passando-se pelo significado literal da sentença.

$R_1$ $R_2$ $R_3$ $R_4$

$S \rightarrow \blacksquare$

$P \neq R_1$ ou $R_2$ ou $R_3$ ou $R_4$ |
| **Metáforas Mortas** – O significado original da sentença sai de circuito e a sentença adquire um novo significado literal, idêntico ao antigo significado metafórico de emissão. Passa-se do diagrama das emissões metafóricas acima ao diagrama das emissões literais.

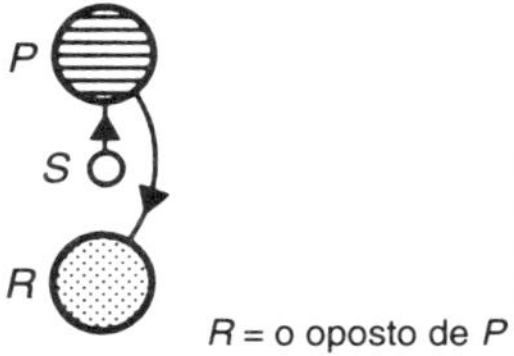

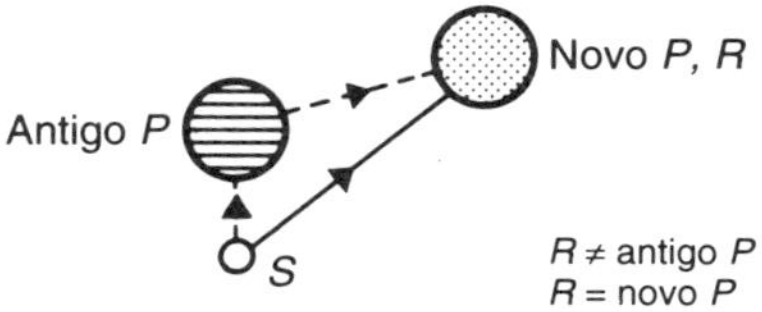

Antigo $P$ → $S$ → Novo $P, R$

$R \neq$ antigo $P$
$R =$ novo $P$ | **Atos de Fala Indiretos** – O falante quer significar o que diz, mas também algo mais. Assim, o significado da emissão inclui o significado da sentença, mas vai além dele.

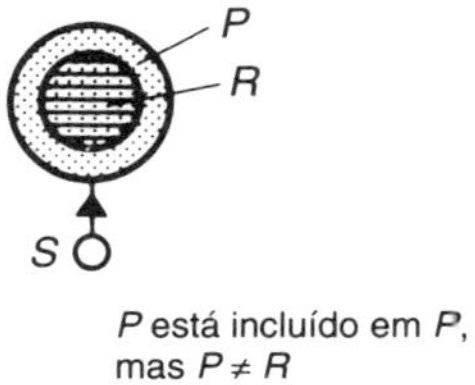

$P$ contém $R$

$S \rightarrow \blacksquare$

$P$ está incluído em $P$, mas $P \neq R$ | |

▦ Significado da sentença, $P$   ▨ Significado da emissão, $R$   ○ Objeto, $S$

Figura 2. Uma comparação gráfica das relações entre significado da sentença e significado da emissão, quando o significado da sentença é "$S$ é $P$" e o significado da emissão é "$S$ é $R$", isto é, quando o falante emite uma sentença que significa literalmente que o objeto $S$ cai sob o conceito $P$, mas quer significar, por meio de sua emissão, que o objeto $S$ cai sob o conceito $R$.

da qual se queira significar que *S* é *R*?", a resposta a essa questão deve certamente ser sim. Segue-se trivialmente do Princípio da Exprimibilidade (ver Searle, 1969) que qualquer significado pode ter expressão exata na linguagem.

Se a questão é interpretada como: "Toda língua existente provê recursos exatos para a expressão literal do que quer que desejemos expressar por meio de qualquer metáfora?", então a resposta é obviamente não. Acontece freqüentemente de usarmos uma metáfora precisamente por não haver expressão literal que exprima exatamente o que queremos significar. Além disso, nas emissões metafóricas, fazemos mais que simplesmente enunciar que *S* é *R*; como mostra a figura 2, enunciamos que *S* é *R* passando pelo significado de "*S* é *P*". É nesse sentido que temos a sensação de que as metáforas são, de algum modo, intrinsecamente não parafraseáveis. Elas não são parafraseáveis porque, sem usar a expressão metafórica, não reproduziremos o conteúdo semântico que intervém na compreensão da emissão pelo ouvinte.

O melhor que podemos fazer numa paráfrase é reproduzir as condições de verdade da emissão metafórica, mas a emissão metafórica faz mais que simplesmente veicular suas condições de verdade. Ela veicula suas condições de verdade através de outro conteúdo semântico, cujas condições de verdade não fazem parte das condições de verdade da emissão. O poder expressivo que sentimos fazer parte das boas metáforas é, em grande medida, o efeito de dois traços. O ouvinte tem que fazer idéia do que o falante quer significar – sua contribuição para a comunicação tem que exceder a mera compreensão passiva – e ele tem que fazê-lo passando por um conteúdo semântico diferente do que é comunicado e a ele relacionado. E isso é, a meu ver, o que Dr. Johnson quis dizer quando afirmou que a metáfora nos dá duas idéias por uma.

CAPÍTULO 5

# SIGNIFICADO LITERAL

I

A maioria dos filósofos e lingüistas aceitam uma certa concepção da noção de significado literal de palavras e sentenças e da relação entre o significado literal e outras noções semânticas, como a ambigüidade, a metáfora e a verdade. Neste capítulo, quero contestar um aspecto desta opinião dominante: a idéia de que, dada qualquer sentença, seu significado literal pode ser definido como o significado que ela tem independentemente de qualquer contexto. Sustentarei que, em geral, a noção de significado literal de uma sentença só tem aplicação relativamente a um conjunto de suposições de base ou contextuais e, finalmente, examinarei algumas das implicações dessa concepção alternativa. A concepção que atacarei é algumas vezes expressa pela afirmação de que o significado literal de uma sentença é o significado que ela tem num "contexto zero" ou "contexto nulo". Defenderei a idéia de que, no caso de várias espécies de sentenças, não há um contexto zero ou nulo de sua interpretação, e, no que concerne a nossa competência semântica, só entendemos o significado dessas sentenças sob o pano de fundo de um conjunto de suposições de base acerca dos contextos em que elas poderiam ser apropriadamente emitidas.

Começarei por enunciar, na forma de um conjunto de proposições, o que considero ser a opinião dominante:

> As sentenças têm significado literal. O significado literal de uma sentença é totalmente determinado pelos significados de suas palavras (ou morfemas) componentes e pelas regras sintáticas segundo as quais esses elementos se combinam. Uma sentença pode ter mais que um significado literal (ambigüidade), e seu significado literal pode ser defectivo ou não-interpretável (contra-senso).
>
> O significado literal de uma sentença deve ser cuidadosamente distinguido do que o falante quer significar quando emite a sentença para realizar um ato de fala, pois o significado da emissão do falante pode divergir do significado literal da sentença de várias maneiras. Por exemplo, ao emitir uma sentença, o falante pode querer significar alguma coisa diferente do que a sentença significa, como no caso da metáfora; ou pode mesmo querer significar o oposto do que a sentença significa, como no caso da

ironia; ou pode querer significar o que a sentença significa, mas também alguma coisa mais, como no caso das implicações conversacionais e dos atos de fala indiretos. No limite, o que a sentença significa e o que o falante quer significar podem coincidir exatamente; por exemplo, o falante pode, num certo contexto, emitir a sentença "O gato está sobre o capacho" e querer significar exata e literalmente que o gato está sobre o capacho. Estritamente falando, a expressão "literal" na expressão "significado literal da sentença" é pleonástica, já que todos os outros tipos de significado – significado irônico, significado metafórico, atos de fala indiretos e implicações conversacionais – absolutamente não são propriedades das sentenças, mas sim dos falantes, das emissões das sentenças.

No caso de uma sentença no indicativo, seu significado determina um conjunto de condições de verdade; isto é, determina um conjunto de condições tais que, se alguém emite literalmente a sentença para fazer um enunciado, este será verdadeiro se, e somente se, essas condições forem satisfeitas. De acordo com algumas explicações, conhecer o significado de uma tal sentença é simplesmente conhecer suas condições de verdade. Algumas vezes, o significado de uma sentença é tal que suas condições de verdade variam sistematicamente com os contextos de sua emissão literal. Assim, a sentença "Eu estou faminto" pode ser emitida por uma pessoa, numa ocasião, para fazer um enunciado verdadeiro e pode ser emitida por outra pessoa, ou pela mesma pessoa em outra ocasião, para fazer um enunciado falso. Essas sentenças "indexicais" ou "de ocorrência reflexiva" (*token reflexive*) diferem de sentenças como "A neve é branca", cujas condições de verdade não variam com o contexto de sua emissão. Entretanto, é importante notar que a noção de significado de uma sentença é absolutamente independente do contexto. Mesmo no caso das sentenças indexicais, o significado não se altera de contexto para contexto; de fato, o significado constante é tal que só determina um conjunto de condições de verdade relativamente a um contexto de emissão. O significado literal da sentença é o significado que ela tem independentemente de qualquer contexto e, exceto no caso de mudanças diacrônicas, ela conserva esse significado em qualquer contexto em que seja emitida.

Algo como a imagem esboçada acima provê um conjunto de suposições que subjazem às discussões recentes em "semântica" e "pragmática"; são suposições tão difusas que sequer chegam a constituir uma teoria acabada; constituem antes o quadro de referência no interior do qual toda teoria deve ser enunciada e validada. É verdade que já se levantaram dúvidas céticas acerca de vários aspectos desse quadro. Alguns filósofos sustentaram que essa noção de significado não é suficientemente empírica e deveria encontrar um substituto mais comportamentalista, formulado em termos dos padrões de estímulo e resposta do falante e do ouvinte. Alguns sustentaram que a imagem conduz a uma hipóstase injustificável dos significados como entidades distintas. Penso que ambas as objeções são inválidas, mas não defenderei essa idéia aqui. Além disso, algumas variantes da opinião dominante contêm erros sérios; mencionarei um deles, ao menos para, já de início, tirá-lo do caminho. Alguns filósofos e lingüistas supõem erroneamente que a distinção entre sentença e emissão é a distinção entre tipo (*type*) e ocorrência (*token*) e que as emissões são exatamente as ocorrências sentenciais. Em seguida, supõem que, porque o significado da emissão pode diferir do significado da sentença, as ocorrências sentenciais de algum modo adquirem "significados contextuais diferentes" dos significados dos tipos sentenciais, que independem do contexto. Creio que os dois aspectos dessa concepção são errôneos. Ou seja, é um erro categorial supor que a emissão de uma ocorrência e a ocorrência sejam idênticas; e é um erro (derivado do primeiro) supor que, nos casos em que o significado da emissão difere do significado da sentença, a ocorrência adquira um significado diferente do significado do tipo. Se for necessário fornecer um argumento para mostrar que são erros, bastará salientar que uma emissão não poderia ser idêntica a uma ocorrência, pois a mesma emissão pode envolver muitas ocorrências, como quando alguém publica suas próprias emissões em forma impressa, e a mesma ocorrência pode ser usada para que se façam várias emissões, como quando alguém segura a mesma placa de "pare" em várias ocasiões. Cada emissão envolve, de fato, a produção ou o uso de uma ocorrência, mas a emissão não é idêntica à ocorrência e, quando o significado da emissão difere do significado da sentença, a ocorrência não muda de significado. Mudanças diacrônicas, códigos especiais e coisas semelhantes à parte, o significado da ocorrência é sempre o significado do tipo. O significado da sentença – seja do tipo, seja da ocorrência – deve ser distinguido do significado da emissão do falante, e a distinção sentença-emissão não é a distinção tipo-ocorrência.

Ignorando as dúvidas céticas sobre o significado expressas a respeito da opinião dominante e deixando de lado as versões dessa opinião que contêm erros patentes, passarei a defender a idéia de que, embora a opinião dominante seja em grande parte correta (em particular, ressalta corretamente a diferença entre significado da sentença e significado da emissão), ela peca por apresentar a noção de significado literal de uma sentença como uma noção independente do contexto. Pelo contrário, sustentarei que, num grande número de casos, a noção de significado literal de uma sentença só é aplicável relativamente a um conjunto de suposições de base e, mais ainda, que essas suposições de base não são todas, nem podem ser todas, realizadas na estrutura semântica da sentença da mesma maneira que as pressuposições e os elementos indexicalmente dependentes das condições de verdade da sentença se realizam na estrutura semântica da sentença.

Minha estratégia argumentativa será considerar as sentenças que parecem ser casos favoráveis à idéia de que o significado literal é independente do contexto e depois mostrar que, em cada um deles, a aplicação da noção de significado literal da sentença é sempre relativa a um conjunto de suposições contextuais. Considere-se a sentença "O gato está sobre o capacho". Se há uma sentença que tenha claramente um significado literal independente de qualquer contexto, ela é, sem dúvida, esse velho clichê filosófico. É certo que ela contém elementos indexicais. Para compreendermos uma emissão da sentença por meio da qual se faz um enunciado, precisamos saber a que gato e a que capacho se faz referência, e também em que momento e lugar diz-se estar o gato sobre o capacho. No entanto, esses traços de pressuposição e indexicalidade, traços dependentes do contexto, já estão realizados nos elementos semânticos da sentença e, se não estão claros no caso de uma emissão particular, sempre se pode torná-los mais explícitos mediante o acréscimo de outros elementos indexicais, à sentença – este gato que está bem aqui está agora sobre este capacho que está bem aqui – ou pode-se eliminar os traços explicitamente indexicais e substituí-los por descrições e coordenadas de espaço e tempo – o gato que tem tais e tais características está no capacho que tem tais e tais características em tal e tal momento e tal e tal lugar. Além de seus traços indexicais, a sentença comporta um significado descritivo constante e invariável, que cabe aos elementos indexicais enraizar em contextos específicos em emissões específicas. Esse conteúdo descritivo invariável determina as condições de verdade da sentença, que os elementos indexicais relacionam aos contextos específicos de

Figura 3

emissão. Desculpando-nos pela precariedade do desenho, poderíamos representar esse elemento descritivo da seguinte maneira (ver fig. 3).

Nesse tipo de situação, inclinamo-nos a dizer: o gato está sobre o capacho; caso contrário, não. E isso é o que a sentença diz – ela diz que as coisas envolvidas nesse assunto de gato e capacho mantêm a relação retratada no desenho. Poderíamos decerto conceder que a sentença não é tão determinada como a figura, pois o gato poderia estar sentado ou de pé sobre o capacho, ou poderia estar olhando para o outro lado, e ainda assim as condições de verdade da sentença seriam satisfeitas; e poderíamos conceder também que há o problema da vagueza. Se meio gato estivesse sobre o capacho e meio gato não, poderíamos não saber o que dizer; no entanto, nenhuma dessas concessões constitui uma dificuldade para nossa noção de significado literal independente do contexto.

No entanto, suponhamos que o gato e o capacho estejam na exata relação retratada no desenho, exceto por estarem ambos flutuando livremente no espaço cósmico – talvez fora da Via Láctea. Numa tal situação, a cena seria bem retratada tanto se girássemos a página para o lado quanto se a puséssemos de ponta-cabeça, já que não haveria campo gravitacional em relação ao qual um estivesse sobre o outro. O gato estaria ainda sobre o capacho? O campo gravitacional da Terra é uma das coisas retratadas no desenho?

O que considero correto dizer, como primeira aproximação às respostas a essas questões, é que a noção de significado literal da sentença "O gato está sobre o capacho", no caso de gatos e capachos que flutuam livremente no espaço cósmico, não tem aplicação clara, a menos que façamos algumas suposições suplementares; e embora nossa figura não retrate o campo gravitacional da Terra, ela, tal como a sentença, só tem aplicação relativamente a um conjunto de suposições de base.

Bem, em resposta a isso, poder-se-ia dizer que, se há de fato suposições subjacentes à noção do significado literal da sentença, por que não torná-las perfeitamente claras, como outras condições de verdade da sentença? Elas poderiam ser tratadas como outras pressuposições strawsonianas ou, se não quiséssemos tratá-las como condições de verdade, poderiam ser marcações cênicas concernentes à aplicabilidade da sentença. Isto é, assim como, segundo alguns filósofos, na sentença "O rei da França é calvo", "é calvo" só tem aplicação se existe um rei da França, poderíamos dizer que o significado descritivo da sentença "O gato está sobre o capacho" só tem aplicação na, ou perto da, superfície da Terra, ou em algum outro campo gravitacional semelhante. Todavia, como qualquer outra pressuposição, isso pode ser explicitado como parte do significado da sentença. O que a sentença realmente significa é expresso por: "(Na, ou perto da, superfície terrestre, ou em algum campo gravitacional semelhante) o gato está sobre o capacho." Ou, de forma alternativa, poderíamos tratar essa condição como mais uma marcação cênica concernente à aplicação da sentença, mas as marcações cênicas seriam ainda parte do significado literal, pelo menos no sentido de que seriam completamente explicitadas na análise semântica da sentença. Nesta explicação, a sentença seria traduzida por: "O gato está sobre o capacho (esta sentença só se aplica na, ou perto da, superfície terrestre, ou em algum campo gravitacional semelhante)." No entanto, essas respostas não dão conta de nossa dificuldade, ao menos por duas razões. Em primeiro lugar, nem sempre a aplicação literal da sentença requer um campo gravitacional. Ou seja, é fácil imaginar exemplos em que seria literalmente verdadeiro dizer que o gato está sobre o capacho, mesmo na ausência de um campo gravitacional. Por exemplo, atados aos assentos de nossa nave espacial, no espaço cósmico, vemos pela janela vários pares de gatos e capachos flutuando. Estranhamente, só aparecem em duas posições. De nosso ponto de vista, estão ou como a figura 3 os retrata ou como ela os retrataria ao ser posta de ponta-cabeça. "E agora?", pergunto. "O gato está sobre o capacho", você responde. Você não disse exata e literalmente o que quis dizer?

Em segundo lugar, mesmo que todas essas suposições sobre campos gravitacionais fossem de algum modo representadas como partes do conteúdo semântico da sentença, restaria ainda um número indefinido de outras suposições contextuais das quais teríamos que dar conta. Consideremos o seguinte exemplo. Suponhamos que o gato e o capacho mantenham, na superfície da Terra, as relações espaciais retratadas na figura 3, mas que ambos, gato e capacho, estejam suspensos por uma série intrincada de fios invisíveis, de modo que o gato, embora ligeiramente em contato com o capacho, não exerça pressão sobre ele. Estaria o gato ainda sobre o capacho? Também, nesse caso, parece-me que a questão não tem resposta clara, o que nada mais é que uma outra maneira de dizer que o significado da sentença "O gato está sobre o capacho" não tem aplicação clara no contexto assim especificado e, portanto, não chega a determinar um conjunto preciso de condições de verdade. E também, nesse caso, parece-me que podemos facilmente complementar o contexto para conferir à sentença aplicação clara. Suponhamos que o gato e o capacho façam parte de um cenário teatral. Os fios estão ali para facilitar os deslocamentos rápidos dos acessórios, pois o gato tem que ser deslocado da cadeira para o capacho e de lá para a mesa. "Onde ele está agora?", grita o diretor dos bastidores. "O gato está sobre o capacho", grita seu assistente. Ele não disse exata e literalmente o que quis dizer? Outros exemplos de dependência contextual da aplicabilidade do significado literal das sentenças são fáceis de imaginar. Suponhamos que o capacho seja duro como uma prancha e esteja fincado no assoalho em ângulo. Suponhamos que o gato esteja entorpecido por efeito de uma droga e esteja na seguinte posição, relativamente ao capacho:

Figura 4

Essa situação satisfaz as condições de verdade de "O gato está sobre o capacho?" Novamente inclino-me a dizer que a questão ainda não tem resposta clara; relativamente a um certo conjunto de suposições suplementares, a situação satisfaz as condições de verdade da sentença relativamente a outro conjunto, ela não as satisfaz; mas essa variação nada tem que ver com vagueza, indexicalidade, pressuposição, ambigüidade ou qualquer outro artigo em estoque na teoria "semântica" e "pragmática" contemporânea, tal como essas noções são tradicionalmente concebidas. Suponhamos que o dono do gato esteja na sala ao lado e, sem seu conhecimento, eu tenha drogado o gato e endurecido o capacho com minha solução endurecedora especial. "Onde está o gato?", pergunta, da sala ao lado, o dono. "O gato está sobre o capacho", respondo. Eu disse a verdade? Minha inclinação é dizer que minha resposta é, no mínimo, enganosa, tendo provavelmente de ser descrita como uma mentira engenhosa, já que sei que não é isso o que o dono entende quando ouve e interpreta literalmente a emissão da sentença "O gato está sobre o capacho". Mas consideremos agora uma variação diferente do mesmo exemplo. O capacho está na posição da figura 4, endurecido e em ângulo, e é parte de uma fileira de objetos que estão todos fincados no solo em diferentes ângulos – uma prancha, uma estaca, uma barra de ferro, etc. Esses fatos são conhecidos pelo falante e pelo ouvinte. O gato pula de um desses objetos para outro. É evidente qual deve ser a resposta correta à questão "Onde está o gato" quando o gato está na posição retratada na figura 4: o gato está sobre o capacho.

Esses exemplos foram concebidos para lançar dúvida sobre a seguinte tese: toda sentença não ambígua[1], como "O gato está sobre o capacho", tem um significado literal que é absolutamente independente do contexto e determina, dado um contexto qualquer, se a emissão da sentença nesse contexto é ou não literalmente verdadeira ou falsa.

Os exemplos foram também concebidos para apoiar a seguinte hipótese alternativa: no que concerne a um grande número de sentenças não ambíguas, como "O gato está sobre o capacho", a noção de significado literal da sentença só tem aplicação relativamente a um conjunto de suposições de base. As condições de verdade das sentenças variam com a variação dessas suposições de base; estando ausentes ou presentes algumas das suposições de base, a sentença não tem condições de verdade determinadas. Essas variações nada têm que ver com indexicalidade, mudança de significado, ambigüidade, implicação conversacional, vagueza ou pressuposição, tal como essas noções são ordinariamente discutidas na literatura filosófica e lingüística.

Talvez a tese de que o significado literal é absolutamente independente do contexto possa ser substituída por uma tese mais fraca: ainda que possa efetivamente haver um grande número de sentenças cujo significado literal só determine um conjunto de condições de verdade relativamente a um conjunto de suposições de base, mesmo assim (poder-se-ia argumentar), para cada sentença desse tipo, podemos especificar essas suposições de maneira tal que elas permaneçam constantes no que diz respeito a todas as ocorrências literais da sentença.

Nossos exemplos, porém, lançam dúvida também sobre essa tese mais fraca, pois as condições de verdade da sentença "O gato está sobre o capacho" são satisfeitas em cada um de nossos contextos "anormais", desde que o contexto anormal seja complementado por algumas outras suposições. Assim, não há um conjunto de suposições constantes que determinem a aplicabilidade da noção de significado literal, mas a sentença pode determinar diferentes condições de verdade relativamente a diferentes suposições de maneiras que nada têm que ver com ambigüidade, dependência indexical com respeito ao contexto, erro de pressuposição, vagueza ou mudança de significado, tal como essas noções são tradicionalmente concebidas. Além disso, nossos exemplos sugerem que as suposições não são especificáveis como partes do conteúdo semântico da sentença, ou como pressuposições da aplicabilidade desse conteúdo semântico, por ao menos duas razões. Em primeiro lugar, elas não são fixas e definidas em número e conteúdo; nunca saberíamos onde parar em nossas especificações. Em segundo lugar, cada especificação de uma suposição tende a introduzir outras suposições, aquelas que determinam a aplicabilidade do significado literal da sentença usada na especificação. É importante notar, entretanto, que até agora meus exemplos somente puseram em questão a idéia de que há uma especificação sentença por sentença das suposições de base enquanto partes da análise semântica de cada sentença; até agora, ainda não levantei a questão de saber se seria possível especificar todas as suposições a partir das quais os falantes entendem e aplicam os significados literais das sentenças.

Observe-se que, na construção dos exemplos, só usamos recursos muito limitados. Concentramo-nos apenas na dependência contextual da palavra "sobre", tal como ela ocorre na sentença. Se passássemos a tratar de "gato" ou "capacho", poderíamos encontrar formas muito mais radicais de dependência contextual. Além disso, não imaginamos mudança alguma nas leis da natureza. Se nos fosse dada a liberdade de intervir nas leis da natureza, acredito que o colapso da concepção de que a aplicação do significado literal das sentenças é absolutamente independente do contexto seria ainda mais radical.

## II

À noção de condições de verdade de uma sentença indicativa correspondem a noção de condições de obediência de uma sentença imperativa e a noção de condições de cumprimento de uma sentença optativa; muitas daquelas mesmas questões aparecerão se considerarmos sentenças no imperativo e em outros modos. Suponhamos que eu vá a um restaurante decidido a dizer exata e literalmente o que eu queira dizer, ou seja, decidido a emitir sentenças imperativas que sejam expressões exatas de meus desejos. Começo dizendo: "Dê-me um hambúrguer ao ponto, com *catchup* e mostarda, mas sem muitos picles." Antes de mais nada, cabe observar que uma quantidade enorme de informações de base já foi mobilizada por este exemplo, tal como descrito até agora: só para começar, as instituições do restaurante, do dinheiro, da troca de comida preparada por dinheiro, etc. É difícil imaginar como a sentença poderia ter as mesmas condições de obediência se essas instituições não existissem ou se a mesma sentença fosse emitida num contexto radicalmente diferente – por exemplo, se fosse emitida por um padre como trecho de uma oração ou se fosse anexada como adendo ao juramento de posse de um presidente dos Estados Unidos. Entretanto, alguém poderia considerar que o sentido da palavra "dar" em que ela inicia uma transação comercial é, em parte, definido por esses sistemas de regras constitutivas. Assim, esse tanto de dependência contextual é, em parte, realizado na estrutura semântica da sentença.

Mesmo que se admitisse isso – e não é claro que se deveria admiti-lo – há muitas outras espécies de suposições de que depende a aplicação da sentença e que estão muito longe de serem realizadas na estrutura semântica da sentença. Suponhamos, por exemplo, que o hambúrguer me seja trazido dentro de uma caixa de plástico transparente de um metro cúbico, tão dura que, para abri-la, eu precise arrebentá-la com o auxílio de um martelo[2]; ou suponhamos que o hambúrguer tenha uma milha de diâmetro e "entregá-lo" a mim consista em pôr abaixo a parede do restaurante e introduzir em seu interior uma ponta do hambúrguer. Minha ordem "Dê-me um hambúrguer ao ponto, com *catchup* e mostarda, mas sem muitos picles" foi, nesses casos, cumprida ou obedecida? Inclino-me a dizer que não, porque não foi isso o que quis dizer com a emissão literal da sentença (embora também aqui seja possível imaginar variações de nossas suposições de base que tornassem possível dizer que a ordem foi obedecida). Mas o fato de não ter sido obedecida a ordem – ou seja, de não terem sido satisfeitas as condições de obediência da sentença relativamente ao contexto em causa – não mostra que fracassei em dizer exata e literalmente o que quis dizer, não mostra que eu deveria ter dito "Dê-me um hambúrguer, no ponto, com *catchup* e mostarda, mas sem muitos picles; mas não o coloque numa caixa de plástico e, por favor, nada de hambúrgueres de uma milha de diâmetro". Se isso fosse verdade, seria sempre impossível dizer o que queremos dizer, pois sempre há a possibilidade do colapso de novas suposições de base, o que nos levaria a dizer que as condições de obediência de uma sentença não seriam satisfeitas no contexto dado. Parece-me, sim, que o que devemos dizer em tais casos é que eu disse exata e literalmente o que quis dizer, mas que o significado literal da sentença, e portanto da emissão literal, só tem aplicação relativamente a um conjunto de suposições de base que não são – e a maior parte delas não poderia ser – realizadas na estrutura semântica da sentença. Há, nesses casos, assim como nos casos do indicativo, duas razões pelas quais essas suposições adicionais não poderiam ser todas realizadas na estrutura semântica da sentença: a primeira é que o número delas é indefinido; a segunda é que a inteligibilidade de qualquer enunciado literal dessas suposições se vale de outras suposições.

É fácil multiplicar exemplos de dependência contextual da aplicação da noção de significado literal. Consideremos a sentença imperativa "Feche a porta". Ao ouvirmos essa sentença, no mais das vezes imaginamos imediatamente uma cena-padrão em que ela teria aplicação literal clara. O ouvinte e o falante estão numa sala. Na sala há uma porta aberta que pode ser deslocada para dentro do batente e se prende ao batente quando fechada. No entanto, se alteramos radicalmente essa cena doméstica, a sentença perde sua aplicação. Suponhamos que o falante e o ouvinte estejam flutuando com uma porta no meio do oceano; ou suponhamos que estejam, eles e a porta, isolados no Saara. Quais são as condições de obediência de "Feche a porta" nessas situações? Alguém poderia dizer que, embora o significado literal da sentença perca sua aplicação nesses exemplos do oceano e do Saara, pressuposições como a de que há um quarto e a de que a porta está num batente aparentam efetivamente ser pressuposições de tipo padrão para as condições de obediência da sentença. Elas podem ao menos ser claramente formuladas. Em resposta a isso, porém: quando as formulamos claramente, não nos vemos em melhor situação. Suponhamos que o falante, em nossa cena-padrão, emite a sentença "Feche a porta", dizendo exata e literalmente o que quer dizer. Suponhamos que o ouvinte vá até a porta, arranque todo o conjunto – porta, batente, dobradiças, trincos – da parede, ponha tudo no meio do quarto e então desloque a porta pelas dobradiças, de modo a prendê-la ao batente. Ele fechou a porta, isto é, as condições de obediência foram satisfeitas? Considerando o buraco deixado na parede, inclino-me a dizer que não, que as condições de obediência não foram satisfeitas. Mas também nesse caso seria muito fácil variar as suposições de uma maneira tal que pudéssemos dizer que as condições de obediência foram satisfeitas. E nossa habilidade em gerar contextos desviantes como esses parece não ter limite. Suponhamos que o ouvinte engula tudo – parede, porta, batente e trinco – e então desloque a porta no batente por efeito da contração peristáltica de seu estômago durante a digestão. Ele "fechou a porta"? Além disso, as sentenças que usamos para enunciar as pressuposições – existe um quarto, o quarto tem paredes, em ao menos uma das paredes há uma abertura para porta com um batente – estarão tão sujeitas aos tipos de dependência contextual que as encarregamos de eliminar quanto à sentença original. Entretanto, em cada um desses exemplos, pretendo que o falante diz ou pode dizer exata e literalmente o que quer dizer. Está fora de questão que esteja sendo ambíguo, vago ou metafórico quando diz "Dê-me um hambúrguer" ou "Feche a porta", mas essas emissões literais só determinam um conjunto de condições de obediência relativamente a um conjunto de suposições contextuais. Diferentes suposições podem determinar diferentes condições de obediência; e, para algumas suposições, pode não haver condições de obediência de espécie alguma, ainda que, repetindo, a sentença – e, portanto, a emissão – seja perfeitamente não ambígua.

Na verdade, os próprios termos "suposições" e "contextos" podem ser enganosos, se sugerirem que, para cada sentença, podemos tornar todas essas suposições explícitas na forma de um conjunto de axiomas, como Peano e Frege tentaram tornar explícitas as suposições da aritmética, ou como um economista teórico, ao construir um modelo econômico dedutivo, torna explícitas suas suposições na forma de um conjunto de axiomas. Mas, mesmo admitindo que não podemos especificar, sentença por sentença, as suposições subjacentes à compreensão e à aplicação de cada sentença, poderíamos fazer uma especificação geral de todas as suposições, de tudo o que tomamos como estabelecido, no que concerne à compreensão da linguagem? Poderíamos explicitar completamente o modo de nossa sensibilidade como um todo? Parece-me que os argumentos deste capítulo deixam essa questão em aberto. O fato de que, para um grande número de sentenças, as suposições relevantes sejam variáveis e indefinidas, e o fato de que a especificação de uma suposição tende a introduzir outras, não mostram, por si sós, que somos incapazes de especificar todo um conjunto de suposições que fossem independentes da análise semântica de sentenças individuais mas que, tomadas em conjunto, nos capacitariam a aplicar o significado literal das sentenças. As dificuldades práticas envolvidas nesse tipo de especificação seriam enormes, mas haveria obstáculo teórico para essa tarefa? Para provar que há, teríamos de mostrar que as condições em que as sentenças podem representar não são, elas mesmas, completamente representáveis por sentenças. Essa tese talvez seja verdadeira, mas o objetivo de minha discussão não foi mostrar que é verdadeira.

As teses que expus sobre as sentenças conduzem naturalmente à nossa próxima conclusão: o que foi dito sobre o significado literal também se aplica a estados intencionais[3] em geral. Um homem que acredita que o gato está sobre o capacho ou que espera que lhe tragam um hambúrguer ao ponto só tem essa crença e essa expectativa sobre uma base de outras "suposições" não explícitas. Assim como o significado literal de uma sentença determinará diferentes condições de verdade ou obediência relativamente a diferentes conjuntos de suposições, também uma crença ou expectativa terá diferentes condições de satisfação relativamente a diferentes conjuntos de suposições. De fato, não é surpreendente que haja esse paralelismo entre significado literal e estados intencionais, já que a noção de significado literal de uma sentença é, em certo sentido, a noção de intencionalidade convencional e, portanto, fungível: é o que permite à sentença, por assim dizer, representar em público; enquanto minhas crenças, desejos e expectativas simplesmente representam suas condições de satisfação *tout court*, auxiliadas ou não pela posse de formas públicas de expressão. A tese geral é que essa representação, seja lingüística ou de qualquer outra espécie, se constitui sobre uma base de suposições que não são, e em muitos casos tampouco poderiam ser, completamente representadas como partes, ou como pressuposições, da representação, pelas duas razões que já enunciamos: o número das suposições é indefinido e qualquer tentativa de representá-las tenderá a introduzir outras suposições. Esta última consideração exibe uma analogia evidente com a representação pictórica: se alguém tenta retratar o método de projeção de um retrato por meio de outro retrato, o segundo requer também um método de projeção, ainda não retratado.

III

É importante não superestimar a argumentação conduzida até agora. Absolutamente não demonstrei a dependência contextual da aplicabilidade da noção de significado literal de uma sentença. O que fiz foi oferecer alguns poucos exemplos e algumas sugestões sobre como poderíamos generalizar os fenômenos que os exemplos revelam. Além disso, como os exemplos dizem respeito a casos bizarros, é difícil estarmos seguros de nossas intuições lingüísticas ao descrevê-los. No entanto, mesmo admitindo que eu esteja certo quanto a esses exemplos, talvez pudéssemos encontrar sentenças para as quais não houvesse tais dependências contextuais. Talvez fosse possível mostrar que uma sentença aritmética como "3 + 4 = 7" não depende de nenhuma suposição contextual no que toca à aplicabilidade de seu significado contextual. Mesmo nesse caso, porém, percebe-se que certas suposições sobre a natureza das operações matemáticas, como a adição[4], devem ser feitas para que se aplique o significado literal da sentença. Todavia, alguém poderia, numa perspectiva logicista, objetar que essas suposições são, num certo sentido, parte do significado da sentença. Um tal argumento despertaria muitas das polêmicas tradicionais da filosofia da matemática, e eu pretendo levá-las adiante aqui. Para os propósitos desta discussão, é suficiente argumentar que a noção de significado literal absolutamente independente do contexto não tem aplicação geral a sentenças; de fato, parece haver um grande número de sentenças para as quais poderíamos estender os tipos de argumento em favor da dependência contextual da aplicabilidade do significado literal que discutimos anteriormente.

Há duas conclusões céticas que essas reflexões aparentemente poderiam implicar e quero rejeitá-las explicitamente. Em primeiro lugar, não estou dizendo que as sentenças não têm significado literal. Mostrar que um fenômeno $X$ só pode ser identificado relativamente a um outro fenômeno $Y$ não mostra que $X$ não existe. Para recorrer a uma analogia evidente, quando alguém diz que a noção de movimento de um corpo só tem aplicação relativamente a algum sistema de coordenadas, não está negando a existência do movimento. Movimento, embora relativo, é ainda movimento. Analogamente, quando digo que o significado literal de uma sentença só tem aplicação relativamente ao sistema de coordenadas constituído por nossas suposições de base, não estou negando que as sentenças tenham significado literal. Significado literal, embora relativo, é ainda significado literal.

Pois bem, o que entender por "aplicação" quando digo que o significado literal de uma sentença só tem aplicação relativamente a um conjunto de suposições de base? Simplesmente o seguinte. Há certas tarefas que queremos que a noção de significado realize para nós; essa noção está ligada, por todo tipo de conexões sistemáticas, a nossa teoria da linguagem e a nossas crenças pré-teóricas acerca da linguagem. O significado está atado a nossas noções de condições de verdade, implicação, incompatibilidade, compreensão e a uma grande quantidade de outras noções semânticas e mentais. Ora, a tese da relatividade do significado é a tese de que essas conexões só se estabelecem relativamente a um sistema de coordenadas constituído por suposições de base. Por exemplo, no caso das condições de verdade (ou das condições de obediência das sentenças imperativas), a tese da relatividade do significado tem como conseqüência que a sentença pode determinar um conjunto de condições de verdade relativamente a um conjunto de suposições e outro conjunto relativamente a outro conjunto de suposições, mesmo que a sentença não seja ambígua e a variação não seja uma questão de dependência indexical (analogamente, a tese da relatividade do movimento tem como conseqüência que o mesmo objeto, no mesmo momento, pode mover-se num sentido, relativamente a um sistema de coordenadas, e noutro sentido, relativamente a outro sistema de coordenadas, ainda que não se esteja movendo em dois sentidos diferentes), e, sem algum conjunto de suposições de base, a sentença não determina absolutamente nenhum conjunto definido de condições de verdade. Para grande parte das sentenças do tipo de "O gato está sobre o capacho", "Bill está na cozinha", "Meu carro está com um pneu vazio", as suposições de base são tão fundamentais e tão difusas que não chegamos a percebê-las. É necessário um esforço consciente para extraí-las e examiná-las e, a propósito, sua extração parece provocar uma intensa sensação de irritação e insegurança em filósofos, lingüistas e psicólogos – esta é, pelo menos, minha experiência.

A segunda conclusão cética que quero rejeitar explicitamente é que a tese da relatividade do significado literal destrói, ou contradiz de algum modo, o sistema de distinções que apresentei, no início deste capítulo, no breve sumário da concepção-padrão do significado: o sistema de distinções articulado em torno da distinção entre o significado literal da sentença e o significado da emissão do falante, podendo o significado da emissão divergir, de várias maneiras, do significado literal da sentença. A distinção, por exemplo, entre o significado literal da sentença e o significado da emissão irônica ou metafórica permanece intacta. Analogamente, a distinção entre atos de fala diretos e indiretos permanece intacta. A modificação que a tese da relatividade do significado impõe a esse sistema de distinções é que, na explicação de como o contexto desempenha seu papel na produção e na compreensão de emissões metafóricas, atos de fala indiretos e implicações conversacionais, teremos que distinguir o papel especial que tem o contexto da emissão nesses casos e o papel que as suposições de base desempenham na interpretação do significado literal. Além disso, não há nada na tese da relatividade do significado que seja incompatível com o Princípio de Exprimibilidade, segundo o qual é possível dizer tudo aquilo que se queira dizer. Não é parte ou conseqüência de meu argumento em favor da relatividade do significado literal que haja significados que sejam inerentemente inexprimíveis.

Diante desses exemplos que apóiam a tese da relatividade do significado, os defensores da teoria tradicional do significado literal absoluto provavelmente recorram a certas respostas padronizadas; o melhor talvez seja preveni-las antes mesmo de serem formuladas. Nem a distinção sentença-emissão (muito menos a distinção tipo-ocorrência), nem a distinção desempenho-competência resgatam a tese do significado literal absolutamente independente do contexto, no que diz respeito a nossos contra-exemplos. A discussão toda girou em torno de sentenças e discuti o significado de emissões somente nos casos em que o significado da emissão coincide com o significado da sentença, isto é, somente nos casos em que o falante quer dizer literalmente o que diz. Além disso, discuti a compreensão do significado literal de uma sentença por um falante enquanto parte da competência semântica do falante. A tese que propus é que, para um grande número de sentenças, o falante sabe, como parte de sua competência lingüística, como aplicar o significado literal da sentença somente sobre a base de outras suposições. Se estou certo, uma conseqüência desse argumento é que não há distinção precisa entre a competência lingüística do falante e seu conhecimento do mundo; de qualquer forma, há inúmeros outros argumentos que sustentam essa posição. Freqüentemente fiz uso de argumentos da forma "O que diríamos se...?", mas isso não significa que não estamos discutindo os significados das sentenças ou a competência lingüística.

Supondo-se, para argumentar, que minha descrição é correta, por que as coisas devem continuar a ser como as descrevi? Por exemplo, por que não poderíamos simplesmente decretar que os significados das sentenças "O gato está sobre o capacho" e "A porta está fechada" passem a ser absolutamente independentes do contexto? Significados são, no final das contas, uma questão de convenção; se até hoje as convenções se apoiaram sobre suposições de base, por que não dar um fim a essa dependência através de uma nova convenção, segundo a qual não haja mais, daqui por diante, uma tal dependência? Não sei como responder a essas questões a não ser dizendo que o significado literal é dependente do contexto da mesma maneira que outras formas não convencionais de intencionalidade são dependentes do contexto, que não há maneira de eliminar a dependência, no caso do significado literal, que não rompa suas conexões com outras formas de intencionalidade e, portanto, não elimine também a intencionalidade do significado literal.

Já que a percepção é, muito provavelmente, a forma primária de intencionalidade, aquela de que dependem todas as demais, o melhor é começar por mostrar a dependência contextual da aplicabilidade dos conteúdos de nossas percepções. Consideremos as experiências visuais características que se fariam presentes quando estivéssemos numa condição de dizer: "Vejo que o gato está sobre o capacho." No que diz respeito aos aspectos visuais puramente qualitativos dessas experiências (e não conheço termo melhor que "aspectos visuais qualitativos" para designar aquilo de que estou falando), muitos deles poderiam ter sido produzidos por inúmeras causas em inúmeras situações. Eles poderiam ter sido produzidos pela estimulação dos centros óticos de meu cérebro, de uma maneira que me propiciasse experiências com aspectos visuais exatamente iguais aos aspectos de minha experiência visual presente. Entretanto, quero dizer que minhas experiências visuais presentes, as que me habilitam a dizer que vejo que o gato está sobre o capacho, têm uma forma de intencionalidade que essas outras experiências não teriam, supondo-se que eu soubesse, nos dois casos, o que estaria se passando. Em minha experiência presente, suponho que estou percebendo o gato e o capacho de um certo ponto de vista, que corresponde à localização de meu corpo; suponho que essas experiências visuais são causalmente dependentes do estado de coisas que percebo; suponho que não estou de cabeça para baixo e não estou vendo o gato e o capacho virados de cima para baixo, etc.; e todas essas suposições acrescentam-se às outras mais gerais, como a de que estou num campo gravitacional, a de que não há fios ligados ao gato e ao capacho, etc. Ora, a intencionalidade da experiência visual determinará um conjunto de condições de satisfação. Os aspectos puramente visuais da experiência, porém, só produzirão um conjunto de condições de satisfação sobre o pano de fundo de um conjunto de suposições de base, que não são, elas mesmas, partes da experiência visual. Por exemplo, não vejo o ponto de vista do qual vejo que o gato está sobre o capacho e não vejo o campo gravitacional em que estão ambos situados. Entretanto, é desse tipo de suposições que dependem, em parte, as condições de satisfação determinadas pelo conteúdo de minha percepção. De fato, tanto nesse caso como no caso do significado literal, a intencionalidade da percepção visual só tem aplicação, só determina um conjunto de condições de satisfação, sobre o pano de fundo de algum sistema de suposições de base. Assim, parece não haver como eliminar a dependência contextual do significado literal, já que está enraizada em outras formas de intencionalidade de que o significado literal depende. Para emprestar uma expressão de Wittgenstein, é parte da gramática de "O gato está sobre o capacho" que seja isso o que chamamos de "ver que o gato está sobre o capacho", "crer que o gato está sobre o capacho", etc. Não há como eliminar a dependência contextual da sentença "O gato está sobre o capacho" sem romper as conexões entre essa sentença e a *percepção* de que o gato está sobre o capacho, ou a crença de que o gato está sobre o capacho, e é dessas conexões que o significado da sentença depende.

# CAPÍTULO 6

# REFERENCIAL E ATRIBUTIVO

Há uma distinção entre usos referenciais e atributivos de descrições definidas? Penso que a maioria dos filósofos que abordem a distinção de Donnellan (Donnellan, 1966 e 1968) do ponto de vista da teoria dos atos de fala, vendo a referência como um tipo de ato de fala, dirá que essa distinção não existe e que os casos que ele apresenta podem ser explicados como exemplos da distinção geral entre o significado do falante e o significado da sentença: os supostos dois usos são referenciais, no sentido de serem casos de referência a objetos; a única diferença está no grau em que o falante, em sua emissão, deixa explícitas suas intenções. Tais objeções são, de fato, muito comuns, tanto na literatura quanto na tradição oral, mas nunca vi uma versão da objeção que me satisfizesse plenamente; o principal objetivo desse capítulo é tentar oferecer uma tal versão.

## I. A explicação de Donnellan para a distinção

Donnellan apresenta a distinção através de certos exemplos, que devemos ser capazes de generalizar. Suponhamos que nos deparemos com o corpo violentamente ferido de Smith, assassinado por alguém que nos é desconhecido. Poderíamos dizer "O assassino de Smith é insano", querendo significar por "o assassino de Smith" não uma pessoa em particular, mas *quem quer que* tenha assassinado Smith. Esse é o uso atributivo. Suponhamos, porém, que na sala do tribunal onde Jones está sendo julgado pelo assassinato de Smith, ao observar seu estranho comportamento, dizemos "O assassino de Smith é insano", querendo significar por "o assassino de Smith" aquele homem que está lá no banco dos réus, Jones, que se comporta de modo tão estranho. Nesse caso, não queremos significar *quem quer que* tenha assassinado Smith, queremos significar um homem *em particular*, aquele que vemos diante de nós. Esse é o uso referencial. Uma característica crucial da distinção é que, nos usos referenciais, não importa se a descrição definida que usamos é realmente verdadeira do objeto ao qual nos referimos. Suponhamos que o homem diante de nós não tenha de fato assassinado Smith; suponhamos que ninguém tenha assassinado Smith, mas que ele tenha cometido suicídio; ainda assim, ao menos em algum sentido, segundo Donnellan, nosso enunciado seria verdadeiro, se o homem ao qual nos referimos for insano. No uso referencial, já que estamos usando a expressão apenas para selecionar um objeto sobre o qual passamos, então, a dizer algo, verdadeiro ou falso, não importa se a expressão é verdadeira do objeto. Todavia, no uso atributivo, se nossa descrição definida não for verdadeira de nada, nosso enunciado não poderá ser verdadeiro. Se ninguém assassinou Smith, nosso enunciado não poderá ser verdadeiro. Donnellan opõe-se, portanto, tanto à teoria das descrições definidas de Russell como à de Strawson, sob a alegação de que ambas não explicam o uso referencial.

Intuitivamente, parece haver, com efeito, uma distinção entre esses dois casos. Qual é exatamente essa distinção? Em nenhum momento Donnellan indica um conjunto de condições necessárias e suficientes para a identificação de cada um dos usos, mas apresenta o que segue como um sumário da distinção, no que concerne à sua aplicação a asserções[1]:

Se o falante $F$ usa referencialmente uma descrição definida "o $\emptyset$", haverá uma entidade $e$ (ou, pelo menos, o falante pretenderá que haja) sobre a qual será verdadeiro:

(1) $F$ ter-se-á referido a $e$, sendo ou não sendo $e$ de fato $\emptyset$.

(2) $F$ terá dito algo verdadeiro ou falso sobre $e$, sendo ou não sendo $e$ de fato $\emptyset$ (desde que tudo esteja em ordem quanto ao restante do ato de fala).

(3) $F$, ao usar "o $\emptyset$" para referir-se a $e$, terá pressuposto ou implicado que $e$ é $\emptyset$.

(4) Ao relatar-se o ato de fala de *F*, será correto dizer que ele enunciou algo sobre *e*; nesse relato, será correto usar expressões diferentes de "o Ø", ou de suas sinônimas, para se fazer referência a *e*.

Caso a descrição definida tivesse sido usada atributivamente, não existiria uma tal entidade *e* (nem o falante teria pretendido que existisse).

Ora, essa caracterização não se revela inteiramente correta mesmo nos termos do próprio Donnellan, pois expõe-se de imediato a certos tipos de contra-exemplos, que Donnellan reconhece, mas não considera que constituam um sério desafio à sua teoria. Suponhamos que Smith tenha morrido de causas naturais, mas que, imediatamente antes de sua morte, ele tenha sido agredido; e suponhamos que a evidência dessa agressão é que nos tenha levado a atribuir insanidade a "o assassino de Smith". Nesse caso, poderíamos dizer que nosso enunciado fora verdadeiro, ainda que nada satisfaça a descrição definida "o assassino de Smith". Isto é, nesse uso atributivo temos um caso que satisfaz nossas condições (1)-(4) acima, estabelecidas para o uso referencial; a distinção parece, pois, ameaçada. Se inserirmos "o assassino" no lugar de "o Ø" e "o agressor" no lugar de "*e*" nas fórmulas (1)-(4) acima, esse caso satisfaz todas as condições de referencialidade e, no entanto, pretende-se que seja atributivo. Como podemos dar conta de exemplos desse tipo e conservar a distinção intacta? A resposta de Donnellan é que esse tipo de caso é um "erro por pouco" e que tais casos ainda assim são bastante diferentes dos usos referenciais genuínos: "Num uso atributivo, erra-se por pouco quando nada se ajusta exatamente à descrição usada, mas algum indivíduo se ajusta a uma descrição que, em algum sentido, tem significado próximo ao da descrição usada. É um tipo bem diferente de "erro por pouco", entretanto, o que se reconhece quando se percebe que o indivíduo particular ao qual o falante pretendia referir-se foi descrito de uma maneira um pouco imprecisa" (1968, p. 209). Somente nos casos referenciais podemos "errar por muitos metros".

No entanto, os contra-exemplos continuam a ser um tanto preocupantes, já que deveríamos, no mínimo, ser capazes de retomar as condições (1)-(4) e reescrevê-las de modo a retirar desses casos atributivos de "erro por pouco" a qualificação de referencialidade; e não é nada fácil ver como isso poderia ser feito sem o uso de expressões que impliquem uma petição de princípio, como "significado próximo" ou "erro por pouco". Entretanto, nesse momento estou tentando não fazer objeções à tese de Donnellan, mas apresentá-la do ângulo mais favorável possível. Ao discutir os contra-exemplos, ele introduz a seguinte metáfora. No uso referencial, o falante visa um alvo em particular, e estará visando esse alvo mesmo que o erre por pouco ou por muitos metros (o enunciado pode ser verdadeiro do objeto ao qual o falante se refere, ainda que a descrição definida erre por pouco ou seja totalmente incorreta). No caso atributivo, porém, ele não visa um alvo em particular; visa "algum alvo" (seu enunciado só pode ser verdadeiro se ele atinge o alvo ou erra por pouco). "Uma vez visto isso, levar em conta os casos de erro por pouco não mancha a distinção. Na verdade, ajuda-nos a ver em que consiste a distinção" (1968, p. 210).

Além disso, Donnellan está sempre pronto a insistir no fato de que a distinção não concerne simplesmente ao número de crenças que o falante e o ouvinte têm a respeito do objeto (se é que as têm) que satisfaz a descrição definida. Ela não é meramente uma distinção entre ter muitas crenças sobre o assassino de Smith, no caso referencial, e ter poucas, no caso atributivo; isso porque, mesmo no caso em que tenho muitas crenças, posso usar a descrição definida atributivamente. Suponhamos que eu tenha todo um rol de crenças sobre o homem que suponho ter ganhado as 500 milhas de Indianápolis: acredito que seu nome seja Brown, que seja meu cunhado, etc. Posso ainda fazer uma aposta, expressa pela sentença "O homem que ganhou as 500 milhas de Indianápolis dirigiu um carro turbo". E aqui não estou usando a expressão referencialmente, muito embora eu tenha todo um rol de crenças sobre o homem que suponho que a satisfaça. É o que prova o fato de que poderia ganhar a aposta mesmo que meu cunhado não fosse o vencedor da corrida, e poderia perder a aposta mesmo que ele tivesse dirigido um carro turbo, pois ganharei a aposta se e somente se o vencedor, quem quer que seja ele, dirigiu um carro turbo.

Esse tipo de exemplo leva Donnellan a enunciar o que creio ser sua tese mais ambiciosa, relativa à condição 4 acima: no uso atributivo, o falante não está realmente *se referindo*. Ou, numa terminologia mais formal, no uso atributivo, ao relatarmos seu uso atributivo de "o Ø", no caso de *e* satisfazer "o Ø", não podemos dizer que ele *se referiu* a *e*, sequer que ele *se referiu* ao que quer que seja. Para corroborar essa tese, considere-se o seguinte tipo de exemplo. Suponhamos que, em 1960, alguém tivesse previsto, com base em seu conhecimento da política republicana, que "O candidato presidencial republicano em 1964 será um conservador". Ora, já que Goldwater, um conservador, acabou sendo indicado candidato em 1964, o enunciado era verdadeiro, e a descrição definida usada atributivamente era verdadeira de Goldwater. Nos termos de Russell, seria correto dizer que a descrição definida *denota* Goldwater; não obstante, de acordo com Donnellan, o falante não *se referia* a Goldwater e, de fato, não se referia (no sentido de selecionar ou identificar um objeto) a ninguém, pois não sabia quem haveria de ser o candidato presidencial; o que ele queria significar era que *quem quer que* fosse o candidato presidencial seria um conservador. No uso referencial, por outro lado, o falante *tem em mente* um objeto ou pessoa específica, e é por essa razão que podemos dizer, ao relatarmos seu ato de fala, que ele *se referia* a esse objeto ou pessoa.

A explicação de Donnellan tem três características de que, a meu ver, qualquer explicação rival deve dar conta:

1. Parece haver uma diferença intuitivamente óbvia entre o caso referencial e o atributivo. Deve-se dar conta dessa intuição.

2. Nossas intuições são sustentadas pelo fato de que emissões de sentenças que contêm usos referenciais aparentemente têm condições de verdade diferentes das que têm as emissões que contêm usos atributivos. Que outra prova de ambigüidade se poderia exigir?

3. A distinção encontra também sustentação sintática, no fato de que os usos atributivos parecem admitir a inserção de orações "quem quer que" ou "o que quer que"; por exemplo, "O assassino de Smith, quem quer que seja ele, é insano".

## II. Uma explicação alternativa

O meio mais simples de discutir a explicação precedente é apresentar uma explicação alternativa e mostrar por que acredito que seja superior à de Donnellan.

De modo geral, como é possível os falantes se referirem a objetos? A referência efetiva-se através de vários dispositivos sintáticos, entre eles os nomes próprios, as descrições definidas e os pronomes, inclusive os demonstrativos. E os falantes serão capazes de usar esses dispositivos para se referir a objetos em virtude do fato de estarem em certas relações com esses objetos. Por exemplo, um falante pode conhecer o nome próprio do objeto, ou pode conhecer alguns fatos sobre o objeto, ou pode vê-lo em seu campo de visão, ou pode estar sentado em cima dele, etc. Ora, há um bom número de teorias filosóficas diferentes sobre como essas várias relações que os falantes mantêm com objetos os habilitam a se referir a tais objetos por meio desses vários dispositivos sintáticos. Não é meu objetivo, nesse artigo, levar adiante as discussões entre essas várias teorias; tentarei, pois, adotar uma terminologia neutra.[2] Já que todas essas teorias concordam que deve haver algum dispositivo lingüístico a ser usado pelo falante para se referir a um objeto, podemos dizer que, sempre que o falante se referir a algo, ele deve dispor de alguma representação lingüística do objeto – um nome próprio, uma descrição definida, etc. – e essa representação representará o objeto referido sob um ou outro *aspecto*. Uma emissão de "o assassino de Smith" representa um objeto sob o aspecto de ser o assassino de Smith, "Jones" representa um objeto sob o aspecto de ser Jones, "aquele homem lá" representa um objeto sob o aspecto de ser aquele homem lá, etc. Penso que alguns desses "aspectos", como aqueles cuja expressão envolve nomes próprios, são passíveis de uma análise mais fina; mas, como estou tratando de encontrar uma terminologia neutra, e não tentando defender uma teoria específica da referência ou dos nomes próprios, podemos, para os propósitos atuais, ignorar essa questão. Podemos simplesmente dizer que toda referência se faz sob um aspecto, que essa é uma conseqüência do ponto em que todas as teorias concordam, a saber, de que a referência sempre envolve uma representação lingüística do objeto referido; para os propósitos atuais, isso permitirá admitir não apenas aspectos como ser o assassino de Smith ou ser aquele homem lá, mas até mesmo ser Jones ou ser chamado de "Jones". Podemos também admitir que, em casos de ignorância lingüística, o aspecto que o falante visa pode não ser expresso precisamente pela expressão que ele emite; por exemplo, ele pode erroneamente supor que o nome de Smith se pronuncie "Schmidt" e, assim, ao emitir a expressão "o assassino de Schmidt", ele realmente faz uma referência sob o aspecto "o assassino de Smith", já que esse é o aspecto que visa através de sua representação lingüística, ainda que não saiba qual seja a maneira correta de expressar esse aspecto. Tais casos devem ser distinguidos dos casos genuínos de erro de identificação, em que há de fato uma confusão de aspectos.

Há uma distinção, bem conhecida em filosofia da linguagem, entre o que uma sentença ou uma expressão significa e o que um falante quer significar quando emite essa sentença ou expressão. O interesse da distinção deriva não do fato relativamente trivial de que o falante pode ignorar o significado da sentença ou expressão, mas do fato de que, mesmo quando o falante tem competência lingüística perfeita, o significado literal da sentença ou da expressão pode não coincidir com o significado da emissão do falante. Alguns dos exemplos-padrões dessa divergência são as metáforas, em que o falante diz uma coisa mas quer dizer outra; a ironia, em que o falante diz uma coisa mas quer dizer o oposto do que diz; e os atos de fala indiretos, em que o falante diz uma coisa, quer dizer o que diz, mas também quer dizer algo mais. Em minha explicação dos atos de fala indiretos (Searle, 1975b, capítulo 2 deste volume), distingo entre o ato ilocucionário primário do falante, que não é expresso literalmente em sua emissão, e seu ato ilocucionário secundário, que é expresso literalmente. O ato ilocucionário primário é realizado indiretamente, através da realização do ato ilocucionário secundário. Posso, por exemplo, pedir a uma pessoa que saia de cima do meu pé dizendo "Você está pisando no meu pé". Nesses casos, faço literalmente um enunciado concernente ao fato de que a pessoa está pisando no meu pé, mas não faço apenas isso. Minhas intenções ilocucionárias incluem o significado da sentença que emito, mas vão além dele, pois quero significar não só: você está pisando no meu pé, mas também: por favor, saia de cima do meu pé. Em tais casos, realizam-se dois atos de fala numa só emissão, pois o ato ilocucionário primário de pedir à pessoa que pare de pisar no meu pé é realizado indiretamente através da realização do ato ilocucionário secundário de enunciar que ela está pisando no meu pé. Ora, exatamente como se realiza o ato primário através da realização do secundário é algo bastante complicado, mas esse exemplo já basta para tornar óbvio que essas coisas freqüentemente ocorrem.

O que ocorre nos casos que Donnellan chama de referenciais é simplesmente o seguinte. Às vezes, quando alguém se refere a um objeto, esse alguém está de posse de todo um rol de aspectos sob os quais, ou em virtude dos quais, poderia ter-se referido ao objeto; escolhe, porém, referir-se ao objeto sob um aspecto. Normalmente, o aspecto selecionado será tal que o falante supõe que habilitará o ouvinte a selecionar o mesmo objeto. Em tais casos, como nos casos de atos de fala indiretos, quer-se dizer o que se diz, mas também algo mais. Nesses casos, qualquer aspecto serve, contanto que habilite o ouvinte a selecionar o objeto. (Pode ser inclusive algo que tanto o falante como o ouvinte acreditem ser falso do objeto, como no caso apresentado por Donnellan, em que falante e ouvinte se referem a um homem como "o Rei", mesmo acreditando que ele seja um usurpador.) Assim, alguém diz "o assassino de Smith", mas quer dizer também aquele homem lá, Jones, o acusado do crime, a pessoa que está agora sendo interrogada pelo promotor público, a que está se comportando tão estranhamente, e assim por diante. Nesses casos, se o aspecto que se seleciona para se fazer referência ao objeto não funcionar, pode-se recorrer a algum outro. *Mas note-se que, em todo uso "referencial", embora a expressão efetivamente usada possa ser falsa do objeto referido e, assim, o objeto possa não satisfazer o aspecto sob o qual é referido, deve sempre haver um outro aspecto sob o qual o falante poderia ter-se referido ao objeto e que seja satisfeito pelo objeto. Além disso, esse aspecto é tal que, se nada o satisfaz, o enunciado não pode ser verdadeiro.* Por exemplo, considere-se o uso referencial da descrição definida em "O assassino de Smith é insano", dita de um homem para o qual ambos, falante e ouvinte, estão olhando agora. Eles poderiam concordar que o falante fez um enunciado verdadeiro sobre *aquele homem*, aquele para o qual estão olhando, ainda que nem ele nem ninguém mais satisfaça a descrição definida "o assassino de Smith". Suponhamos, então, que o falante recorra ao aspecto expresso por "o homem para o qual ambos estamos olhando". "Sim", diz ele, "quando eu disse 'o assassino de Smith', eu me referia ao homem para o qual ambos estávamos olhando. Aquele é o homem que eu quis significar, tenha ele assassinado Smith ou não." Mas suponhamos agora que eles não estejam olhando para ninguém, que toda a experiência tenha sido uma alucinação. Podemos ainda alegar que o que o falante disse era verdadeiro? Bem, podemos, desde que o falante possa novamente recorrer a um outro aspecto. Ele poderia dizer: "Embora ninguém tenha assassinado Smith e nós não estivéssemos olhando para ninguém, o homem que eu realmente tinha em mente é o acusado pelo promotor público de ter assassinado Smith. Eu dizia, desse homem, que é insano." Mas suponhamos que ninguém satisfaça o aspecto expresso por "ser a pessoa acusada pelo promotor público de ter assassinado Smith". Podemos repetir o mesmo procedimento e chegar a um outro aspecto, mas finalmente atingiremos o fim da linha. Isto é, finalmente chegaremos a um aspecto tal que, se ninguém o satisfizer, o enunciado não poderá ser verdadeiro nem falso; se uma pessoa o satisfizer, o enunciado será verdadeiro ou falso, conforme essa pessoa seja ou não insana. E, na verdade, parece-me que esse ponto pode ser generalizado para todos os exemplos de usos "referenciais" de descrições definidas que Donnellan oferece: desde que as intenções do falante estejam suficientemente claras para que possamos dizer que ele realmente sabia o que queria significar, então, ainda que o aspecto expresso pela expressão que ele emite possa não ser satisfeito pelo objeto que ele "tinha em mente", ou possa não ser satisfeito por nada, ainda assim deve haver algum aspecto (ou conjunto de aspectos) tal que, se nada o (os) satisfaz, o enunciado não pode ser verdadeiro e, se alguma coisa o satisfaz, o enunciado será verdadeiro ou falso, na medida em que a coisa que o satisfaz tiver ou não a propriedade a ela atribuída. Buscando uma analogia com a minha explicação dos atos de fala indiretos, proponho chamá-lo de aspecto *primário* sob o qual se faz a referência, e contrastá-lo com o aspecto *secundário*. Se nada satisfaz o aspecto primário, o falante não tinha nada em mente, ele apenas pensou que tivesse; conseqüentemente, seu enunciado não pode ser verdadeiro. O aspecto secundário é qualquer aspecto que o falante expresse numa descrição definida (ou outra expressão) e seja tal que o falante o emita como uma tentativa de garantir a referência ao objeto que satisfaça seu aspecto primário, mas que o falante não pretenda que faça parte das condições de verdade do enunciado que tenta fazer. Dessa explicação, segue-se que a cada aspecto secundário deve corresponder um aspecto primário, e isso vale para todos os exemplos de Donnellan: todo uso "referencial" é uma emissão de uma descrição definida que expressa um aspecto secundário e todo uso "referencial" tem um aspecto primário subjacente. Considere-se o seguinte exemplo de Donnellan. Digo: "Aquele homem lá, com champanhe no copo, está feliz." Mas suponhamos que no copo do homem houvesse apenas água; o que eu disse pode, ainda assim, ser verdadeiro *daquele homem lá*, muito embora a descrição definida que usei para identificá-lo não seja verdadeira dele. O aspecto primário é expresso por "aquele homem lá", o aspecto secundário é expresso por "aquele homem lá, com champanhe no copo". O aspecto secundário não está entre as condições de verdade (exceto na medida em que inclui o aspecto primário), o aspecto primário está entre as condições de verdade: se nada satisfaz o aspecto de ser aquele homem lá, o enunciado não pode ser verdadeiro. Todos os casos referenciais de Donnellan são simplesmente casos em que o falante usa uma descrição definida que expressa um aspecto secundário sob o qual a referência se faz. No entanto, o fato de que uma descrição definida pode ser emitida para expressar ou um aspecto secundário ou um primário não mostra que há uma ambigüidade nas descrições definidas, ou que há dois usos diferentes das descrições definidas, não mais do que o fato de que se pode emitir a sentença "Você está pisando no meu pé" tanto num ato ilocucionário secundário, para pedir a alguém que saia de cima do meu pé, quanto num ato primário, apenas para enunciar que ele está pisando no meu pé, mostra que a sentença é ambígua ou que tem dois usos distintos.

Exatamente como, nos casos de atos de fala indiretos, realiza-se o ato ilocucionário primário por meio da realização do ato ilocucionário secundário literal, nos casos de uso referencial de descrições definidas, o ato de referir-se a um objeto como sendo o que satisfaz o aspecto primário realiza-se por meio da realização de um ato de referência que expressa um aspecto secundário. Em ambos os casos, as intenções da comunicação serão bem-sucedidas se o ouvinte captar a intenção primária com base na audição da expressão que expressa a intenção secundária. Em ambos os casos, o intento primário pode ser bem-sucedido mesmo em certos casos em que o ato de fala secundário seja defectivo em vários aspectos. Posso ser bem-sucedido em pedir-lhe que saia de cima do meu pé dizendo "Você está pisando no meu pé", embora você esteja não pisando, mas sim sentado, no meu pé, e posso ser bem-sucedido em referir-me ao homem para o qual nós dois estamos olhando dizendo "o assassino de Smith", embora nem ele, nem qualquer outra pessoa, tenha assassinado Smith.

A exigência de que todo enunciado referencial tenha um aspecto primário é simplesmente a exigência de que todo enunciado desse tipo tenha um conteúdo especificável. Se o que se supõe é que emitir "O assassino de Smith é insano" seja fazer um enunciado verdadeiro mesmo que a pessoa referida não seja o assassino de Smith, então o conteúdo do enunciado deve ser diferente do significado da sentença. O conteúdo do enunciado não pode ser expresso por "O assassino de Smith é insano", pois o enunciado pode ser verdadeiro ainda que não exista "o assassino de Smith". Qual seria, então, o conteúdo do enunciado? A resposta a essa questão especificará o aspecto primário. A especificação do enunciado que está sendo feito – enquanto oposta à especificação da sentença emitida – terá que especificar qual é o aspecto sob o qual se faz a referência e que de fato importa para as condições de verdade do enunciado. Essa é uma conseqüência imediata da exigência de que, se o enunciado é verdadeiro, deve ser possível especificar qual é exatamente esse enunciado verdadeiro. E que dois atos de referência distintos são realizados nesses casos, um primário e um secundário, mostra-o o fato de que meu ouvinte, por me ouvir dizer, no chamado caso referencial, "O assassino de Smith é insano", pode responder à minha emissão dizendo "Você está certo ao dizer que o homem para o qual estamos olhando é insano, mas você está errado ao pensar que ele é o assassino de Smith". Nessa resposta, o ouvinte aceita o enunciado que faço sob o aspecto primário, mas rejeita a atribuição do aspecto secundário (expresso por "o assassino de Smith") ao objeto referido sob o aspecto primário (expresso por "o homem para o qual estamos olhando").

Essa distinção entre aspectos primário e secundário aplica-se também a nomes próprios. Suponhamos que eu diga "Em *Hamlet*, Shakespeare desenvolve a personagem de Hamlet bem mais convincentemente que a de Ofélia". Ora, suponhamos que Shakespeare não tivesse escrito *Hamlet*, suponhamos que, de todas as peças atribuídas a ele, apenas essa tivesse sido escrita por outra pessoa. Meu enunciado é falso? Não necessariamente, pois, por "Shakespeare", posso simplesmente ter querido significar o autor de *Hamlet*. "Shakespeare" pode ter expressado um aspecto secundário, o aspecto primário pode ter sido "autor de *Hamlet*", e o que eu quis dizer – e, portanto, o enunciado que fiz - foi "o autor de *Hamlet* desenvolve a personagem de Hamlet mais convincentemente que a de Ofélia"; esse enunciado, como os exemplos de usos referenciais de descrições definidas de Donnellan, pode ser verdadeiro ainda que não tenha sido exatamente expresso pela sentença que emiti, e o enunciado feito com o uso tão-somente do aspecto expresso pela sentença que emiti seria falso.

O que acontece nos chamados usos atributivos de descrições definidas é simplesmente o seguinte: a expressão emitida expressa o aspecto primário sob o qual a referência se faz. Assim, o enunciado feito não pode ser verdadeiro se nada satisfaz esse aspecto e, se um objeto satisfaz esse aspecto, o enunciado será verdadeiro ou falso, dependendo de o objeto ter ou não a propriedade a ele atribuída. Nos casos atributivos, para resumir, o significado do falante e o significado da sentença coincidem. E, nos exemplos de Donnellan, a expressão emitida deve expressar um aspecto primário, por uma entre duas razões. Ou é o único aspecto de que o falante dispõe (o exemplo "atributivo" no caso do assassinato de Smith) e, conseqüentemente, o único aspecto sob o qual o falante pode assegurar a referência, ou, nos casos em que o falante dispõe de vários aspectos sob os quais poderia assegurar a referência (por exemplo, o caso do vencedor da corrida), apenas um deles aparece crucialmente entre as condições de satisfação do ato de fala que ele realiza, e é esse que ele emite. Consideremos cada um desses casos.

Quando encontramos o corpo mutilado de Smith, mas não conhecemos a identidade do assassino, não temos nenhum aspecto (ou temos muito poucos) sob o qual possamos nos referir à pessoa à qual desejamos atribuir insanidade, exceto "o assassino". Deixando de lado os casos de "erro por pouco", não há maneira plausível de distinguir-se o significado de nossa emissão e o significado da sentença, pois nenhum outro aspecto poderia funcionar como aspecto primário. Para deixar isso claro, considere-se uma variação do exemplo de Donnellan. Suponhamos que, imediatamente antes de tropeçar no corpo de Smith, eu, mas não você, veja um homem fugindo do local. Você diz, ao ver o corpo: "O assassino de Smith é insano." Eu digo: "Sim, ele certamente é insano"; ou mesmo: "Sim, o assassino de Smith certamente é insano." Ora, ao contrário de Donnellan, pretendo mostrar que tanto o seu "assassino de Smith" como o meu "ele" e o meu "o assassino de Smith" são usados para se fazer referência. Além disso, são usados para se fazer referência sob um mesmo aspecto. Sua expressão expressa, todavia, um aspecto primário, e a minha pode ou não expressar um aspecto primário; o que quis significar pode também ter sido "o homem que acabei de ver fugindo" e posso ter pretendido atribuir-lhe insanidade, mesmo que resulte que ele não seja o responsável pela morte de Smith. Disponho de dois aspectos e qualquer um deles poderia ser primário. Você dispõe de apenas um e, já que todos os enunciados referenciais têm um aspecto primário, ele deve ser o aspecto primário de seu enunciado.

No caso da aposta sobre o resultado da corrida de carros, o falante tem toda uma série de aspectos, mas somente um pode ser primário, porque apenas um é relevante para as condições de satisfação da aposta. Seria possível fazer a mesma aposta usando-se um aspecto secundário para se fazer referência ao vencedor, desde que o falante e o ouvinte soubessem que o único interesse da referência consistia em ter sido ele o vencedor e que a aposta estava sendo feita sob esse aspecto. Assim, se você e eu estivermos olhando para o homem que supomos que tenha ganhado a corrida, posso fazer a mesma aposta dizendo: "Aposto que aquele sujeito estava dirigindo um carro turbo." Nesse caso, "aquele sujeito" expressa um aspecto secundário e "o vencedor das 500 milhas de Indianápolis" expressa o aspecto primário. O caso passa pelos testes de referencialidade de Donnellan, já que a pessoa que eu realmente "tinha em mente" era o vencedor da corrida, não importando se ele é "aquele cara" ou não.

Podemos agora resumir as diferenças entre minha explicação e a de Donnellan. Segundo sua explicação, há dois usos distintos das descrições definidas, e apenas um deles é um uso para se fazer referência. As descrições definidas comportam, pois, uma ambigüidade, embora Donnellan admita que possa ser uma ambigüidade "pragmática", e não uma ambigüidade semântica[3]. Segundo minha explicação, não há tal ambigüidade. Julgo que todos os casos de Donnellan são casos em que a descrição definida é usada para se fazer referência. A única diferença é que, nos chamados casos referenciais, a referência se faz sob um aspecto secundário e, nos chamados casos atributivos, ela se faz sob um aspecto primário. Desde que todo enunciado que contém uma referência deve ter um aspecto primário, no uso "referencial" o falante pode ter-se referido a alguma coisa que satisfaça o aspecto primário, ainda que a expressão emitida, que expressa um aspecto secundário, não seja verdadeira daquele objeto e possa não ser verdadeira de nada. Se a emissão de uma sentença através da qual se faz um enunciado contém uma descrição definida usada como um aspecto primário ou como um aspecto secundário, isso depende das intenções do falante; ou seja, é uma questão relativa ao enunciado que ele está fazendo, e não apenas à sentença que emite.

Bem, e quanto à tese mais forte de Donnellan, a de que no uso atributivo absolutamente não há referência? A base intuitiva dessa tese é que, em casos como aquele em que eu teria dito, em 1960, "O candidato republicano em 1964 será um conservador", eu não poderia ter-me referido a Goldwater, pois não tinha idéia de quem seria o candidato republicano. Não havia, para usar a metáfora de Donnellan, nenhum alvo particular que eu visasse e, portanto, não estava fazendo referência a ninguém. Por outro lado, quero sustentar que eu estava efetivamente fazendo uma referência, eu estava fazendo referência ao candidato republicano em 1964. Ora, já que eu não sabia qual das várias pessoas possíveis seria o candidato republicano, eu não sabia a qual deles eu me referia. O aspecto primário de minha referência era expresso por "o candidato republicano em 1964" e eu não dispunha de nenhum outro aspecto sob o qual pudesse fazer referência. No entanto, esses fatos não provam que minha emissão não era referencial. Para percebê-lo, imaginemos que eu diga agora: "Sim, eu estava certo quando, em 1960, previ que o candidato republicano em 1964 seria um conservador, pois o candidato republicano em 1964 foi realmente um conservador." Parece-me que minhas primeiras emissões de "o candidato republicano em 1964" não foram nem mais nem menos referenciais que as últimas. Em ambos os casos, referia-me à pessoa que é, de fato, Goldwater, embora eu não tivesse, em 1960, meios de sabê-lo. O principal obstáculo para que isso seja reconhecido é o fato de que, como Donnellan assinala, quando uma pessoa usa uma expressão da forma "o Ø" para fazer referência, mesmo supondo-se que O seja idêntico a e, nem sempre podemos, de maneira plausível, relatar seu ato de fala dizendo que ele se referiu a e. Mesmo que saibamos que Goldwater foi o candidato presidencial republicano em 1964, nem sempre podemos relatar uma emissão, por essa pessoa, de uma sentença que contenha "o candidato presidencial republicano de 1964" dizendo: "Ele referiu-se a Goldwater." Nos chamados casos referenciais, por outro lado, parece que tais relatos são freqüentemente justificáveis. Se aquela pessoa emitiu uma sentença que continha "o assassino de Smith" e sabemos que o homem que ela tinha em mente era Jones, podemos relatar seu ato de fala por meio de "Ele referiu-se a Jones", e podemos fazê-lo não só no caso de ser o assassino de Smith idêntico a Jones, mas inclusive no caso de não ser Jones o assassino de Smith.

Acredito que esses fatos tenham uma explicação bastante simples em termos da análise oferecida anteriormente, em conjunção com o fato de que sentenças da forma "*F* referiu-se a *x*", e as da forma "*F* disse que *x* é *P*", são contextos intensionais. A substituição de expressões normalmente usadas para se fazer referência ao mesmo objeto não é, em geral, uma forma válida de inferência em contextos intensionais. A razão pela qual nos inclinamos a pensar que há uma diferença entre os chamados casos atributivos e os referenciais é que, nos casos referenciais, sabemos que o falante tem à mão vários aspectos sob os quais poderia ter-se referido ao referente e estamos, nesses casos, mais dispostos a relatar seu ato de fala sob um dos outros aspectos do que nos casos "atributivos". Se ele diz "O assassino de Smith é insano" e sabemos que ele sabe ou acredita que o assassino de Smith é Jones, então estamos mais dispostos a relatar seu ato de fala por meio de "Ele disse que Jones era insano" do que estaríamos se ele não soubesse, ao fazer seu enunciado, quem era o assassino de Smith. Na verdade, se conhecemos o aspecto primário sob o qual se fez a referência, será correto, de modo geral, relatar seu enunciado sob esse aspecto (não importando a expressão que ele realmente usou, e não importando se a expressão que ele realmente usou é verdadeira do objeto que satisfaz seu aspecto primário), já que esse será um relato do conteúdo referencial do enunciado que ele fez. De fato, os relatos das chamadas ocorrências referenciais, tanto quanto os das chamadas atributivas, têm uma leitura intensional e uma extensional. Se Jones é o assassino, e seus amigos ouvem o delegado "atributivamente" dizer "O assassino de Smith é insano", podem relatá-lo a Jones assim: "O delegado diz que você é insano." Analogamente, há substituições de aspectos nos chamados casos referenciais que seriam injustificáveis. Suponhamos que alguém, em 1910, diga à mãe de Goldwater, falando sobre o então garoto Goldwater: "Sra. Goldwater, o seu filho mais novo quer mais leite." Ora, é fácil imaginar que esse pudesse ser um uso "referencial". Poderia revelar-se que o pequeno Goldwater não fosse o filho mais novo, e ainda assim o falante saberia sobre quem estava falando. Do mesmo modo, soaria muito estranho dizer que o falante se referia ao candidato presidencial republicano de 1964, ou relatar seu ato de fala dizendo que ele disse que o candidato presidencial republicano de 1964 queria mais leite. No entanto, todos esses fatos estão relacionados com características bem conhecidas dos contextos intensionais, derivadas do fato de que, quando relatamos uma referência feita por alguém, freqüentemente comprometemo-nos, em diferentes graus, a relatar os aspectos sob os quais se fez a referência. Eles não mostram que, nos chamados casos atributivos, o falante não está fazendo referência. Já que toda referência se faz sob algum aspecto, o que realmente mostram é que pode ser enganoso, ou mesmo completamente falso, relatar uma referência a um objeto sob um aspecto que o falante de fato não usou, e não poderia ter usado, pois não tinha como saber que o objeto que satisfaz os aspectos sob os quais ele efetivamente fez a referência satisfaz também o outro aspecto.

## III. Alguns problemas residuais

### 1. Quem quer que e o que quer que

E o teste "quem quer que"? O fato de os usos atributivos normalmente admitirem orações do tipo "quem quer que" e "o que quer que" não prova que a distinção envolve mais que a distinção entre aspectos primário e secundário? Penso que não. Para começar, casos que são claramente "referenciais" (*i.e.*, sob aspectos secundários) podem também admitir essas orações, como, por exemplo, "Aquele homem lá, de chapéu engraçado, quem quer que seja, está tentando arrombar nosso carro!" Ora, o caso é nitidamente "referencial", pois poderia não se tratar de um homem com um chapéu engraçado, mas, por exemplo, de uma mulher com um penteado estranho. A aplicabilidade desses pronomes interrogativos, como a idéia de saber quem (ou o que) é alguém (ou alguma coisa), será sempre relativa a um conjunto de interesses no contexto da emissão. Por exemplo, relativamente a um conjunto de interesses, eu sei quem é Heidegger, relativamente a outro conjunto, não sei. Se você me perguntar "Quem é Klaus Heidegger?", posso dizer, por exemplo, "Ele é o especialista austríaco em *slalom* que obteve o segundo lugar, atrás de Stenmark, na Copa do Mundo de 1977"; mas, relativamente a outros conjuntos de interesses, não tenho a menor idéia de quem ele é. Eu não seria capaz de reconhecê-lo numa sessão de identificação policial ou relatar qualquer fato importante de sua vida, por exemplo. E de fato, quando Heidegger entrou repentinamente em cena, em 1977, teria sido apropriado dizer, por exemplo, "Esse sujeito, Heidegger, quem quer que seja ele, ganhou mais uma corrida". Nesse caso, como nos anteriores, o uso de "quem quer que" ("o que quer que") indica ignorância de, dúvidas sobre ou desconsideração de aspectos diferentes do que é expresso na sentença. Tais usos tendem a ser mais freqüentes no caso em que os aspectos são primários (como, p. ex., no uso "atributivo", i.e., primário, de "o assassino de Smith"); ou, quando efetivamente conhecemos outros aspectos, podemos deixar claro que estão sendo desconsiderados para os efeitos da emissão, que não são parte de seu conteúdo (como, p. ex., em "Aposto que o vencedor da corrida, quem quer que tenha sido, usou um carro turbo").

*2.* Os "erros por pouco" atributivos

Estamos agora em condições de ver o que acontece nos casos de erro por pouco discutidos por Donnellan. Não é muito realista falar, como venho falando, como se nossas crenças sobre o mundo, e os aspectos sob os quais nos referimos aos objetos, se distribuíssem em pacotinhos, que pudéssemos rotular como aspecto primário e aspecto secundário. De fato, nossas crenças distribuem-se em redes emaranhadas e inteiriças; em qualquer situação na qual provavelmente seríamos capazes, com base na observação, de usar uma expressão como "o assassino de Smith" para fazer referência, também seria provável que dispuséssemos de todo um rol de outros aspectos. Assim, "o agressor de Smith", "a pessoa que deixou essa arma no local do crime", "a pessoa responsável por essas pegadas no local do crime" – e assim por diante – seriam possíveis candidatos a expressar outros aspectos sob os quais a referência poderia ter sido feita, já que é improvável que pudéssemos dispor de qualquer indício observacional da existência de alguém a quem pudéssemos fazer referência como "o assassino de Smith" se não dispuséssemos da espécie de evidência que nos habilitaria a fazer referência sob alguns desses outros aspectos. Mesmo nos casos "atributivos", o mais provável é dispormos de um rol de aspectos sob os quais a referência poderia ser feita; se algum deles nos falha, podemos recorrer aos outros, exatamente como fazemos nos casos "referenciais"; pois o que realmente tínhamos em mente era, por exemplo, "a pessoa responsável pelo que observamos". Não há, portanto, nenhuma linha divisória nítida entre referir-se sob um aspecto primário e sob um secundário. Se tudo caminha bem, o problema normalmente não aparece. Só no caso de uma pane, se, por exemplo, fica claro que Smith de fato não foi assassinado, mas apenas assaltado, seríamos forçados a especificar exatamente o que queríamos significar, qual era nosso aspecto primário.

*3*. A referência do falante e a referência semântica

Kripke (1977) aborda a distinção de Donnellan com um aparato um pouco semelhante ao meu, mas parece-me que sua explicação, num certo momento, se mete num atoleiro; pode ser instrutivo mostrar exatamente como isso acontece. Ele diz que a distinção é a que existe entre *a referência do falante* e *a referência semântica*. No caso atributivo, a referência do falante e a referência semântica coincidem, pois a intenção do falante é tão-somente referir-se à referência semântica e, no caso referencial, a referência do falante e a referência semântica podem coincidir, se, como o falante acredita, ambas determinam o mesmo objeto, mas elas não precisam coincidir; se o falante se engana, a referência semântica pode ser diferente da referência do falante (p. 264). Assim formulada, a explicação de Kripke não poderia ser inteiramente correta, pois, no uso "referencial", o falante não precisa sequer acreditar que o objeto referido satisfaz a descrição usada, como o exemplo de Donnellan ilustra, o da referência a um usurpador como "O Rei". Entretanto, a distinção entre a referência do falante e a referência semântica assemelha-se à distinção familiar, de que faço uso, entre o significado do falante e o significado da sentença, embora Kripke adote uma maneira incomum de formulá-la, já que a referência, diferentemente da significação, é um ato de fala. No sentido em que falantes se referem, expressões não se referem, tanto quanto não fazem promessas e não dão ordens. Não obstante, poder-se-ia facilmente atenuar essa dificuldade analisando-se a "referência semântica" em termos de aspectos determinados pelo sentido literal. De início, Kripke procede como se o caminho fosse esse (p. 263), mas passa em seguida a tentar analisar tanto a referência do falante como a referência semântica em termos de diferentes tipos de intenções: "Num idioleto dado, a referência semântica de um designador (sem indexicais) é determinada por uma intenção *geral* do falante de referir-se a um certo objeto, sempre que o designador seja usado. A referência do falante é determinada por uma intenção *específica*, numa dada ocasião, de referir-se a um certo objeto" (p. 264, itálicos no texto). É aqui que a explicação atola. No sentido em que realmente tenho intenções gerais e específicas (p. ex., tenho uma intenção específica de ir de carro a Berkeley amanhã e uma intenção geral de usar a pista da direita da estrada, *ceteris paribus*, sempre que eu dirija um carro nos Estados Unidos), não tenho intenções gerais dessa espécie a respeito de descrições definidas. Se o uso de descrições definidas exigisse tais intenções gerais, eu teria que ter um número infinito delas, já que é infinito o número de descrições definidas de minha língua que sou capaz de usar e compreender. Considere-se a descrição definida (sem indexicais) "o homem que está comendo um sanduíche de presunto no topo do Empire State Building às 10 da manhã do dia 17 de junho de 1953". Kripke diz que, em meu idioleto, o referente semântico desse designador é determinado por minha intenção geral de referir-me a um certo objeto sempre que o designador for usado. Posso apenas dizer que nunca tive e não tenho uma tal intenção geral, e aposto que você também não. Sei o que a expressão significa, e por isso sei sob que condições seria correto usar essa expressão com uma intenção específica de realizar, com ela, o ato de fala de referência. Isto é, sei quais condições um objeto teria que satisfazer para que eu pudesse referir-me a ele como sendo um objeto que satisfaz os aspectos expressos nas descrições definidas. No entanto, além de conhecer o significado e ter intenções específicas em ocasiões específicas, não tenho nenhuma intenção geral do tipo descrito por Kripke. E mesmo supondo-se que eu tivesse, nesse caso, uma intenção geral, isso não adiantaria nada, pois literalmente ainda existiria uma infinidade de outros casos com respeito aos quais não tenho nenhuma dessas intenções gerais. Suponha-se que eu tenha decidido usar essa expressão apenas para referir-me a Jones. Então, em meu idioleto, eu teria de fato uma intenção geral que poderia expressar dizendo: "Tenho uma intenção geral de referir-me a Jones sempre que usar a expressão 'o homem que está comendo um sanduíche de presunto no topo do Empire State Building às 10 da manhã do dia 17 de junho de 1953'", mas resta ainda um número infinito de outras descrições definidas com respeito às quais não tenho nenhuma dessas intenções gerais. Além disso, não preciso de tais intenções gerais para usar descrições definidas. Conheço os significados dos elementos da linguagem e as regras de sua combinação em expressões maiores. Esse conhecimento habilita-me a imaginar que aspectos são expressos por qualquer nova descrição definida que eu ouça ou formule, e uso, então, esse conhecimento quando emito descrições definidas específicas, com intenções específicas, para referir-me a objetos específicos, em ocasiões específicas. Que outras tarefas as intenções gerais deveriam cumprir? Talvez por tentar explicar a pretensa distinção de Donnellan em termos do que acredito ser uma teoria incorreta das "intenções gerais", Kripke não perceba que a distinção real é a que existe entre aspectos primários e secundários sob os quais se faz a referência.

## 4. *De re* e *de dicto*

Muitos filósofos acreditam que a distinção referencial–atributivo esteja, de alguma maneira, intimamente relacionada com a distinção *de re-de dicto*, e talvez seja até mesmo idêntica a ela. Penso que ambas são, em grande parte, falsas distinções. É instrutivo, porém, perceber por que se tem acreditado que elas existem (*i.e.*, perceber que distinções reais produzem a crença em sua existência), e perceber por que se julgou que as duas pretensas distinções estão relacionadas ou são a mesma distinção. Espero ter deixado claras minhas dúvidas sobre as noções de referencial e atributivo. Minha discussão sobre a distinção *de dicto-de re* será bem mais breve; não tentarei formular toda uma argumentação, e minhas observações serão aplicáveis à distinção apenas na medida em que esta supostamente se aplique a estados intencionais, como crença e desejo, e a atos de fala, e a estes apenas na medida em que contenham referências a particulares. Em resumo, não estarei preocupado com a distinção *de re-de dicto* tal como ela se aplica a contextos modais ou diz respeito a referências a entidades abstratas, como números.

Acredito que a teoria de que há uma distinção entre crenças (por exemplo) *de re* e *de dicto* surge de uma confusão entre características de relatos de crenças e características das crenças relatadas. Se sei que Ralph acredita que o homem que ele viu com um chapéu marrom é um espião, e também sei que o homem com um chapéu marrom é B. J. Ortcutt, posso relatar sua crença dizendo tanto "Sobre Ortcutt, Ralph acredita que ele seja um espião" como "Ralph acredita que o homem que ele viu com um chapéu marrom seja um espião"[4]. O primeiro desses relatos compromete-me, compromete quem relata, com a existência de um objeto que satisfaz o conteúdo referencial da crença de Ralph, o segundo não; e poderíamos chamá-los de *relatos de re* e *relatos de dicto*, respectivamente. Mas não é simplesmente pelo fato de haver dois modos diferentes de *relatar* uma crença que há dois tipos diferentes de crenças relatadas. A crença de Ralph é a mesma nos dois casos. A diferença diz respeito tão-somente ao grau em que eu, que faço o relato, me disponho a comprometer-me com a satisfação das condições de verdade da crença de Ralph. A distinção *de re-de dicto* é, em suma, uma distinção entre modos de relatar crenças, e não entre diferentes tipos de crenças.

A maneira mais simples de percebê-lo é perceber que a distinção que eu, o relator, faço ao relatar as crenças de Ralph não é uma distinção que ele possa fazer quando expressa suas crenças. Suponha-se que ele diga "Sobre o homem que vi com um chapéu marrom, acredito que ele seja um espião", ou que diga "Acredito que o homem que vi com um chapéu marrom seja um espião." De seu ponto de vista, não há como ele possa distinguir essas duas alternativas. Embora "o homem com um chapéu marrom" esteja, na sintaxe superficial, fora do escopo de "acredito" num dos casos e não no outro, cada uma das duas sentenças, em sua totalidade, expressa efetivamente o mesmo conteúdo da crença de Ralph. Isso fica ainda mais óbvio no caso dos enunciados. Considerem-se os enunciados feitos por Ralph em emissões de

"O homem que vi com um chapéu marrom é um espião"

e

"Sobre o homem que vi com um chapéu marrom, ele é um espião."

As condições de verdade são exatamente as mesmas nos dois casos. A razão pela qual o relator pode fazer uma distinção que Ralph não pode fazer é que o relator pode decidir quais das crenças *de* Ralph ele simplesmente relatará e com quais ele se comprometerá. Num relato *de dicto*, ele relatará todo o conteúdo da crença e não se comprometerá com a existência de um objeto ao qual a crença ostensivamente diga respeito. No relato *de re*, do tipo mencionado acima, ele relatará apenas um fragmento da crença, expresso por "é um espião", e se comprometerá com a existência de um objeto ao qual a crença ostensivamente diga respeito, embora não necessariamente sob o mesmo aspecto que Ralph. Mas Ralph estará comprometido com tudo sob seus próprios aspectos; e é isso que faz a crença, ou o enunciado, ser sua crença, ou seu enunciado.

Muito esforço tem sido dispendido com a seguinte questão: quando um relato de um ato de fala ou de um estado mental acarreta a existência de um objeto ao qual o estado ou o ato diz respeito, quando a "exportação" é uma forma válida de inferência? A resposta é: se estamos apenas relatando o conteúdo da crença ou do ato, aquilo em que a pessoa acredita ou aquilo que diz, nunca. Como isso é possível? A partir do fato de que uma pessoa tem uma certa crença ou fez um certo enunciado, nada se segue a respeito da satisfação das condições de verdade de sua crença ou de seu enunciado. Poder-se-ia perguntar: "Quando o relato da crença de uma pessoa acarreta que a crença é verdadeira?" Em ambos os casos, pode-se responder apenas: relatar que uma pessoa tem uma crença com um certo conteúdo é uma coisa, relatar o quanto há de verdade nessa crença é outra coisa. Relatos do primeiro tipo nunca acarretam relatos do segundo tipo.

Além da distinção entre relatos *de dicto* e relatos *de re*, há uma distinção genuína entre crenças gerais e crenças específicas, exemplificada pelas crenças que Ralph expressaria se dissesse: "Há espiões (espiões existem)" e "O homem com um chapéu marrom é um espião." Mas essa é uma outra distinção, independente da que existe entre relatos *de dicto* e *de re* de crenças específicas.

Podemos agora perceber quais são as relações entre a distinção *de re-de dicto* e a distinção referencial–atributivo: da maneira padrão como são descritas na literatura, nenhuma delas existe. Há, entretanto, algumas outras distinções que existem e dão margem à crença ilusória nessas duas distinções; há uma distinção entre referência sob aspectos primários e sob aspectos secundários, e uma distinção entre relatos de crenças e de atos de fala que comprometem o relator com a existência de um objeto referido e aqueles que não comprometem. A conexão entre a referência primária e a secundária e os relatos *de dicto* e *de re* consiste em ser mais provável que se façam relatos *de re* com referências sob aspectos secundários e relatos *de dicto* com referências sob aspectos primários. Por quê? Porque, no relato de uma referência sob um aspecto secundário, sabemos que o aspecto realmente expresso na emissão do falante não era crucial para o enunciado que ele fez e sabemos que ele dispunha de outros aspectos sob os quais poderia ter feito a referência. No relato de um enunciado no qual a referência se faz explicitamente sob o aspecto primário, o relato omitirá algo crucial para o conteúdo do enunciado se não relatarmos o aspecto primário.

Entretanto, como vimos acima, ao examinarmos a condição 4 de Donnellan, trata-se apenas de tendências, e pode também haver relatos *de re* de referências sob aspectos primários e relatos *de dicto* de referências sob aspectos secundários (no velho jargão, isso significaria dizer que crenças atributivas podem ser *de re* e crenças referenciais podem ser *de dicto*, embora apresse-me em repetir que rejeito esse modo de expressão). Assim, se sei que o delegado disse "atributivamente" "O assassino de Smith é insano", e sei que Jones é o assassino de Smith, posso de fato dizer a Jones "Jones, o delegado acredita que você seja insano", ou mesmo relatar "Sobre Jones, o delegado acredita que ele seja insano". Além disso, mesmo quando sei que Jones não é o assassino de Smith e sei que Ralph disse referencialmente "O assassino de Smith é insano", e sei que ele tinha Jones em mente, posso relatar seu ato de fala dizendo "Ralph disse que o assassino de Smith é insano", pois ele de fato disse exatamente isso. Ambos os relatos, embora verdadeiros, são enganosos, pois um ouvinte pode sensatamente entender que implico, por meio do primeiro, que o delegado disse, a respeito de Jones, *sob o aspecto "Jones"*, que ele era insano, e ele não disse isso, disse-o apenas sob o aspecto "o assassino de Smith"; e pode-se entender que o segundo implica que o homem que Ralph tinha em mente era de fato o assassino de Smith, quando não era. Era Jones.

Entre parênteses, note-se que, se o delegado diz, para dar exemplos de tautologias, "O assassino de Smith é o assassino de Smith" e "O menor dos espiões é um espião", mesmo que saibamos que Jones é o assassino de Smith e que Boris é o menor dos espiões, não podemos dizer a Jones "O delegado diz que você é o assassino" e a Boris "O delegado diz que você é um espião." Por que não? Porque, para que o delegado esteja dizendo algo sobre um objeto ao qual se referiu, é necessário que o que ele diz seja diferente do aspecto sob o qual faz a referência; do contrário, o conteúdo do que é dito não será senão o conteúdo que faz o que é dito dizer respeito àquilo de que é dito.

## 5. Russell e Strawson

Toda essa disputa sobre o Referencial e o Atributivo surgiu da controvérsia entre Russell e Strawson sobre a análise das descrições definidas. Donnellan sustenta que ambos negligenciam o uso referencial e que, conseqüentemente, ambas as explicações apresentam sérias deficiências. Se minha análise é correta, essas explicações, e a disputa entre eles, não são afetadas pelos argumentos de Donnellan. As explicações são devidamente constituídas como concernentes a casos em que não há nenhum aspecto secundário, casos em que aquilo que o falante quer dizer coincide com aquilo que diz. O fato de haver casos em que o falante quer significar mais do que diz, casos em que a sentença que ele emite expressa um aspecto secundário sob o qual a referência é feita, mas não expressa o aspecto primário que importa para as condições de verdade do enunciado, é realmente irrelevante para a disputa entre Russell e Strawson, já que, em tais casos, haverá uma sentença (real ou possível) que expressa o enunciado que o falante está fazendo, e essa sentença submeter-se-á tanto à análise de Russell quanto à de Strawson.

CAPÍTULO 7

# OS ATOS DE FALA
E A LINGÜÍSTICA RECENTE

Até bem pouco tempo atrás, parecia possível traçar uma linha divisória, ainda que tênue, entre a lingüística e a filosofia da linguagem: a lingüística lidava com os fatos empíricos das línguas humanas naturais; a filosofia da linguagem, com as verdades conceituais subjacentes a qualquer língua ou sistema de comunicação possível. No quadro dessa distinção, o estudo dos atos de fala parecia situar-se claramente no campo da filosofia da linguagem e, até poucos anos atrás, a maior parte das pesquisas sobre atos de fala foi realizada por filósofos, e não por lingüistas. Ultimamente, porém, tudo isso mudou. No atual período de expansão, os lingüistas vêm incursionando em territórios onde antes somente filósofos atuavam; os trabalhos de filósofos como Austin, Grice e outros foram incorporados às ferramentas do lingüista contemporâneo. O filósofo da linguagem só pode saudar esse curso dos acontecimentos, pois o lingüista traz à cena o conhecimento dos fatos das línguas humanas naturais e as técnicas de análise sintática que, pelo menos no passado, estiveram ausentes dos trabalhos puramente filosóficos sobre a linguagem. A colaboração entre lingüistas e filósofos é especialmente frutífera quando se estuda o que considero ser uma das questões mais interessantes no âmbito do estudo da linguagem: como estrutura e função interagem? Ela envolve questões como, por exemplo: que relação existe entre os vários tipos de atos ilocucionários e as formas sintáticas pelas quais eles se realizam nas várias línguas naturais humanas?

Entretanto, nem todas as contribuições dos lingüistas ao estudo dos atos de fala foram igualmente úteis. Neste capítulo, quero discutir duas abordagens bem conhecidas, que me parecem ambas equivocadas. São a chamada análise por apagamento do performativo, derivada dos trabalhos de John Ross (especialmente do artigo "On Declarative Sentences", Ross, 1970) e a abordagem por postulados conversacionais no estudo dos atos de fala indiretos, cuja exposição mais conhecida está no artigo de David Gordon e George Lakoff intitulada "Conversational Postulates" (1971). Ambas as teorias parecem-me ser explicações equivocadas dos dados concernentes aos atos de fala, e ambas – embora por vias bem diferentes – cometem o mesmo erro de postular uma explicação excessivamente poderosa para dar conta de certos fatos, quando já existe uma teoria dos atos de fala independentemente motivada que dá conta dos mesmos fatos.

Antes de começar, quero dizer que é bem possível que os autores que discutirei já não aceitem mais as teses que propuseram naqueles trabalhos. Entretanto, não estou interessado na biografia desses lingüistas, mas sim em certos padrões de análise que propuseram. Uma rápida vista d'olhos na literatura lingüística é suficiente para mostrar que esses padrões de análise exerceram uma influência considerável, e parece-me importante que sejam refutados, quer seus autores ainda os defendam, quer não.

I

Começo pelo artigo de Ross (1970). A tese do artigo, segundo Ross, "é que sentenças declarativas como (I) [*Prices slumped* (Os preços despencaram)] devem ser analisadas como sendo implicitamente performativas e devem ser derivadas de estruturas profundas que contenham um verbo principal performativo explicitamente representado" (p. 223). Ross apresenta, então, quatorze argumentos sintáticos para mostrar que toda sentença declarativa deve ter um sujeito dominante *I* (eu), um objeto indireto *you* (você, tu) e um verbo performativo, possivelmente abstrato, como o verbo principal da oração dominante. Isso leva à conclusão de que toda sentença declarativa do inglês tem uma estrutura profunda da forma *I say to you that* S (Eu digo a você que *S*). Além disso, é fácil estender o tipo de argumento que ele apresenta para outras espécies de sentenças; a conclusão a que eventualmente se chega (embora o autor não a enuncie no artigo original) é que todas as sentenças do inglês têm um verbo principal performativo na oração dominante da estrutura profunda. Uma conclusão espetacular. Como me parece que os argumentos do artigo original exibem um padrão inferencial comum, considerarei apenas o primeiro deles. Consideremos exemplos como (todos estão no artigo de Ross):

1. *Tom believed that the paper had been written by Ann and him himself*
(Tom acreditou que o artigo tivesse sido escrito por Ann e por ele mesmo)
2. *Tom believed that the paper had been written by Ann and himself* [a]
3. \**Tom believed that the paper had been written by Ann and themselves*
(Tom acreditou que o artigo tivesse sido escrito por Ann e por eles mesmos).

Estes (e muitos outros exemplos) levam-nos naturalmente à formulação da seguinte regra:

4. Se um pronome anafórico precede um reflexivo enfático, o primeiro pode ser apagado, caso seja comandado pelo SN com o qual mantém uma relação anafórica.

---

a. A diferença entre as sentenças inglesas 1 e 2 não tem correspondente em português; tanto *him himself* como simplesmente *himself* traduzem-se por "ele mesmo". (N. do T.)

Ele passa, então, a considerar exemplos como:

5. *This paper was written by Ann and myself*
(Este artigo foi escrito por Ann e por mim mesmo).

Passa também a indicar toda uma seqüência de sentenças do tipo de 1 e do tipo de 5 cujos "espectros de aceitabilidade", diz ele, são exata ou aproximadamente idênticos. Se 4 é, no entanto, realmente uma regra válida, e os exemplos sugerem que é, então, para dar conta de 5, temos de admitir que sua estrutura profunda "conterá uma oração performativa dominante que é obstruída pela regra de apagamento do performativo, depois da aplicação da regra enunciada em 4" (p. 228). Além disso, acrescenta que, esteja ou não correta a análise performativa, todos esses exemplos devem ser explicados pelos mesmos princípios ou regras.

Devo dizer que reputo os argumentos de Ross muito sutis e elegantes. Mas qual é exatamente sua forma lógica? Eles parecem ter a mesma forma lógica que os primeiros argumentos usados para provar a existência de uma estrutura profunda sintática. Por exemplo, consideremos a seqüência:

6. *Hit him* (Bate nele)
7. *\*Hit you*[a]

---

a. A tradução palavra por palavra da sentença inglesa incorreta resulta numa sentença portuguesa correta: "Bate em ti", "Bata em você". O inglês requer, nesses casos, o uso da forma manifestamente reflexiva *yourself*, não sendo admissível o uso da forma geral do pronome *you*. (N. do T.)

8. *Hit yourself* (Bate em ti mesmo)
9. **She hit himself* (Ela bateu nele mesmo)
10. *He hit himself* (Ele bateu nele mesmo)
11. *You hit yourself* (Tu bateste em ti mesmo)
12. **He hit yourself* (Ele bateu em ti mesmo).

Nessas primeiras discussões sobre a estrutura profunda sintática, sustentou-se que, para se dar conta da ocorrência de reflexivos em sentenças imperativas, seria necessário postular a ocorrência de um pronome de segunda pessoa *you* (tu, você) na estrutura profunda de todas as sentenças imperativas; isso para que a mesma regra desse conta da distribuição dos reflexivos nas sentenças declarativas e imperativas. Mas, repetindo, qual é exatamente a forma lógica desses argumentos?

Ela parece ser a seguinte: para qualquer linguagem *L* e quaisquer duas formas *F* e *G*, se *F* e *G* geralmente ocorrem juntas na estrutura superficial da sentença, e se fatos sobre a forma ou a presença de uma são determinados pela natureza da outra, então, para qualquer sentença *S* em cuja estrutura superficial *F* ocorre e *G* não ocorre, há uma estrutura profunda de *S* em que *G* ocorre, sendo, porém, apagada na estrutura superficial.

Ora, enquanto forma argumentativa geral, ela certamente não é válida; ou seja, simplesmente não se segue, do fato de que *F* e *G* geralmente ocorrem juntas e estão relacionadas de certa maneira na estrutura superficial, que, nos casos em que uma está ausente, a outra deve estar presente na estrutura profunda. Suponho que nenhum lingüista jamais acreditou que esta seja uma conseqüência lógica; não obstante, trata-se de um padrão de argumentação extremamente difundido. Por quê? O padrão de inferência, é o que se diz, permite-nos formular uma explicação *mais simples* dos dados. Só é necessária uma regra de distribuição de reflexivos; de outro modo, se não postulássemos a ocorrência de algum elemento na estrutura profunda, necessitaríamos de duas regras. É este apelo a uma noção intuitiva de simplicidade que tornou o padrão de inferência tão atraente, mas creio que a aparência de simplicidade repousa sobre uma suposição ainda não questionada e que gostaria de contestar ao longo deste capítulo.

A suposição é que *as regras que especificam a distribuição de elementos sintáticos devem mencionar somente categorias sintáticas.*

Pode parecer paradoxal acusar de assumir um tal princípio lingüistas conhecidos por negarem a autonomia da sintaxe, mas, a menos que o assumam, é difícil ver como se justificaria a aceitação da análise por apagamento do performativo ou dos argumentos tradicionais (e, creio eu, confusos) que pretendem mostrar que sentenças imperativas têm um sujeito de segunda pessoa apagado.

Antes de contestar essa suposição, quero mencionar alguns argumentos que não foram utilizados no artigo original de Ross, mas que foram depois usados para justificar a análise performativa. Consideremos sentenças como:

13. *Frankly, you're drunk* (Francamente, você está bêbado).

"Francamente", em 13, não parece funcionar como um advérbio sentencial, como funciona "provavelmente" em

14. *Probably, it will rain* (Provavelmente choverá).

Argumentou-se que 13 exige, tanto sintática quanto semanticamente, que se postule, na estrutura profunda, um verbo de afirmação (*verb of saying*) subjacente. Isso porque, sintaticamente, "francamente" em geral co-ocorre com tais verbos, como em

15. *John frankly admitted his guilt*
    (John francamente admitiu sua culpa)

mas não com outros tipos de verbos, como em, por exemplo,

16. \**It frankly rained* (*Francamente choveu)

e, semanticamente, porque não há nada na estrutura superficial de 13 que "francamente" pudesse modificar. O verbo que "francamente" modifica deve ser diferente do que está na estrutura superficial. Portanto, o argumento prossegue, a estrutura profunda de 13 deve ser a mesma que a de sentenças da forma

17. *I* verbo *you frankly: you're drunk*

(Eu *verbo* a você francamente: você está bêbado).

Outro tipo de argumento em favor da análise por apagamento do performativo diz respeito a orações adverbiais. Por exemplo,

18. *Since you know so much, why did John leave?*
(Já que você sabe tanto, por que John se foi?)

Aqui, argumenta-se, para se dar conta da ocorrência da oração adverbial, há que se postular uma estrutura profunda semelhante à de

19. *Since you know so much, I ask you (am asking you) why did John leave?*
(Já que você sabe tanto, eu pergunto a você (estou perguntando a você) por que John saiu?)

Estes e muitos outros argumentos conduzem à mesma conclusão. Toda sentença do inglês e, presumivelmente, de outras línguas tem um verbo principal performativo em sua estrutura profunda. Estes argumentos vêm sendo atacados por vários autores, mas creio que até hoje ninguém contestou os pressupostos fundamentais sobre os quais eles repousam. Antes de fazê-lo, quero chamar a atenção para a conclusão intuitivamente implausível que a análise por apagamento do performativo acarreta. A conclusão é que, num sentido importante de "dizer", só se pode realizar um ato ilocucionário dizendo-se que se está realizando esse ato, já que toda sentença que se emite contém, na estrututra profunda, "um verbo principal performativo explicitamente representado". Acho difícil imaginar que qualquer argumento do tipo que acabamos de considerar possa convencer alguém da verdade de uma conclusão tão antiintuitiva.

A meu ver, os dados têm uma explicação muito mais simples, uma explicação que envolve somente pressupostos "independentemente motivados" pela teoria dos atos de fala. Ross quase chega a considerar esta explicação, mas não a encara de frente. É a seguinte.

Em qualquer situação discursiva, há um falante, um ouvinte e um ato de fala sendo realizado pelo falante. O falante e o ouvinte partilham um conhecimento mútuo desses fatos, e também um conhecimento mútuo das regras de realização dos vários tipos de atos de fala. Esses fatos e esse conhecimento permitem-nos dar conta de certas formas sintáticas sem obrigar-nos a supor que os próprios fatos tenham alguma descrição ou representação sintática na estrutura profunda das sentenças que ajudam a explicar. Por exemplo, em 13, "francamente" se predica do ato de fala que está sendo realizado na emissão da sentença. Não é necessário supor que também modifica um verbo; o que faz é caracterizar o ato que o falante está realizando, e o ato não precisa ser, e neste caso não é, representado por um verbo num ponto qualquer da estrutura profunda da sentença, pois o falante e o ouvinte já têm conhecimento mútuo da existência do ato. Na emissão de 18, vemos em ação o mesmo fenômeno. O falante faz uma pergunta e, ao fazê-la, indica uma razão para fazê-la. Essa explicação é suficiente, dispensando a exigência de que a oração adverbial modifique um verbo de pergunta (*verb of asking*). Este tipo de fenômeno, em que o falante conjuga a realização de um ato de fala com a indicação de uma razão para realizá-lo, é muito comum em inglês. Considere-se:

20. *He must be home by now, because I saw him on his way half an hour ago*
(Ele deve estar em casa agora, porque eu o vi a caminho meia hora atrás).

Aqui, a oração "porque" não indica uma razão ou causa para o fato de que ele esteja em casa; não é porque eu o vi que ele está em casa agora; mas o fato de que eu o tenha visto justifica que eu *diga* que ele deve estar em casa, fornecendo a evidência que me autoriza a dizer e acreditar que ele está em casa.

Ross quase chega a considerar esta abordagem, mas não o faz. Ele considera o que chama "a análise pragmática". Essa análise, segundo Ross, "sustenta que certos elementos estão presentes no contexto de um ato de fala e que processos sintáticos podem referir-se a esses elementos". O contexto fornece um *I* (eu), um *you* (você, tu) e um verbo performativo que estão, "por assim dizer, 'no ar'" (Ross, 1970, pp. 254 ss). Para a caracterização da análise pragmática de Ross, é crucial postular a presença não de falantes, ouvintes e atos, mas das palavras *I*, *you* e dos verbos performativos. Mas, já que a análise pragmática postula a presença de palavras, parece diferir muito pouco da análise por apagamento do performativo que Ross subscreve. De fato, ele diz: "Dado esse isomorfismo [entre a análise pragmática e a performativa], poderíamos perguntar em que a análise pragmática difere da análise performativa: por que não seriam meras variantes notacionais?" Creio que, tal como ele as apresenta, não passam de variantes notacionais uma da outra, mas é exatamente por essa razão que ele não percebe para que serve falar no "contexto" em que se realiza o ato de fala: o falante, o ouvinte e o ato de fala realizado pelo falante não estão no ar; estão bem plantados no chão. Os "elementos" da análise que estou propondo não são as palavras *I*, *you* e os verbos performativos, mas falantes, ouvintes e atos realizados pelos falantes. É apenas por aceitar a suposição indefensável, e até agora injustificada, de que regras sintáticas só podem fazer menção a categorias sintáticas, que alguém poderia ser levado a elaborar uma "análise pragmática" do tipo considerado por Ross. O que afirmo é que, uma vez abandonada essa hipótese, não há necessidade de postular um *I*, um *you* ou um verbo, nem no ar nem na estrututra profunda, pois já existe uma motivação independente para a crença de que, na situação discursiva, há falantes, ouvintes e atos de fala, e a esses elementos é que se faz referência no enunciado das regras sintáticas relevantes. Foi-me sugerido (por David Reier) que talvez Ross faça essa confusão por cometer a falácia uso–menção; isto é, ele confunde o falante com o *I* que se refere ao falante, o ouvinte com o *you* que se refere ao ouvinte, e os atos com os verbos que especificam os atos. É claro que a formulação das regras que mencionam o falante, o ouvinte e o ato *usará* expressões para fazer referência ao falante, ao ouvinte e ao ato, mas usará, e não mencionará, essas expressões. Na análise que estou propondo, o enunciado da regra envolverá, por exemplo, o uso de um verbo ilocucionário, mas seria fazer o tipo mais grosseiro de confusão entre uso e menção supor que a regra mencione (ou se refira a ou trate de) um verbo. Acho difícil acreditar que Ross tenha cometido um erro tão elementar; parece-me, na verdade, estar sob o poder do pressuposto de que, para serem adequadas, as regras devem mencionar somente elementos sintáticos. É por isso que, creio eu, quando propõe a "análise pragmática", o que propõe absolutamente não é uma análise pragmática, mas uma variante de uma análise sintática.

No entanto, a análise por apagamento do performativo e a análise do imperativo por apagamento do sujeito não seriam mais simples, num sentido bem claro dessa expressão, que a solução que proponho? Julgo que essas teorias não passam no teste de simplicidade derivado da navalha de Occam: uma teoria não deve postular a existência de mais entidades que as necessárias para dar conta dos fatos. Como já sabemos que uma situação discursiva contém um falante, um ouvinte e um ato de fala, a introdução de elementos sintáticos apagados correspondentes a essas entidades é uma complicação desnecessária. A aparência de simplicidade só existe quando insistimos em manter como um princípio que regras sintáticas só possam mencionar categorias sintáticas. Uma vez abandonada essa suposição, nossa teoria alternativa torna-se mais simples em dois aspectos. Em primeiro lugar, recorremos a conhecimentos semânticos e "pragmáticos" independentemente motivados; em segundo lugar, não temos de postular nenhum elemento sintático apagado. Consideremos como isso funcionaria no caso das sentenças imperativas. Há uma regra de conteúdo proposicional concernente aos atos de fala diretivos, independentemente motivada, segundo a qual o conteúdo proposicional de um diretivo predica, a respeito do ouvinte, uma linha de ação futura (ver Searle, 1969, p. 66). Ora, já que a forma imperativa é, em inglês, o dispositivo indicador de força ilocucionária característico dos diretivos, a emissão literal de uma forma imperativa necessariamente envolve uma predicação a respeito de um ouvinte. Portanto, não é necessário supor também uma representação sintática do ouvinte. A referência ao ouvinte já está contida nas regras relevantes concernentes aos atos de fala. A regra reflexiva realmente envolve um elemento repetido, mas esse elemento não precisa estar sempre presente na sintaxe. Em

*He hit himself* (Ele bateu em si mesmo)

a reflexão que permite o reflexivo está presente na sintaxe porque o sujeito e o objeto são co-referenciais; mas, em

*Hit yourself* (Bate em ti mesmo)

não há repetição na sintaxe, porque não é preciso que haja. É uma conseqüência da teoria dos atos de fala que, na emissão dessa sentença, o verbo *hit* se predica do ouvinte. No entanto, desse fato não se segue que a sentença tenha um sujeito sintático *you*. Na verdade, a sentença não tem sujeito sintático, porque, sendo uma imperativa do inglês, não precisa de sujeito sintático. É claro que nem todas as línguas são como o inglês sob esse ângulo. O ponto não é que a teoria dos atos de fala impõe a eliminação da expressão sujeito em sentenças imperativas, mas que ela explica a possibilidade dessa eliminação.

Creio que as formas argumentativas que consideramos não são formas de inferência válidas, sequer intuitivamente plausíveis. Creio que pareceram atraentes em virtude de certas suposições tácitas sobre como se deveriam formular as regras sintáticas. Como mais uma prova do caráter suspeito dessa forma argumentativa, quero chamar a atenção para alguns resultados antiintuitivos que a adesão conseqüente a ela produziria. Consideremos as sentenças não imperativas que admitem um *please* (por favor) pré-verbal; por exemplo:

21. *Can you please pass the salt?*
    (Você pode, por favor, passar o sal?)

ou

22. *Will you please leave us alone?*
(Você, por favor, nos deixaria a sós?)

Ora, desde que "por favor" normalmente ocorre com o modo imperativo, como em

23. *Please pass the salt* (Por favor, passe o sal),

suponho que a adesão conseqüente à forma argumentativa de Ross nos obrigaria a dizer que cada uma dessas sentenças tem uma estrutura profunda imperativa e, conseqüentemente, que sentenças da forma

24. *Can you* mais verbo vol

e

25. *Will you* mais verbo vol

realmente são ambíguas, já que têm uma estrutura profunda imperativa e também uma declarativa. Este parece-me ser um resultado muito implausível, principalmente porque há uma explicação muito simples para a ocorrência de *please* em sentenças não imperativas, como as citadas acima: essas sentenças são freqüentemente usadas para realizar pedidos indiretos, e *please* torna o pedido mais polido. *Please* pode ser inserido antes do verbo que nomeia o ato que é objeto do pedido. Um argumento por redução ao absurdo do mesmo tipo pode ser construído para as sentenças que contêm um pronome anafórico sem um SN antecedente. Numa sentença como

26. *He's drunk* (Ele está bêbado)

devemos realmente dizer que há um SN na estrutura profunda que é um antecedente de *he* (ele)? Parece que a adesão conseqüente às formas argumentativas tradicionais nos obrigaria a tirar essa conclusão.

Desejo concluir essa primeira metade do capítulo distinguindo o que estou dizendo do que não estou dizendo. Não estou dizendo que não há bons argumentos em favor da existência de elementos sintáticos apagados na estrutura profunda de sentenças. Parece claro que uma sentença como

27. *I met a richer man than Rockfeller*
 (Eu encontrei um homem mais rico que Rockefeller)

deriva sua ambigüidade do fato de haver dois elementos apagados possíveis, correspondentes a

28. *I met a richer man than Rockfeller met*
 (Eu encontrei um homem mais rico do que Rockefeller encontrou)
29. *I met a richer man than Rockfeller is*
 (Eu encontrei um homem mais rico do que Rockefeller é).

É em virtude desses dois apagamentos que podemos usar 27 para dizer duas coisas bem diferentes, representadas por 28 e 29. Mas, neste sentido de "dizer", quando digo que os preços despencaram, não estou também dizendo que estou dizendo isso. É um resultado intuitivamente implausível a suposição de que eu só possa realizar um ato ilocucionário usando uma sentença com um verbo performativo explícito em sua estrutura profunda; por outro lado, por meio da teoria dos atos de fala, facilmente damos conta dos argumentos que poderiam inclinar alguém a fazer essa suposição, e já dispomos de razões para acreditar que essa teoria é verdadeira.

II

Passamos agora à segunda metade do capítulo, à discussão da abordagem dos atos de fala indiretos por postulados conversacionais. A mais conhecida versão dessa abordagem está no artigo de Gordon e Lakoff. Para não me estender muito, discutirei o artigo sob as seguintes perspectivas: (1) Qual é o problema? (2) Qual é a solução apresentada? (3) Por que é inadequada?; finalmente, (4) tentarei sugerir uma abordagem alternativa do ponto de vista da teoria dos atos de fala. Antecipando, minha crítica geral a esta abordagem será a de que apresenta os fenômenos a serem explicados como se fossem, eles próprios, a explicação procurada.

O problema é simplesmente o seguinte. Como é possível para um falante dizer uma coisa, querer dizer o que diz, mas querer dizer ao mesmo tempo uma outra coisa? Digo

30. Você pode alcançar o sal?

ou

31. Eu apreciaria que você saísse de cima do meu pé,

mas quero dizer não somente o que digo, como também: *passe o sal* e *saia de cima do meu pé*. Em casos como esses, o propósito primário ilocucionário da emissão é um pedido para que se faça algo, mas o propósito ilocucionário literal e secundário é o de uma questão ou de um enunciado. Como é possível para o falante querer significar o propósito ilocucionário primário não literal e como é possível para o ouvinte entender o propósito ilocucionário primário não literal, quando tudo que o falante emite é uma sentença que expressa o propósito ilocucionário secundário literal? Um segundo aspecto do problema é o seguinte. Muitas das sentenças mais comumente usadas na realização de atos de fala indiretos parecem estar sistematicamente relacionadas com o propósito ilocucionário primário que costumam transmitir indiretamente. Assim, consideremos a seguinte seqüência de sentenças que tratam da capacidade do ouvinte para realizar a ação.

Você pode passar o sal?
Você poderia passar o sal?
Você é capaz de alcançar aquele livro no alto da estante?
Você pode ir agora.
Você poderia sair de cima do meu pé.

Todas são usadas, de maneira muito natural, como pedidos indiretos, e algumas admitem "por favor". Além disso, parecem estar sistematicamente relacionadas com uma das regras preparatórias concernentes à realização dos atos ilocucionários diretivos, a regra que diz que o ouvinte deve ser capaz de realizar o ato, e que o ouvinte e o falante devem acreditar que ele é capaz de realizá-lo. Ou consideremos a seguinte seqüência de sentenças:

Eu gostaria que você fosse agora

Eu quero que você saia da sala

Eu apreciaria se você saísse de cima do meu pé

Eu ficaria muito grato se você pudesse tirar o chapéu.

Todos esses exemplos dizem respeito ao desejo do falante de que o ouvinte faça algo; e, na teoria dos atos de fala, o desejo ou vontade do falante de que o ouvinte execute uma ação é a condição de sinceridade dos atos de fala diretivos. Um terceiro grupo de exemplos é constituído por sentenças como

Você sairá da sala?

Você faria a gentileza de ir agora?

Você vai continuar a fazer tanto barulho?

e assim por diante. Todas elas relacionam-se também com uma condição dos atos de fala; no caso, a condição de conteúdo proposicional, a de que o falante deve predicar do ouvinte uma ação futura. Temos assim o problema geral de dar conta da passagem do propósito ilocucionário literal para o propósito ilocucionário primário e também, no âmbito desse problema geral, o problema específico de dar conta do fato de que certos conjuntos de sentenças parecem estar sistematicamente relacionados com atos de fala indiretos, tanto quanto parecem estar relacionados com nossa teoria geral dos atos de fala[1]. Como resolver esses dois problemas?

A solução que Gordon e Lakoff (1971) propõem é realmente bastante simples. Eles sustentam que, além das regras relativas à realização de atos de fala diretivos, como as mencionadas acima (regra preparatória, regra de sinceridade e regra de conteúdo proposicional), o falante conhece um conjunto de regras suplementares, chamadas postulados conversacionais: e "é por meio desses postulados que nós podemos fazer um ato de fala implicar outro". Assim, por exemplo, o postulado conversacional

$$PERGUNTA\ (a,\ b,\ PODER\ (b,\ Q))^* \to PEDIDO\ (a,\ b,\ Q)$$

diz que, se $a$ faz a $b$ uma pergunta defectiva concernente à possibilidade de $b$ executar o ato especificado por $Q$, então esta pergunta "implica"[2] um pedido de $a$ para que $b$ execute esse ato. Ou seja, supõe-se que esses postulados conversacionais sejam regras suplementares que, conhecidas pelo falante e pelo ouvinte, os habilitam a levar a cabo as pretensas "implicações".

Qual é exatamente a forma da solução que oferecem ao problema? Parece-me ser algo assim. Eles descrevem um padrão bem conhecido de ato de fala indireto, pelo menos no que diz respeito à classe dos diretivos. Supõem, então, que os padrões são, eles próprios, a solução, pois os postulados conversacionais que usam para explicar os dados derivam diretamente dos padrões. Ou seja, eles descobrem um padrão por meio do qual um falante, perguntando a um ouvinte se é capaz de fazer algo, pode pedir-lhe que o faça. Para explicar o padrão, simplesmente descrevem-no diferentemente, dizendo que o falante conhece uma regra, ou melhor, um postulado conversacional, segundo o qual, se alguém faz uma pergunta (defectiva) a um ouvinte sobre sua habilidade para fazer algo, então a emissão é ("implica") um pedido para que ele o faça. Além disso, o erro parece-me ser formalmente muito semelhante ao que imputo a Ross. Nos dois casos, faz-se uma suposição desnecessária para se dar conta dos dados. Neste caso, já temos uma teoria conversacional do tipo griceano, temos uma teoria dos atos ilocucionários do tipo delineado em *Speech Acts* e sabemos algumas coisas sobre as capacidades de inferência e racionalidade dos falantes e ouvintes. É inteiramente *ad hoc* e gratuito afirmar que, além de todo esse conhecimento, o falante e o ouvinte devem ter o conhecimento adicional do conjunto de postulados conversacionais. Em suma, a hipóstase dos postulados conversacionais parece-me ser desnecessária e não estar fundamentada em evidências. De fato, os fenômenos que os postulados registram são precisamente os que precisamos explicar. Por si sós, não explicam nada.

Penso que essas objeções ficarão mais claras se nos lembrarmos da explicação alternativa dos atos de fala indiretos apresentada no capítulo 2 deste volume (Searle, 1975b). Consideremos o caso mais simples: alguém, à mesa de jantar, me diz

Você pode passar-me o sal?

É claro que, exceto em circunstâncias muito peculiares, não se está perguntando se eu posso passar o sal, mas se está pedindo que eu passe o sal.

É claro que posso passar o sal

não é, por si só, uma resposta adequada. Ora, como sei que não é? Como passo do conhecimento que tenho de que ele me perguntou se posso passar o sal ao conhecimento que tenho de que ele me pediu que lhe passe o sal? E essa questão, a de saber como eu entendo o ato ilocucionário primário, se tudo o que é dito é o ato ilocucionário secundário, é parte da resposta à questão de saber como é possível *querer dizer* o ato ilocucionário primário quando tudo o que realmente é dito é o ato ilocucionário secundário. Rejeito dois tipos de respostas: em primeiro lugar, que a sentença seja ambígua, que ela tenha, na verdade, dois significados diferentes; em segundo lugar, que eu deva conhecer uma regra ou um postulado conversacional adicional em virtude do qual, sempre que alguém me faz um certo tipo de pergunta concernente à possibilidade de que eu faça algo, na verdade está pedindo a mim que o faça. Creio que, entendido como uma generalização, isso seja de fato bastante correto; ou seja, em nossa cultura, sempre que alguém faz a você um certo tipo de pergunta, normalmente está tentando levá-lo a fazer algo. Mas é essa generalização que nossa teoria precisa explicar; o erro é supor que a explicamos, ou que explicamos qualquer coisa, quando a chamamos de "postulado conversacional".

Não vou expor os passos necessários para que o ouvinte derive a elocução primária indireta da elocução secundária literal, já que foram estabelecidos, de maneira pormenorizada, no capítulo 2. O aparato necessário para que o ouvinte faça a inferência inclui uma teoria dos atos de fala, uma teoria conversacional, informações fatuais de base e capacidades gerais de racionalidade e inferência. Cada um desses elementos é independentemente motivado, isto é, temos evidências, razoavelmente independentes de qualquer teoria dos atos de fala indiretos, de que o ouvinte e o falante dispõem desses traços da competência lingüística e cognitiva. A hipótese que se faz neste capítulo é que todos os casos podem ser analisados por meio desse aparato, sem o envolvimento de nenhum "postulado conversacional".

Podemos resumir as diferenças entre essa abordagem e a abordagem por postulados conversacionais assim: ambas concordam que há conjuntos de generalizações que podem ser feitas acerca de atos de fala indiretos; por exemplo, a de que se pode fazer um pedido indireto a um ouvinte para que faça algo perguntando-se se ele é capaz de fazê-lo. Em minha concepção, essas generalizações devem ser explicadas por uma teoria dos atos de fala, que inclui uma teoria da conversação, e pela suposição de que falantes e ouvintes sabem certas coisas gerais sobre o mundo e têm certas capacidades gerais de racionalidade. Na abordagem por postulados conversacionais, cada generalização é elevada ao estatuto de regra ou postulado conversacional, e somos convidados a supor que as pessoas entendem atos de fala indiretos porque conhecem essas regras ("é por meio desses postulados que nós podemos fazer um ato de fala implicar outro"). Em minha concepção, não há razão para se acreditar na existência de nenhuma dessas regras, pois as teorias disponíveis já dão conta da existência de atos de fala indiretos e as regras não têm, na verdade, nenhum poder explicativo, por serem meras reformulações do material que precisamos explicar.

Entre parênteses, as regras que eles efetivamente propõem não funcionam. Consideremos, por exemplo, a que acabamos de mencionar. Despida de sua formalização, ela diz que, sempre que se faz a alguém uma pergunta defectiva concernente à possibilidade de que faça algo, está-se pedindo a ele que o faça. Ao chamar a pergunta de "defectiva", querem dizer que não se tem a intenção de transmiti-la e que o ouvinte parte da suposição de que não se tem a intenção de transmiti-la. No entanto, creio que essa tese é simplesmente falsa. Assim, se digo

Você pode comer a raiz quadrada do Monte Everest?

a pergunta que faço é, naquele sentido, certamente defectiva, pois sei que o SN final contém um erro categorial e, portanto, que não tenho a intenção de transmitir uma pergunta genuína, e parto da suposição de que o ouvinte sabe disso. No entanto, simplesmente não se segue que, nem é um fato que, minha emissão transmite ou "implica" um pedido. Contra-exemplos dessa espécie afetam todos os postulados conversacionais. Vale também a pena notar que os casos reais de atos de fala indiretos bem-sucedidos são, em geral, casos em que a elocução secundária literal é transmitida e o ato ilocucionário primário só é bem-sucedido porque o ato ilocucionário secundário é transmitido.

Gostaria agora de tirar algumas conclusões gerais da discussão dos dois padrões de análise. Ambos parecem-me evidenciar uma concepção errônea do lugar que uma teoria dos atos de fala ocupa no interior de uma explicação geral da linguagem.

É comum ouvir as pessoas dizerem, seguindo Chomsky, que a tarefa da lingüística consiste em especificar o conjunto de regras que relacionam sons e significados. Cada língua provê um conjunto, presumivelmente infinito, de possíveis seqüências sonoras e outro conjunto, presumivelmente infinito, de possíveis significados. Supõe-se que os componentes fonológico, sintático e semântico da gramática devam prover os conjuntos finitos de regras que o falante conhece e que lhe permitem passar do som ao significado e do significado ao som. Não creio que esse quadro seja falso, mas ele é extremamente enganoso, tendo produzido conseqüências nocivas. Um quadro mais acurado parece-me ser o seguinte. O propósito da linguagem é a comunicação. A unidade da comunicação humana pela linguagem é o ato de fala, do tipo chamado ato ilocucionário. O problema (ou, pelo menos, um importante problema) de uma teoria da linguagem é descrever como passamos dos sons aos atos ilocucionários. O que, por assim dizer, se deve acrescentar aos ruídos que saem de minha boca para que a produção desses ruídos seja a realização do ato de fazer uma pergunta, fazer um enunciado, dar uma ordem etc. As regras permitem-nos passar do fato bruto da produção dos ruídos ao fato institucional da realização dos atos ilocucionários da comunicação humana. Ora, se assim é, o papel de uma teoria dos atos de fala numa gramática será bastante diferente do que os proponentes de uma sintaxe gerativa, e mesmo a maioria dos proponentes de uma semântica gerativa, consideraram que fosse. A teoria de atos de fala não é um apêndice de nossa teoria da linguagem, algo a ser consignado ao reino da "pragmática", do desempenho; na verdade, a teoria dos atos de fala necessariamente ocupará um lugar central em nossa gramática, já que incluirá tudo o que se costumava chamar de semântica, tão bem quanto o que se costumava chamar de pragmática.

Além disso, a teoria fornecerá o conjunto das regras de realização de atos ilocucionários, regras que terão conseqüências em outras partes de nossa teoria lingüística, como a sintaxe. Não é, de maneira alguma, surpreendente que a teoria dos atos de fala tenha conseqüências sintáticas, já que, no final das contas, é para isso que as sentenças existem. Uma sentença existe para ser usada. Minha objeção às duas teorias que discuti neste capítulo é que elas não utilizam os recursos das teorias dos atos de fala de que dispomos. Quando confrontadas com dados enigmáticos, ambas postulam uma solução que requer a introdução de elementos adicionais e desnecessários. Nos dois casos, a compreensão adequada do papel dos atos de fala permitiria que se explicassem os dados sem a introdução de elementos adicionais.

# NOTAS

*Introdução*

1. Na publicação original, usei o termo "Representativo", mas hoje prefiro "Assertivo", já que todo ato de fala dotado de conteúdo proposicional é, em algum sentido, uma representação.

2. Evidentemente não sustento que cada uma das duas mil e tantas línguas naturais contenha dispositivos sintáticos para a expressão de todos os quatro tipos. Pelo que sei, pode haver línguas que não tenham desenvolvido dispositivos sintáticos, por exemplo, para os Compromissivos.

*Capítulo 2*

1. A classe de atos ilocucionários "diretivos" inclui atos de ordenar, mandar, pedir, suplicar, implorar, orar, rogar, instruir, proibir e outros. Ver em Searle (1975a, capítulo 1 deste volume) uma explicação desta noção.

2. Uma explicação da noção de "propósito ilocucionário" e de sua relação com a força ilocucionária está em (Searle, 1975a, capítulo 1 deste volume).

3. Daqui em diante, usarei as letras *O*, *F* e *A* como abreviações para "ouvinte", "falante" e "ato" ou "ação".

4. Essa forma está também incluída no grupo 2.

5. Entretanto, há alguns idiomatismos nesse ramo de atividade; por exemplo, *How about* (Que tal), quando usada em propostas e pedidos: *How about going to the movies tonight?* (Que tal ir ao cinema hoje à noite?), *How about giving me some more beer?* (Que tal dar-me mais um pouco de cerveja?).

6. Sou grato a Dorothea Franck pela discussão sobre esse ponto.

7. Essa máxima também poderia ser encarada como uma extensão da máxima de maneira de Grice.

8. Essa tese não vale para o sentido etimoligicamente primário de *want* (querer), em que significa *need* (precisar de).

*Capítulo 3*

1. Uma tentativa de elaborar uma teoria dessas relações está em Searle (1969, especialmente caps. 3-5).

2. Há outros sentidos de "ficção" e "literatura" que discutirei. Num sentido, "ficção" significa "falsidade", como em "O depoimento do réu foi um emaranhado de ficções"; e, num sentido, "literatura" significa tão-somente "material impresso", como em "A literatura sobre opacidade referencial é bastante extensa".

3. Iris Murdoch, *The Red and the Green* (Nova York, 1965), p. 3. Esses e outros exemplos de ficção usados neste artigo foram deliberadamente escolhidos ao acaso, na crença de que as teorias da linguagem devem ser ca-

pazes de lidar com absolutamente qualquer texto, e não apenas com exemplos especialmente selecionados.

4. Uma exposição mais completa dessas e de outras regras semelhantes está em Searle (1969), cap. 3.

5. A classe das elocuções assertivas compreende enunciados, asserções, descrições, caracterizações, identificações, explicações e muitas outras. Uma explicação dessa noção, e de noções afins, está em Searle (1975a, cap. 1 deste volume).

6. Wittgenstein (1953, § 249).

7. A. Conan Doyle, *The Complete Sherlock Holmes* (Garden City, Nova York, 1932), II, 596.

8. John Galsworthy, *Representative Plays* (Nova York, 1924), p. 3.

*Capítulo 4*

1. É essencial evitar confusões entre uso e menção ao falar desses conjuntos. Algumas vezes estaremos falando de palavras, outras vezes de significados, outras de referências e denotações e outras de condições de verdade.

2. Acompanho Beardsley (1962) nessa classificação.

3. Mesmo a elucidação da interação em termos dos "complexos de implicação", em Black (1979), parece não conter nenhuma afirmação precisa sobre os princípios de funcionamento da interação. O exemplo que ele efetivamente oferece, "O casamento é um jogo de compensação", aparenta aflitivamente ser uma metáfora comparativa: "O casamento parece-se com um jogo de compensação, por ser uma relação de confronto entre dois lados, um dos quais se beneficia apenas à custa do outro". É difícil perceber como se pretende que a menção à interação contribua para essa análise.

4. Entendo por "símile literal" um enunciado literal

de semelhança. É discutível que se deva restringir "símile" a comparações não literais, mas não é esse meu uso do termo aqui.

5. Além disso, é ao menos discutível que "bloco de gelo" funcione metonimicamente nesse exemplo.

*Capítulo 5*

1. Pode-se, é claro, identificar ambigüidades mesmo nessa sentença; por exemplo, *cat* (gato) é algumas vezes usada como expressão de gíria para designar tratores de lagarta. Mas tais ambigüidades são irrelevantes para nossa discussão.

2. Esse exemplo me foi originalmente sugerido por H. Dreyfus, numa discussão sobre outra questão.

3. Por "estados intencionais" entendo aqui estados mentais, como a crença e o desejo, que se dirigem a objetos e estados de coisas no mundo, são sobre eles. Eles diferem de estados como dores e cócegas, que não se dirigem a nada da mesma maneira, não são sobre nada.

4. Assim, no exemplo de Wittgenstein, $A = 3$, $B = 4$, mas $A + B = 5$.

**A B**

*Capítulo 6*

1. (Donnellan, 1968, p. 206) No mais das vezes, Donnellan restringe sua discussão a enunciados (como farei neste capítulo), mas pretende-se que a teoria se deva aplicar, *mutatis mutandis*, também a outros tipos de atos de fala.

2. Talvez acabe por revelar-se impossível que se ob-

tenha uma terminologia neutra, uma terminologia que seja neutra diante das várias teorias da referência. No entanto, como Donnellan não apresenta a distinção referencial–atributivo como algo que dependa do resto de sua teoria da referência, o fato de que a terminologia que empregarei ao discutir sua distinção possa não casar bem com o resto de sua teoria da referência não nos impedirá de examinar com justiça a distinção, tal como ele a apresenta. Meu objetivo é, neste capítulo, examinar a distinção referencial–atributivo, e não toda a teoria da referência de Donnellan.

3. A propósito, não fica de maneira alguma claro o que se supõe que deva ser uma "ambigüidade pragmática". *I went to the bank* (Fui ao banco) é semanticamente ambígua. *Flying planes can be dangerous* (Aeroplanos em vôo podem ser perigosos, voar em aeroplanos pode ser perigoso) é sintaticamente ambígua. Mas o que é uma ambigüidade pragmática? "Você está pisando no meu pé" deve ser pragmaticamente ambígua porque, em alguns contextos, sua emissão pode ser mais que um simples enunciado fatual? Se assim é, indiscriminadamente toda sentença é "pragmaticamente ambígua". Se tivéssemos uma noção de "ambigüidade pragmática", também teríamos de ter uma noção de "univocidade pragmática"; no entanto, nenhuma das duas noções tem efetivamente um sentido claro.

4. O exemplo é, obviamente, de Quine (1956).

*Capítulo 7*

1. Um terceiro problema é que, em algumas sentenças, por exemplo, "Você continuará a fazer tanto barulho?", o pedido indireto nega o conteúdo proposicional.

2. Literalmente, não faz sentido dizer que um ato implica outro ato. A implicação é uma relação entre proposições, não entre atos, sejam atos de fala ou não.

# BIBLIOGRAFIA

Anscombe, G. E. M. (1957), *Intentions*, Blackwell.
Aristóteles, *Retórica e Poética*.
Asch (1958). "The metaphor: a psychological inquiry", *Person, Perception and Interpersonal Behavior*, Tagiori & Petrullo (eds.), Stanford University Press.
Austin, J. L. (1962), *How to Do Things With Words*, J. O. Urmson (ed.), Oxford, Clarendon Press.
Beardsley, M. C. (1962), "The metaphorical twist", *Philosophy and Phenomenological Research*, vol. 22.
Black, M. (1962), "Metaphor". *In* M. Black, *Models and Metaphors*.
_____. (1979), "More about metaphor", *Metaphor and Thought*, Andrew Ortony (ed.), Cambridge University Press.
Cavell, S. (1976), *Must We Mean What We Say?*, Cambridge University Press.
Donnellan, Keith S. (1966), "Reference and Definite Descriptions", *Philosophical Review*, vol. 75.
_____. (1968), "Putting Humpty Dumpty Together Again", *Philosophical Review*, vol. 77.

Gordon, D. e Lakoff, G. (1971), "Conversational Postulates", *Papers from the Seventh Regional Meeting of the Chicago Linguistic Society*, Chicago.

Grice, H. P. (1975), "Logic and Conversation", *Syntax and Semantics*, vol. 3, *Speech Acts*, Peter Cole and Jerry L. Morgan (eds.), Academic Press.

Henle, P. (ed.) (1965), *Language, Thought and Culture*, U. of Mich. Press.

Holdcroft, D. (1978), *Words and Deeds*, Clarendon Press, Oxford.

Kripke, S. (1977), "Speaker's Reference and Semantic Reference", *Midwest Studies in Philosophy*, vol. 2.

Miller, G. (1979), "Images and models, similes and metaphors", *Metaphor and Thought*, Andrew Ortony (ed.), Cambridge University Press.

Quine, W. V. (1956), "Quantifiers and Propositional Attitudes", *Journal of Philosophy*, vol. 53.

Richards, I. A. (1936), *The Philosophy of Rhetoric*, Oxford University Press.

Ross, J. R. (1970), "On declarative sentences", *Readings in English Transformational Grammar*, R. A. Jacobs and P. S. Rosenbaum (eds.), Ginn & Co., Waltham, Mass.

Searle, J. R. (1968), "Austin on Locutionary and Illocutionary Acts", *Philosophical Review*, vol. 57.

\_\_\_\_. (1969), *Speech Acts*, Cambridge University Press.

\_\_\_\_. (1975a), "A Taxonomy of Illocutionary Acts", *Language, Mind and Knowledge, Minnesota Studies in the Philosophy of Science*, Keith Gunderson (ed.), University of Minnesota Press.

\_\_\_\_. (1975b), "Indirect Speech Acts", *in* P. Cole and J. L. Morgan (eds.), *Syntax and Semantics*, vol. 3, *Speech Acts*, Academic Press.

\_\_\_\_. (1975c), "The Logical Status of Fictional Discourse", *New Literary History*, vol. 6.

Searle, J. R. (1975d), "Speech Acts and Recent Linguistics", Developmental *Psycholoinguistics and Communication Disorders*, Annals of the New York Academy of Sciences, vol. 263, Doris Aaronson and R. W. Rieber (eds.).
\_\_\_\_. (1978), "Literal Meaning", *Erkenntnis*, vol. 13.
\_\_\_\_. (1979a), "Metaphor", *Metaphor and Thought*, Andrew Ortony (ed.), Cambridge University Press.
\_\_\_\_. (1979b), "Referential and Attributive", *The Monist*, vol. 13.
Wittgenstein, L. (1953), *Philosophical Investigations*, Blackwell, Oxford.

# GLOSSÁRIO

*Acceptability spectra* – Espectros de aceitabilidade
*Adverbial clause* – Oração adverbial
*Argument(s)* – Argumento(s), discussão(ões)
*Aspects* – Aspectos
  *qualitative visual* – visuais qualitativos
  *primary* – primários
  *secondary* – secundários
*Assertions* – Asserções
*Assertives* – Assertivos(as)
*Attributive* – Atributivo(a)

*Behabitive(s)* – Comportativo(s)
*Belief(s)* – Crença(s)
  *attributive vs. referential* – atributiva *vs.* referencial

*Command(s)* – Comando(s)
*Commissive(s)* – Compromissivo(s)
*Comparison theory of metaphor* – Teoria comparacionista da metáfora
*Conditions* – Condições

*essential* – essenciais
*felicity* – de felicidade
*fulfillment* – de cumprimento
*obedience* – de obediência
*preparatory* – preparatórias
*propositional content* – de conteúdo proposicional
*satisfaction* – de satisfação
*sincerity* – de sinceridade
*truth* – de verdade
*Constative(s)* – Constativo(s)
*Content* – Conteúdo
*Context* – Contexto
  *intensional* – intensional
  *"null"* – "nulo"
  *"zero"* – "zero"
*Contextual assumptions* – Suposições contextuais
*Conventions* – Convenções
  *horizontal* – horizontais
  *vertical* – verticais
*Conversation* – Conversação
  *principles of* – princípios de
  *theory of* – teoria da
*Conversational* – Conversacional

*de re vs. de dicto* – *de re vs. de dicto*
*Declaration(s)* – Declaração
*Declarative* – Declarativo(a)
*Deep structure* – Estrutura profunda
*Definite descriptions* – Descrições definidas
*Deleted subject analysis* – Análise por apagamento do sujeito
*Denotation* – Denotação
*Descriptions* – Descrições
  *referential vs. attributive use of* – uso referencial *vs.* uso atributivo de

*Diagnose(s)* – Diagnóstico(s)
*Direction of fit* – Direção de ajuste
*Directives* – Diretivos
  *indirect* – indiretos
  *performance of* – realização de

*Ellipsis* – Elipse
*Entailment* – Implicação
*Exercitive(s)* – Exercitivo(s)
*Explanation(s)* – Explicação
*Exportation* – Exportação
*Expositive(s)* – Expositivo(s)
*Expressibility, principle of* – Exprimibilidade, princípio de
*Expressions* – Expressões
  *performative* – performativas
*Expressives* – Expressivos
*Extension* – Extensão
  *null* – nula

*Family resemblance* – Semelhança de família
*Fictional discourse* – Discurso ficcional
*Figurative speech* – Discurso figurado
*First-person narrative* – Narrativa em primeira pessoa
*Focus* – Foco
*Frame* – Moldura

*Hint(s)* – Insinuar, insinuação
*Hyperbole* – Hipérbole
*Idiom(s)* – Idiomatismo(s)
*"If" clause* – Oração "se"
*Illocutionary* – Ilocucionário(a)
*Implication-complexes* – Complexos de implicação
*Indexical* – Indexical
*Inference* – Inferência
  *patterns of* – esquemas de

*Infinitive phrases* – Sintagmas infinitivos
*Intentional states* – Estados intencionais
*Intentionality* – Intencionalidade
*Intentions* – Intenções
  *general* – gerais
  *specific* – específicas
*Interaction* – Interação
*Intonation, pattern of* – Entonação, padrão de

*Language* – Linguagem
  *games of* – jogos de
*Literal utterance* – Emissão literal

*Meaning* – Significado
  *conventions vs. usage conventions* – convenções de *vs.* convenções de uso
  *literal* – literal; *relativity of* – relatividade do
  *literal sentence vs. speaker utterance* – literal da sentença *vs.* da emissão do falante
*Metaphor* – Metáfora
  *mixed* – mista
  *open ended* – aberta
*Metonymy* – Metonímia
*Morphemes* – Morfemas

*Nonliteral vs. nonserious* – Não-literal *vs.* não-sério
*Nonsense* – Contra-senso
*Nonserious vs. nonliteral* – Não-sério *vs.* não-literal

*Occam's razor* – A navalha de Occam
*Order(s)* – Ordem(ns)

*Paraphrase* – Paráfrase
*Perception* – Percepção

*Performative(s)* – Performativo(a) (os, as)
　*deletion analysis* – análise por apagamento
*Phatic acts* – Atos fáticos
*Phonetic acts* – Atos fonéticos
*Pragmatic* – Pragmática
*Predication* – Predicação
*Presupposition(s)* – Pressuposição(ões)
　*anaphoric* – anafóricos
*Proper names* – Nomes próprios
*Proposal(s)* – Proposta(s)
*Propositional content* – Conteúdo proposicional

*Question(s)* – Pergunta(s)
　*defective* – defectiva(s)
　*yes-no* – sim-ou-não

*Reference* – Referência
*Reflexive(s)* – Reflexivo(s)
　*emphatic* – enfático(s)
*Report(s)* – Relato(s)
　*de re vs. de dicto*
*Request(s)* – Pedido(s)
　*idiomatic* – idiomático(s)

*Semantic* – Semântico(a)
　*competence* – competência
　*interaction theory of metaphor* – teoria interacionista da metáfora
*Semantics, generative* – Semântica gerativa
*Sentence(s)* – Sentença(s)
　*optative* – optativa
　*token reflexive* – de ocorrência reflexiva
　*token vs. type* – ocorrência *vs.* tipo
*Set theory* – Teoria dos conjuntos
*Simile* – Símile

*Speech acts* – Atos de fala
*Statements* – Enunciados
*Surface structure* – Estrutura superficial
*Synecdoche* – Sinédoque
*Syntax* – Sintaxe
　*generative* – gerativa

*Taxonomy* – Taxinomia
*"That" clause* – Oração "que"
*Third-person narratives* – Narrativas em terceira pessoa
*Token sentence* – Sentença ocorrência
*Tropes* – Tropos
*Truth conditions* – Condições de verdade

*Use-mention fallacy* – Falácia uso-menção

*Verdictive(s)* – Vereditivo(s)

*"Whatever" clause* – Oração "o que quer que"
*"Whichever" clause* – Oração "o que quer que"
*"Whoever" clause* – Oração "quem quer que"
*"Why not"* – "Por que não"

IMPRESSÃO E ACABAMENTO:
YANGRAF Fone/Fax: 6198.1788